長門本平家物語の新研究

松尾葦江 編

花鳥社

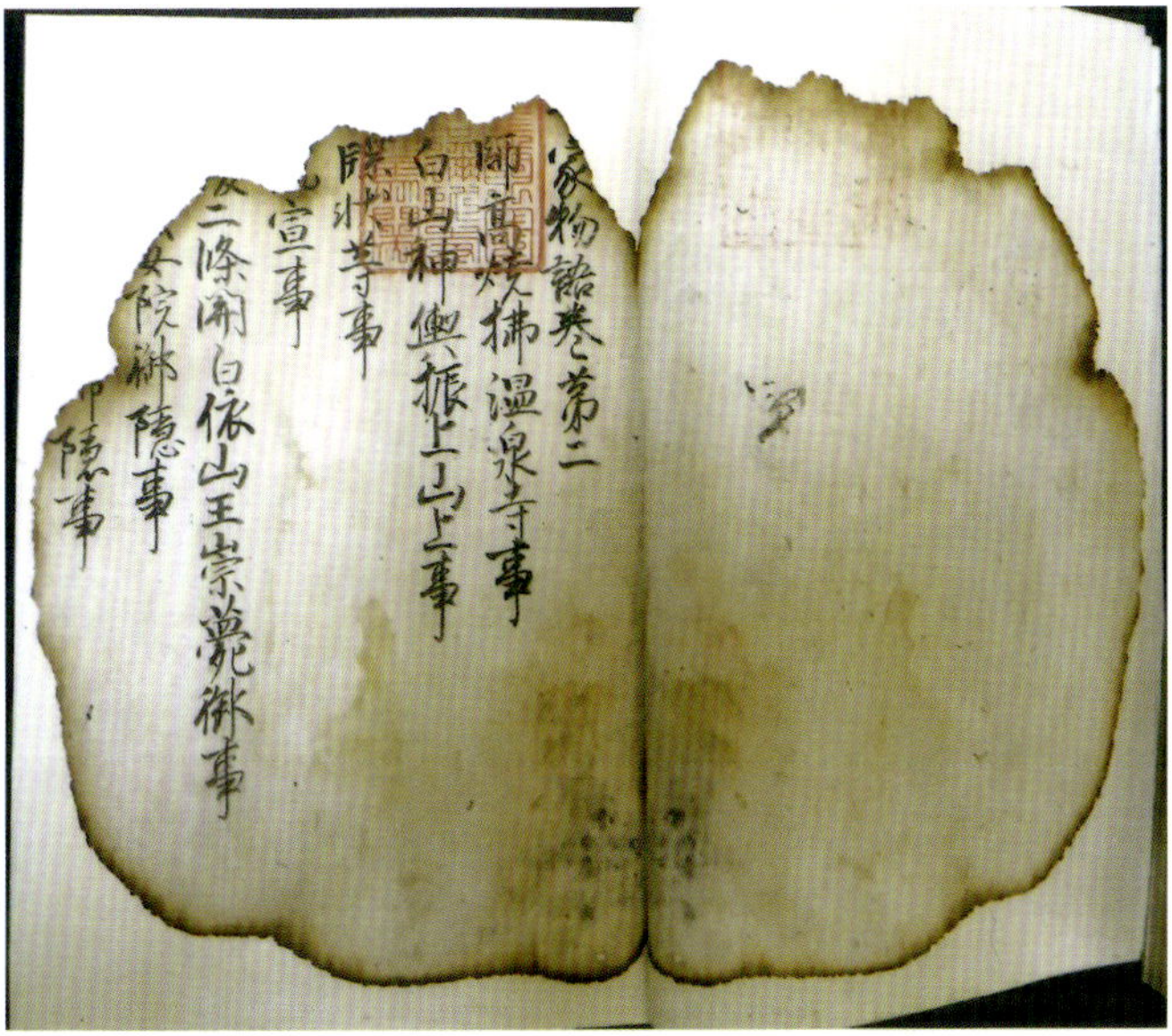

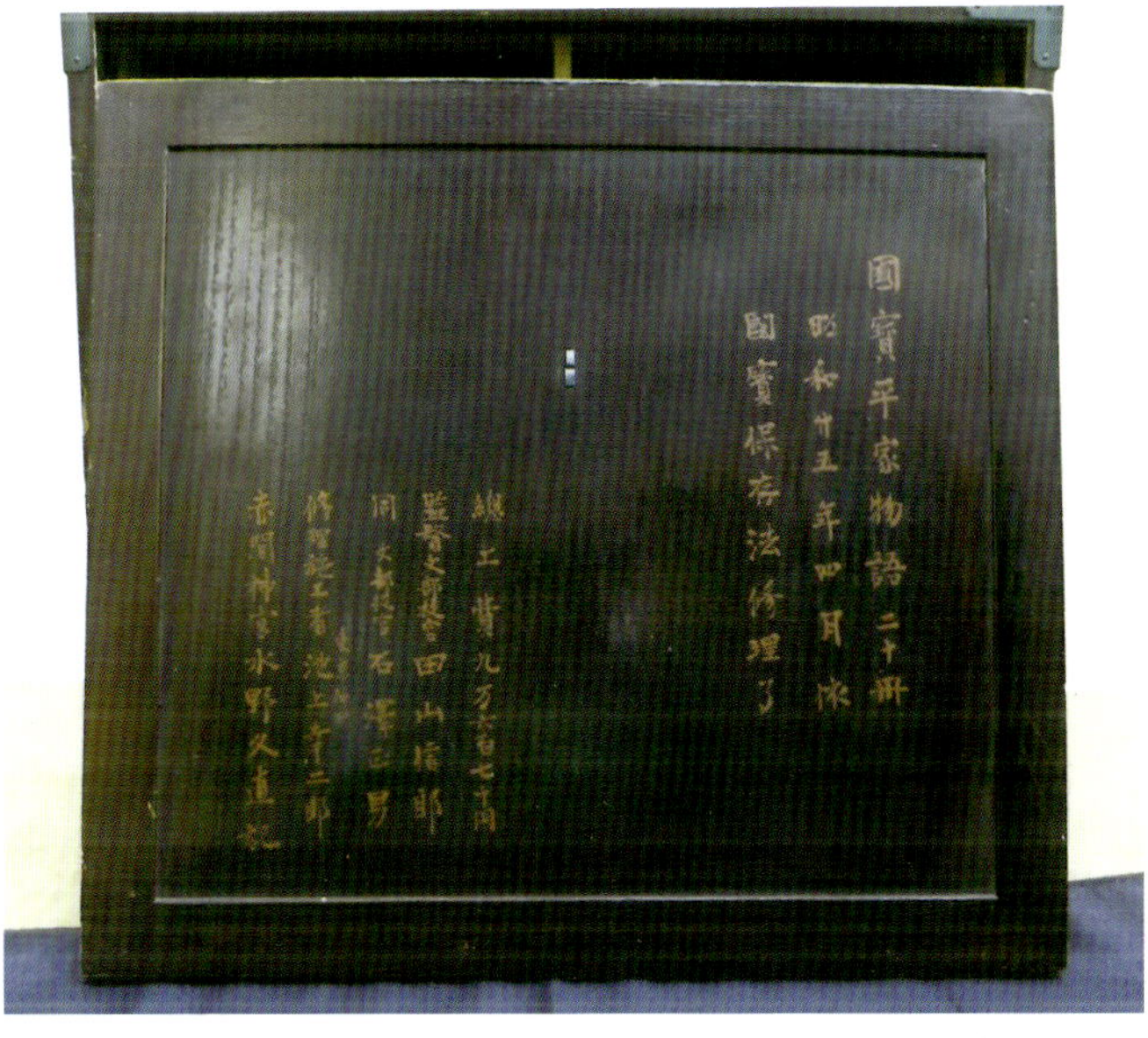

旧国宝長門本平家物語（赤間神宮蔵）上：巻第二巻頭／下：箱書

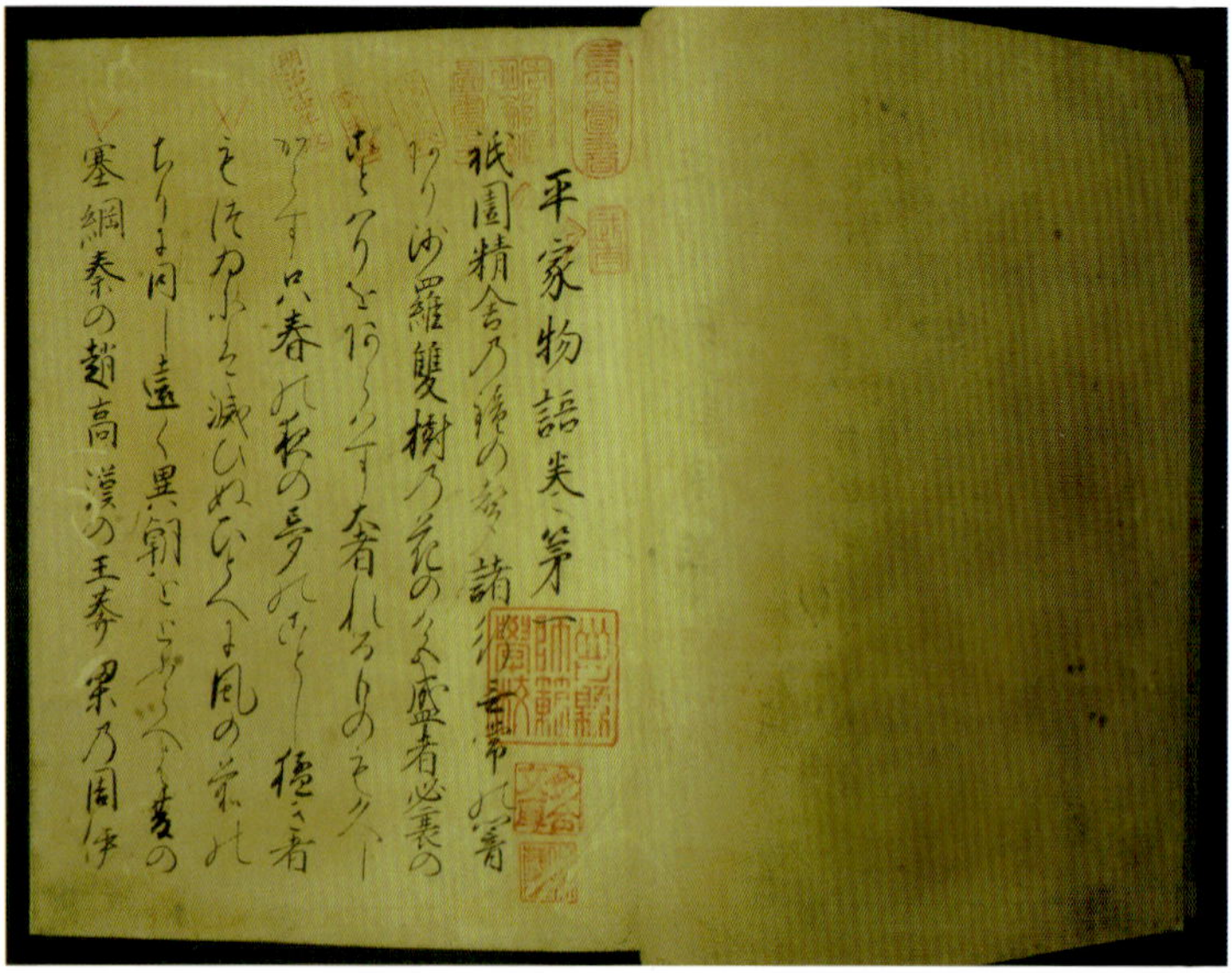

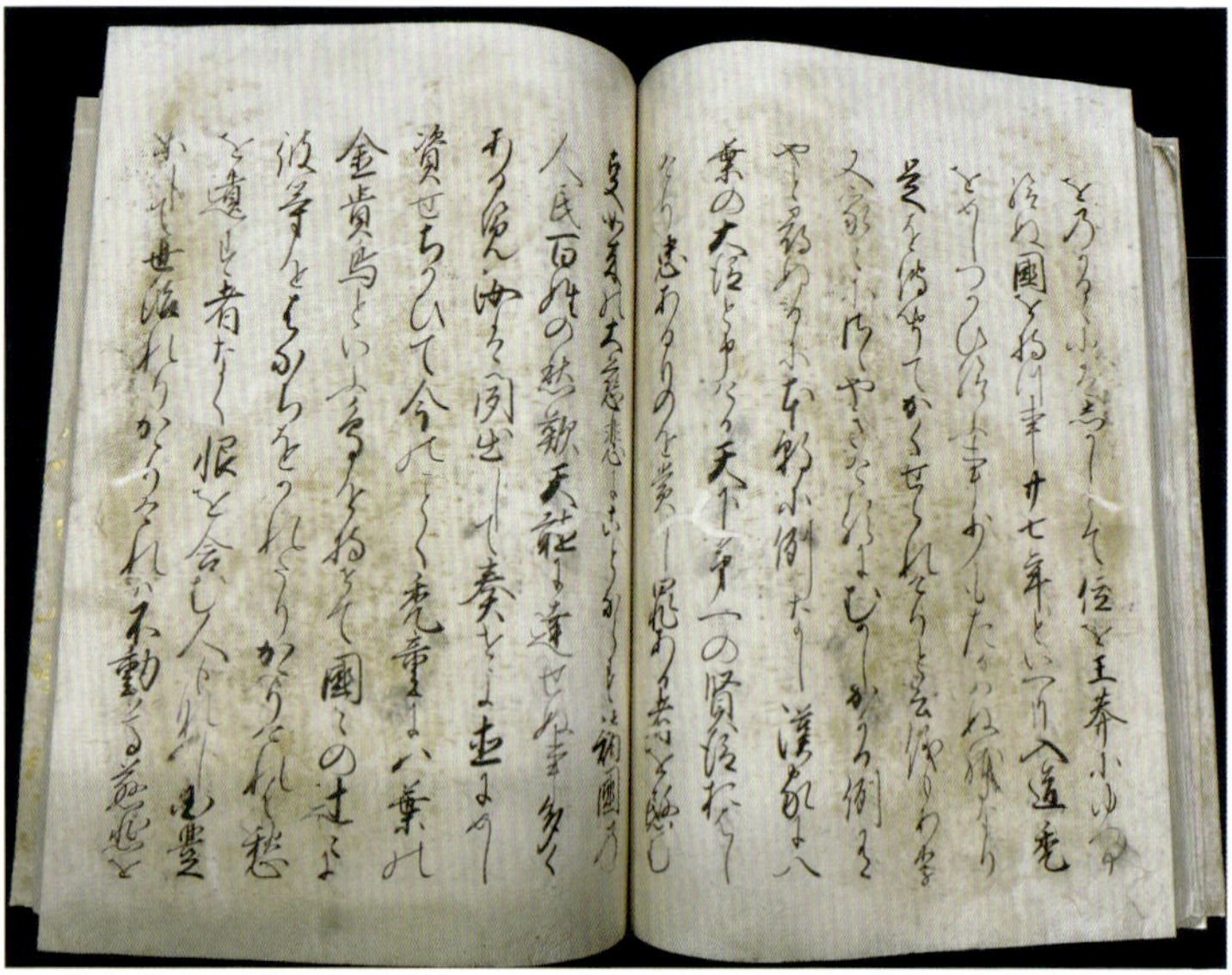

萩明倫館旧蔵長門本平家物語（鶴見大学図書館蔵）上：巻第一巻頭／下：巻第一 52 ウ 53 オ（八葉の大臣登場の部分）130 頁、136 頁参照

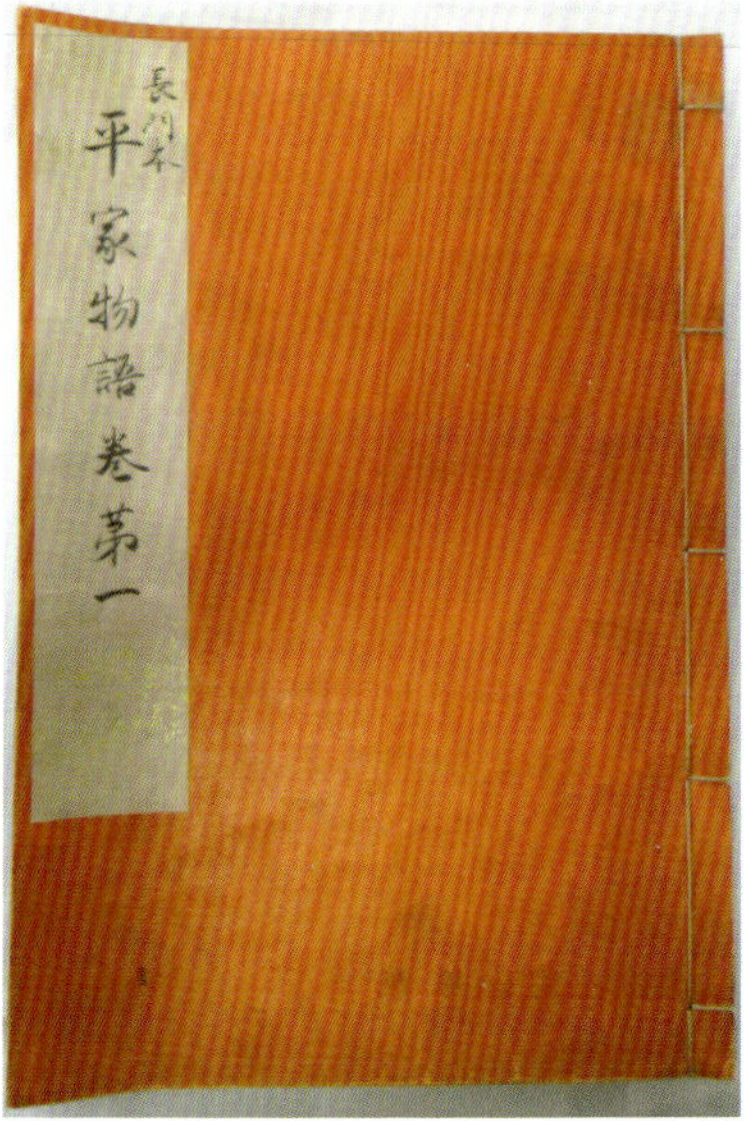

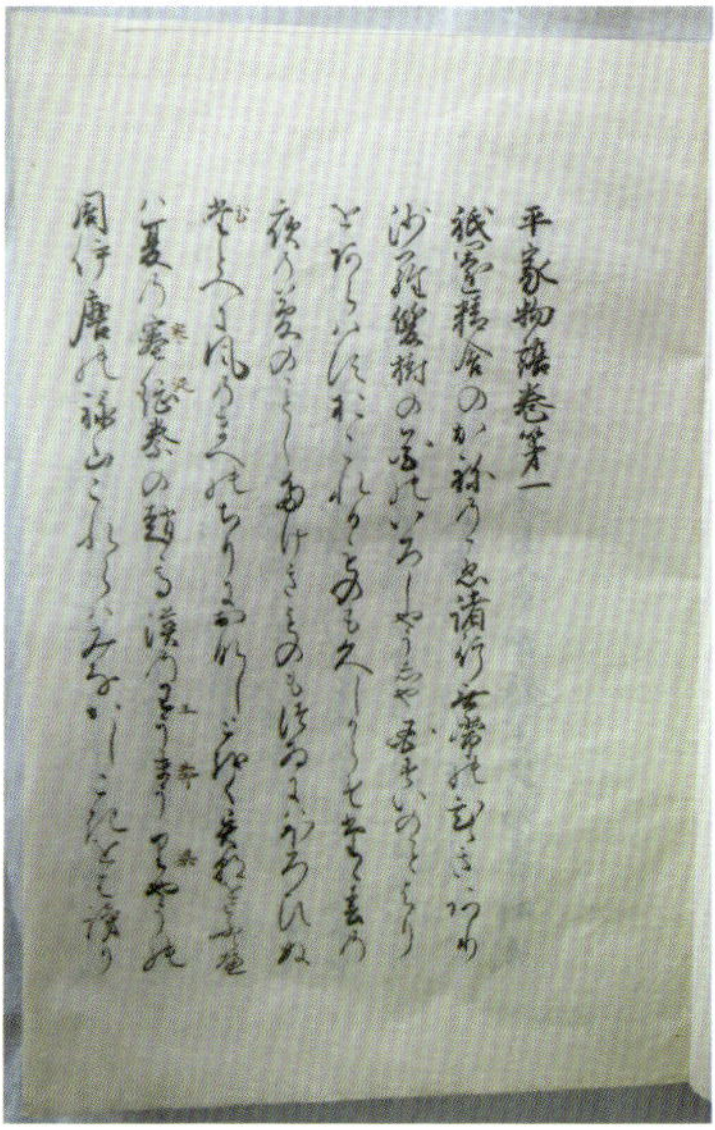

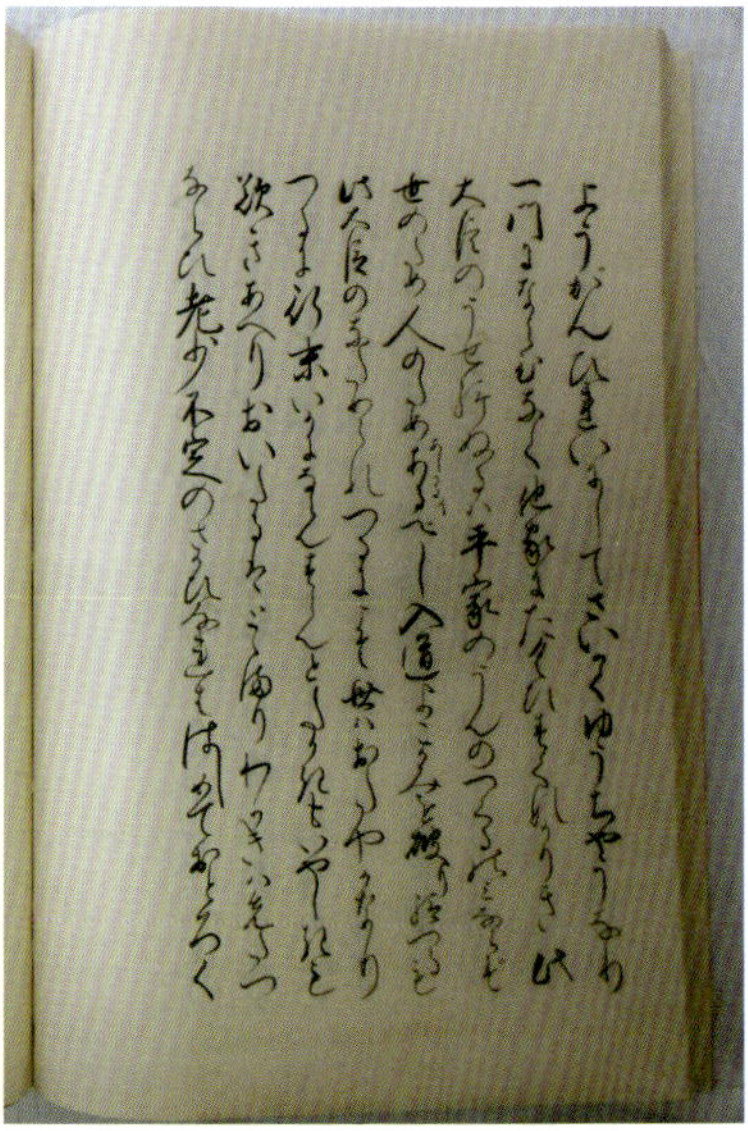

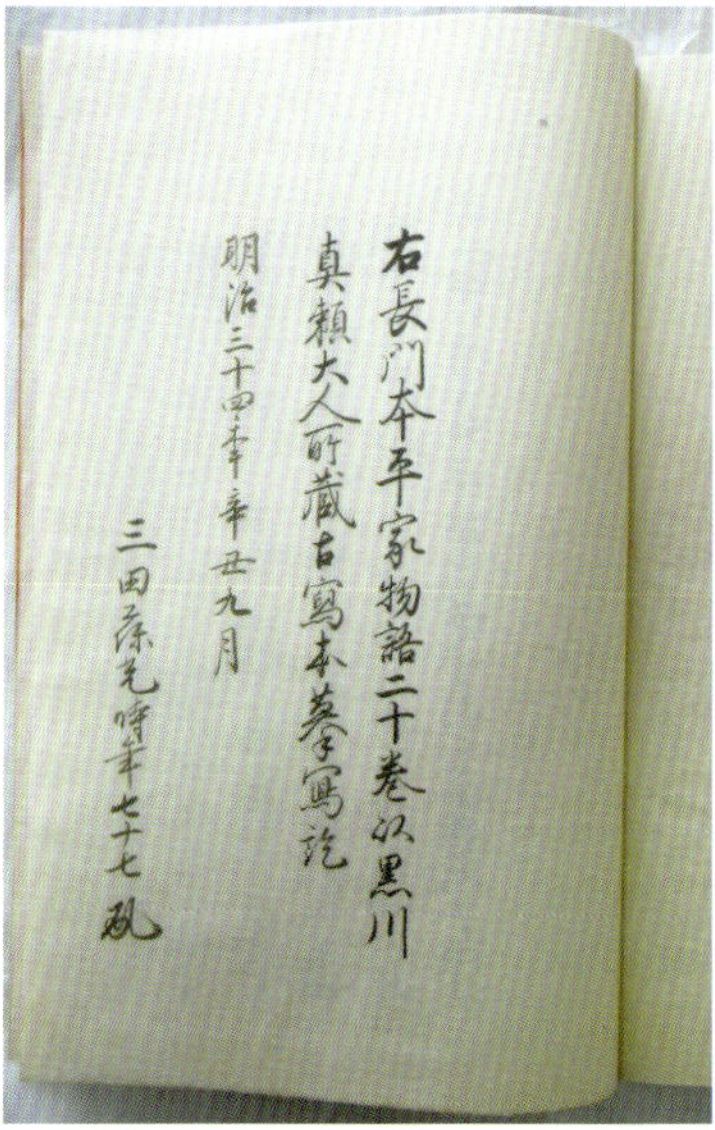

三田葆光写長門本平家物語（赤間神宮蔵） 上右：巻第一表紙／上左：巻第一巻頭／下右：巻第六／下左：奥書

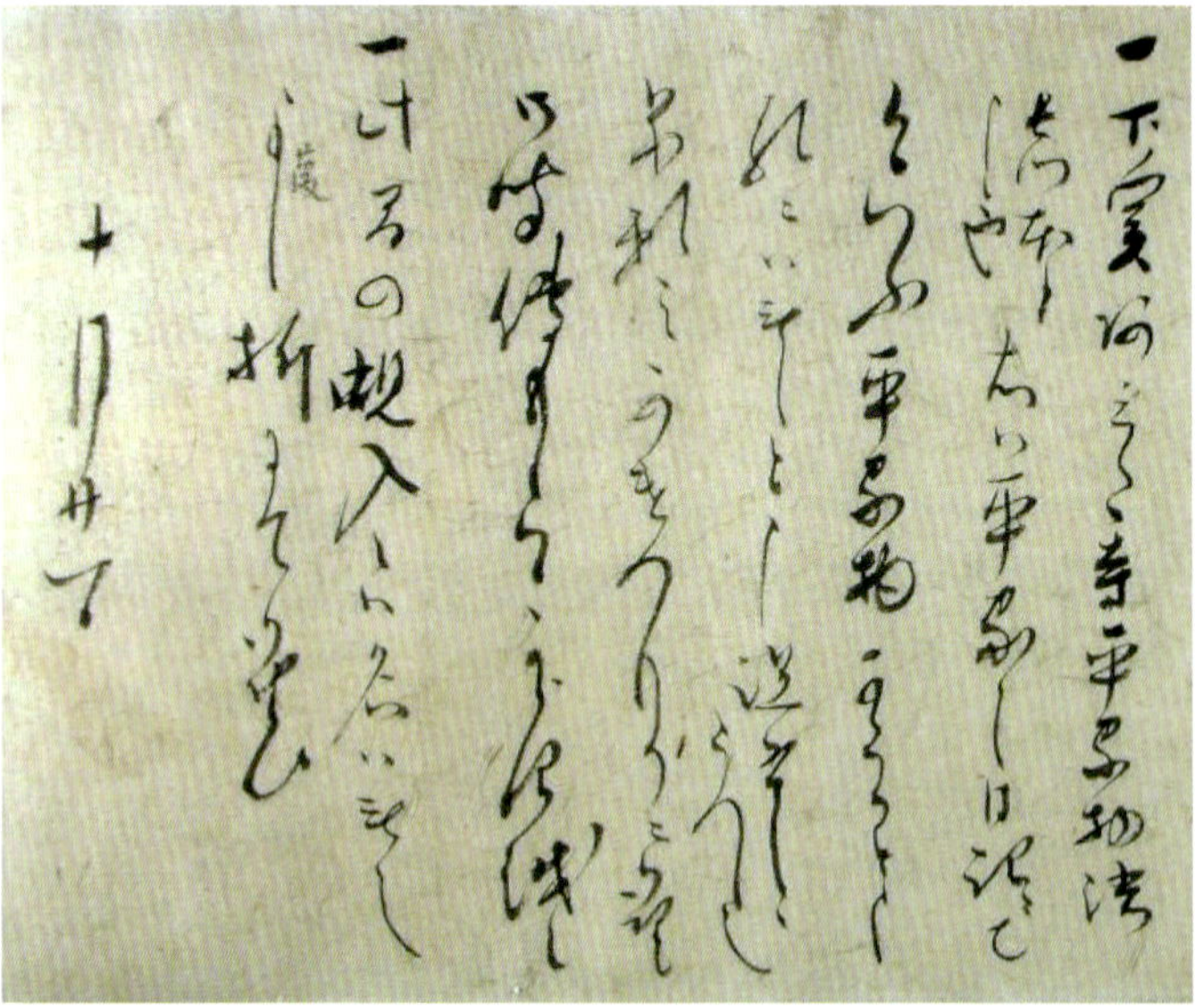

松平定信書簡（塩村耕蔵。部分）190 頁、191 頁参照

一、下ノ関あミだ寺、平家物語
〈長門本と申候也〉、右ハ平家之日記ニて、
今いふ平家物がたりと申
類ニハ無之と申説有之候。うつし之
義、頼ミ可遣つもりニ御座候。
御聞伝も候ハヾ、可被仰越候。
一、此間の蜆入候ハ、名ハ無之、
よし《葭》折にて御座候。
十月廿一日

目次

長門本とは何か …… 松尾葦江 3

長門国の平家物語／現存伝本相互関係究明の端緒／中世の〈長門本〉／長門本平家物語の特色／平家物語研究の前進に向けて

重要文化財 平家物語長門本　戦災焼損修復の記録 …… 水野直房 19

大内文化と「阿弥陀寺本平家物語」 …… 佐々木孝浩 21

はじめに／「阿弥陀寺本」の書誌の再検討／「阿弥陀寺本」の筆跡と書写時期／「阿弥陀寺本」と「大島本源氏物語」／「大島本源氏物語」からみた「阿弥陀寺本」／おわりに

長門本平家物語の室町物語的性格……小井土守敏 45
はじめに／「遊女」から／横笛説話から／髑髏尼説話から／おわりに

長門本平家物語研究史……浜畑圭吾 67
はじめに／伝本調査、近世における貸借、書写関係／諸本間の先後問題、兄弟関係、影響関係／成立の時期と環境の検討／文学的評価、他作品への影響／おわりに

長門本平家物語伝本一覧（補遺・新出伝本）……松尾葦江 95

萩明倫館旧蔵長門本について……平藤 幸 120
はじめに／萩明倫館本（鶴見大学本・山口大学本）の書誌と来歴／萩明倫館本の書面・筆跡――明治大学本・国会貴重書本と比較して――／萩明倫館本・明治大学本・国会貴重書本の関係／諸本の本文異同と諸本の関係の見通し／おわりに

三田葆光写長門本と黒川家旧蔵長門本について……大谷貞徳 138
はじめに／三田本について／三田本の成立の過程／
三田本の本文系統／おわりに

『長門本平家物語』流布の一形態
――山口県文書館所蔵毛利家文書の場合――……村上光徳 153

松平定信と長門本『平家物語』
附、赤間神宮、山口県文書館、石水博物館蔵諸本の略書誌……塩村 耕 188
松平定信書簡／松平定信による長門本書写依頼の一件／
赤間神宮等所蔵、『平家物語』諸本の略書誌

長門本『平家物語』伝本関係の一推論……大谷貞徳 215
はじめに／川喜田遠里と正住弘美／
立教館蔵長門本『平家物語』／おわりに

長門本『平家物語』関連の記事対照表……伊藤悦子 225
長門本平家物語研究の回想から歩き出す
――あとがきに代えて――……松尾葦江 229
執筆者紹介……245

長門本平家物語の新研究

長門本とは何か

松尾葦江

一　長門国の平家物語

林羅山はその著『徒然草野槌』に、平家物語には諸本があることを指摘し、「長門赤間関阿弥陀寺にて見たりしは十六巻あり。又和州より来る本を京なる人の許にて見たりしは二十余巻ありき」と記している。これが長門国阿弥陀寺にある平家物語について、我々が知る最初の記録である（京都で和泉国から来た二十巻余りの大部な平家物語を見たとも書いているが、こちらについては現在何も分かっていない）。近世初期、語り本平家物語よりも大部な、異本平家物語の存在は一部の知識人たちに知られていたのである。十六巻と記しているのが事実か、何故二十巻ではないのかについては不審であるが、彼が赤間関を訪れたのは慶長七（一六〇二）年のこと、『徒然草野槌』の著述は元和七（一六二一）年なので、記憶違いもあり得るし、あるいは羅山訪問時に偶々欠巻が生じていて、後日補配された可能性もないとは言えない。近世を通じて、長門本の巻数については様々な伝承があり、十六巻説のほか、十二巻説、五十巻説、中には八十六巻という説さえあるが、(1)その多くは実見ではないので、根拠がない。現存伝本では中央大学本が十六冊形態を取っており、ほかにも十六巻説は近世の随筆類に見出されるが、確実な情報ではない。

その後も語りの平家とは異なる平家物語が、平家滅亡の地、殊にその鎮魂のために建立された阿弥陀寺に在るということには関心が持たれ続けた。阿弥陀寺の寺宝（寺の縁起の証明のような役をも果たしていたのではないか）としての権威、秘匿性がますます関心を高めたであろう。奉納以前のありよう、奉納に至る経緯については現段階では何も判っていないが、代々の氏子伊藤家や藩で副本が作られていたとすれば、それらによって内容を知った人々は、武士政権の始まりが語られており、しかも源平盛衰記とは違って上から目線でない物語、室町以来の物語の伝統を承け継いで、多様な面白い話題を盛り込んだ歴史物語であることに興味を惹かれたに違いない。

現在の旧国宝本長門本平家物語は、焼損のため通読できなくなっているが、近世の転写本が多数（現存が確認できたものだけで七十九点）残っている。失われた伝本もあろうことを考えればもっと多かったはずで、出版されず、写本だけで伝来してきたのにどうしてこんなに沢山残っているのか、不思議に思えるくらいである。半世紀前に、長門本と認定できる平家物語はどれか、という確認作業から始めた伝本調査の際は、(2)本文の継承関係を立証することは殆ど不可能だと諦めてしまったのだが、じつは所蔵者やその周辺の人脈を辿る手がかりは決して少なくない（当時の私はそれらに関心がなく、無知でもあった）。近年はデジタル情報によって写本の一部を居ながらにして対照比較することが可能になり、古典籍所蔵者のデータベースも普及してきたおかげで、写本の由来や伝本同士の関係を辿っていくことは、不可能ではなくなったと思う。本書の企画を実現する過程でも、そういう実例に遭遇することができた。未だ各地に報告されていない伝本が存在する可能性は低くないが、概ね見渡した限りでは、大型本で料紙も筆跡もしっかりした写本と、急いで走り書きしたかのような、ときには略字や嘘字を交えた写本とがあり、前者には識語や序文などのないものが多いようだ。かつて前者を公的写本、後者を私的写本と命名して区別したが、両者の中間形態のような本も複数見つかるところから、学術的な用語としては問題があると考えるようになった。しかし意味するところは、当たらずと雖も遠からずではないかと今も考えている。但し、本文の善し悪しはこの区別とは別個の問題である。あるいは「公的写本」は書写の過程で独自の校訂を施して完成したかもしれない、それが一見、善本であるかのように見える理由だったかもしれない、と疑ってみることも必要である。

また長門本の伝本の特徴の一つは、傍書形式で校異などが書き込まれている例が多いことである（このことは多くの写本・版本を見てきた今になって、特徴的なのだということが判ってきた）。すでに旧国宝本にも傍書があるが、長門本の所有を希望する人たちの多くが、単に複製を作るだけでなく、本文を読み、考察を加えながら書写する姿勢だったことが分かる。

長門本の転写が公的に行われるきっかけは、何回かあったようだ。その一つは寛文五（一六六五）年から翌六年にかけて、林鵞峰の下で『本朝通鑑』編纂のために写された時で[3]、『国史館日録』にそのことが記されている。また『大日本史』編纂の参考資料にすべく元禄から享保十六（一七三一）年まで、水戸の彰考館で『参考源平盛衰記』が編まれた際にも、写されたであろう（但しこの時作られた写本は複数あったと考えられ、現存の彰考館本がその中の、どのような役割の本だったかは未審である）。さらに寛政五（一七九三）年、松平定信からの依頼により長州藩では、貴重書扱いしていた長門本平家物語二十冊を写させ、翌六年、江戸の定信に届けた（定信が平家物語に興味を持ち、絵巻の制作などにも関心があったことはよく知られているが、長門本については物語なのか記録なのか疑問を持っていたことが書簡から分かる）。本書にはその経緯を考証した村上光徳論文と塩村耕論文とを収載しているので、参照されたい。推測するに、これらの「公的な」転写作業が行われた際には、副本も作っておくのが屢々だったのではないか。それらも併せて私の眼には「公的な写本」と見えたのかもしれない。そしてそれらの副本は、一部の人々が借り出して読んだり写したりすることが比較的容易だったと思われる。

寛政六年に定信の手元に届いた長門本が、現在どこにあるかは分かっていない。藩校の立教館に入ったはずで、そうだとすれば「立教館図書之印」という印記があるはずだ。立教館の蔵書は現在は散在しているそうだが、長門本は今のところ見つかっていないこと、本書収載の塩村耕論文、大谷貞徳論文の通りである。しかしこれ以降明治にかけて、国学者、知識人、幕末の志士たちの間で、長門本を史書として写し、読むことが頻りに行われたようである（本書で紹介した三田本、澤本などもそれである）。彼らにとって「平家物語」とは、琵琶法師の演奏する芸能ではなく、女子供にも愛好される絵入り版本でもなく、故実をふんだんに盛り込み、地方武士の活躍が具体的に記述される長門本や源平盛衰記だったのであろう。

このように考えてきて、立ち止まって注意したいのが、それらの「公的な」書写作業の折に、阿弥陀寺本（旧国宝本）の本文の不都合が修整されることがあったかもしれないということである。現代の私たちが見て「善本」だと思ってしまう基準は、装幀や保存の完全さや、字体と本文に乱れがなく意味が通じやすいところからくる信頼度に左右されがちだが、底本とする旧国宝本にすでに本文の不備が在ったとすれば、献上する本がそれでは不都合だと考えて、「校訂」を施したかもしれないのである。[4]「公的写本」が初期本文であるか否かは、別途検証が必要であり、旧国宝本以前の姿を残しているとは断定できないと思う。

近代の諸本研究は、善本を求めることに急であったし、[5]現代の研究は古態本を追究することに集中してきた。しかし、善本と古態本とは必ずしも一致しない。長門本の場合、現在遡れる最古のテキストが善本なのかどうか、逆に、現時点で善本と判定できる本文が古態を留めているかどうかは、それぞれに検証が必要な問題である。

二　現存伝本相互関係究明の端緒

ここで、本書の企画を進めるうちに、伝本の相互関係があるきっかけを得れば次々に解明されていく経験をしたので書いておく。

二〇一三年に赤間神宮蔵となった三田本（三田《さんだ》葆光《かねみつ》が黒川真頼本を明治三十四年に透写した本）には、三田

葆光自筆の小冊子が同じ箱に収められている。その冒頭には、

松浦伯蔵本長門本平家語《ママ》巻首に云／慶應二年丙寅の初冬津の旅館にて岡氏の蔵本に異本もて／一校畢佐々木弘綱と朱を以てしるす又巻頭に云／

とあり（①）、次いで②いわゆる長門本の序A、③長門本の目録、そして④佐々木弘綱校訂本の識語と岡安賢の識語、最後に⑤黒川本の書誌が記される（この小冊子が三田葆光自筆であることは、大谷貞徳氏が葆光の『櫨園文稿』と同筆、同じ用箋が用いられていることで確認している）。この②④は宮書弘化二年本にあり、③も同本の目録と一致する。また①の慶応二年佐々木弘綱の朱書識語は宮書弘化二年本の巻頭にある。さらに宮書弘化二年本には松浦氏の印記、岡氏の印記もあるので、三田葆光がこの本を見て抜き書きしたことは間違いない。④の弘綱識語の内容は、

川北氏が平家物語長門本を秘書として所蔵していたのを、岡安賢が借りて一噌素友に写させたが、底本の難読箇所は空白にしたままだったので、自分（佐々木弘綱）に、補入して欲しいと頼んできた。昨秋、二本で校合した書き入れのある山田正住旧蔵の長門本を書肆から入手したので、九月末から朱筆で岡安賢の本に校訂を書き入れた。しかしなお難読箇所が多くあるのはそのままにしたので、善本を得た人は訂正して欲しい、朱の傍書を全部よしとはするな。

というようなことである。つまり慶応二年頃のこと、山田正住旧蔵本には二組の長門本による校合の書き入れがあり、佐々木弘綱はそれを使って川北本の転写本（岡安賢蔵本＝松浦伯蔵本＝現宮書弘化二年本）に校訂・書き入れを施した。川北本とは現在、石水博物館所蔵の長門本であろう。序Aを有しており、半

丁行数も宮書弘化二年本と一致する。近世の知識人たちが長門本に関心を寄せて書写、校合を行ったこと（そのため伝本が多くなり、書き入れの多い写本があること）の背景が判るのである。

さらに神宮文庫所蔵の長門本の異本注記には「河北本」の名が見えるという（大谷貞徳氏の調査による）。神宮文庫本には立教館の学頭を務めた「桃軒居士」[6]による天保十五年の奥書があり、それには寛政四年に松平定信の依頼によって長州侯が阿弥陀寺本を写させ、立教館へ下賜された本を、ひそかに写したと記されている。こうして、寛政の定信依頼による長州藩作製本（現段階では所在不明）の転写本（神宮文庫本）と、川北本（石水博物館本）、その転写本である宮書弘化二年本とが繋がり、黒川本を透写した三田葆光と繋がることになった。現在あちこちに散在している伝本が、ある地域の知識人グループによって書写、管理、講読されていたこと、その大もとは阿弥陀寺本だったことが推測できよう（この項については本書215頁大谷貞徳氏論考、211頁塩村耕氏解題参照）。

三　中世の〈長門本〉

では中世の〈長門本〉（現存しない、過去の長門本の姿を本稿では仮に〈　〉つきで呼んでおく）はどういうものだったのか。以前に述べたことがあるが、[7]中世には読み本系的な本文が幾つも存在し、浮遊していた時期があった。現在語り本系とみなされる本文でも当時は、書記されていれば（系統別に分類されたりはしないから）無秩序に交雑し、混融していったであろう。

その中でも読み本系三本と呼ばれる延慶本・長門本・源平盛衰記（端本である南都異本も含め）には、本文の多くを共有するほどの近さに、祖本があったと考えられている。その祖本はいわゆる平家物語の原本――原平家物語ではない。それよりさらに遡ったところに雑多な記事をも吸い集めて膨張した原「読み本系」平家物語があり、そのまた向こうに、年代記形式に沿った簡略な物語の原「平家物語」の存在が垣間見える、というのがおぼろげながら私の見通しである。現存する諸本は、どの本をとっても「原平家物語」からは変貌した、後世のさまざまな思惑を被ったテキストとみるべきである。

しかし、多様な本文が浮遊していた時代の断片が、現在も断簡資料となって残っている。それらを手がかりに、中世以来の本文流動の様相と、現存諸本の位置づけを考えてみることはできる。例えば延慶本第六末「法皇小原へ御幸成事」にごく近い本文を有する平仮名書きの断簡が、厳島神社に奉納された反古紙経の紙背に残っており、元徳二（一三三〇）年四月以前と判定されている。源平盛衰記は近世の古活字版出版前後まで本文改訂が行われた可能性があるが、宮内庁書陵部蔵の「名和長高請取状」紙背には、源平盛衰記巻三〇「実盛被討」の一部が片仮名交じりで書かれており、請取状の日付は元応二（一三二〇）年二月なので、それ以後、この紙が未だ利用できた期間のもの（中世後期の写か）ということになる。では〈長門本〉に近い本文はどうかというと、大正十一（一九二二）年に紹介された「大嶋奥津神社断簡」と呼ばれる焼損した断簡の一部が長門本に近い。[8] しかしこの資料には一部、延慶本や盛衰記に近い部分もあり、似たような様相を示す（源平盛衰記に最も近いが、部分的に他の読み本系三本に類似する）資料に、長門切や頼政記がある。つまり繰り返すが、一四世紀から中世末期まで、現在一方系以外に分類される本文は固定せず、相互に交流し続け、また独自の改編を続けていたのである。現在残っている読み本系諸本は偶々その中で喪われずに残り、ある時期に固定した本文に過ぎない。

その中で真名本（四部合戦状本・源平闘諍録）は独特の用字法や志向を持つことから、特定の目的の下に編集され、限られた圏内（一族や地域、文化集団）に保存されたものと考えられる。延慶本は特定の寺院に囲い込まれて保存されてきたために、鎌倉時代の面影が残った。部分的には改訂中の姿を残しており、原本として完成させ、清書したものではない。源平盛衰記については、長門切が一三世紀のものだとすれば、比較的初期から現存のような本文があったことになるが、部分的には近世直前まで改編されていたと思われる。長門本の場合は、室町期を通じて改作を繰り返し、京都から西国へ、平家滅亡の行路に向ける視線の先で編集された可能性があるが、全体に抄略傾向があり、屢々不完全な抄略の痕跡を見せている。中世後半、阿弥陀寺へ奉納されたのを契機に本文が固定したという推測も可能かもしれない。

四　長門本平家物語の特色

近年の平家物語研究では、長門本は延慶本本文との比較対照という観点から扱われることが多かった。延慶本古態説一辺倒の傾向に危惧を抱き、延慶本を相対化する必要がある、との問題意識も一部にはあったが、大半の研究は延慶本の古態や宗教的環境を鮮明にすることを目的としていたのではなかったか。しかし前述のように、中世以来、読み本系の本文は浮遊し、交雑を繰り返し、失われたものも少なくなく、現存本文だけでその流動の様相を思い描くことには限界がある。危険がつきまとう、と言ってもいいかもしれない。つまり長門本や源平盛衰記の周辺には、それに似た本文が複数在って、諸本の関係は、そういう前提で考える必要があるのである。実際には、○○的本文、原××本などという用語は煩わしいし、論を厳密化することにはあまり役立たないので、短絡して○○本、××本のイメージを以て仮説が立てられているのだということに注意を払わねばならない。長門本と覚一本、長門本と四部合戦状本などとの関係も、そういう用心をしつつ考えていくべきものであろう。

寺院に閉じ籠められる以前の延慶本、中世後期の改訂以前の源平盛衰記と、〈長門本〉とは、遠くとも共通の祖本から岐れてきた経緯があったことは、本文の近似性からみて動かない。その中で長門本は、最もひろく、最も多くの人々の間を渡ってきたのではなかったろうか。渥美かをる氏が長門本を「庶民的」だと評した[9]のは、そういう傾向を指摘したのであったと思う。前述のように長門本の本文には独自の増補の跡もあるが、増補され膨張した本文を抄略しようとして意味が通じにくくなったり、唐突になったりしている箇所がそこここに見いだされる。あるいはこれも、くだくだしい描写や説諭を好まない読者層に、ひろく受け入れられるためだったたであろうか。

前代の文学（平安時代の説話、歴史物語、作り物語など）を引きたがる傾向もあり、貴族の物語への憧憬もまた、逆説的にその庶民性を示すといえようか。女性説話[10]、行事や地名の由緒由来、文字占や民間信仰などの話題が目立つことも、延慶本の仏家との関係、源平盛衰記の儒家との関係とは異なる層に関係があると予想させる。延慶本には鎌倉時代の語法が最もよく残っているとしたのは山田孝雄氏であったが[11]、島津忠夫氏は長門本に室町独特の語彙が見いだされることに注目した。(12)確かに長門本には室町物語や幸若に見られるような語彙、慣用句が屢々見られ、年代を確定するのは難しいとしても、中世後半の時代環境を想定させる。ところどころに烏滸話（笑話）が顔を出すのも室町時代の雰囲気だと感じられる（その揶揄的、風刺的な口調を政治評論、倫理的説諭へと強めるのが源平盛衰記である）。一方で従属説話を複数重ねる手法は、ときに入れ子形式にもなり、抄略があるせいもあって解釈しにくくなっている箇所もある。

他の諸本と共通する記事であっても配置が異なり、殊に説話を本流記事に接続する際の連結のしかたを変える試みをしている例がいくつかある。つまり同じ説話を取り込んでいても、人物の逸話として語るか、事件の類例として語るかを変えてみたり、また説話のどの部分が物語の本筋と結びつくのかが違っていたりする。延慶本は素材をつぎはぎした痕跡をそのまま残していることが多く、盛衰記はそれなりに一貫した文体で統一されているが、長門本は編集改訂の試みを繰り返し、その不手際を残したまま均されて、落ち着いてしまったという文体だと見受けられる。大雑把な言いようだが、文学史の中に置いてみると、延慶本は唱導文芸、覚一本は和歌や謡曲などの韻文文学、源平盛衰記は講釈や評判記などの根底に流れる儒学的歴史評論の系統を引いており、それに対し長門本はやはり室町物語のように、広範囲の読者層に向けた、娯楽性と多少の教訓性とを志向していたのであろう。

最終巻の後半に「灌頂巻」を立てていることは、(13)覚一本以降の形態であることを示すとして、後出性の証と考えられてきた。しかし前述の通り複数の読み本系と語り本系の本文がはやくから混融を繰り返してきたことを考えれば、断絶平家で終わる（灌頂巻を持たない）ことが、現存諸本の中で古態本の条件にはならないことに寧ろ留意しておきたい。確かに長門本は室町期以降、混態本文の平家物語であるが、現存諸本は全て、その痕跡の濃淡はあれ、室町の本文、覚一本の影響を被っている。長門本の本文流動がいつ止まったか、いつ頃の時代色が最もよく反映されているかは、その語彙や表現手法、文芸的嗜好に注目して探究する必要がある。従来のように説話中心の、管理者考へと収斂する考察では、平家物語諸本群の中での位置が部分的にしか見えて来ない。

もう一つ目立つ特色は、二十巻仕立という巻構成が平家物語諸本の中では異例なことである。「治承物語六巻」を平家物語の原型とみる立場、また原平家三巻説を考慮する立場から、平家物語の巻数が六または十二の倍数であることは成長の痕跡と考えられ、十二巻の巻立は物語の構想と関係させて論じられてもきた。それに対して、二十巻の巻分割は比較的新しく、特別な意図によるもの(14)と見るべきかもしれない。何らかの権威づけや、模倣があったことも考えられるが、具体的には未審である。

五　平家物語研究の前進に向けて

この半世紀の長門本研究は、他本との対照比較か、説話単位の考証が主であった（その傾向は平家物語研究全体についても、ある程度共通する）。長門本の場合、説話単位の研究は管理者や、その文化圏の究明へと向かっていき、他本との対照比較は主に古態を追究する手段として行われた。平家物語研究が、その成立と作者について、他の文学作品と同様に具体的な事情を明らかにしようと努めていた時期だったのである。

成立について究明しようとする視点からは、古態を遡って原態へ、原本へと向かう関心が大きくなる。伝本を見る目も、より中世に近い、初期の本文を求めて、善本か否かを判断しがちであった。延慶本古態説があたかも皮膜のように平家物語の成立論を覆った近年では、長門本は延慶本の兄弟本という位置に固定されて扱われてきたと言っても過言ではない。しかし平家物語諸本の中で、長門本は延慶本とは別個に流布し、多くの読者から興味を持たれていた時代が決して短くなかったこと、そういう事情は近世だけでなくそれ以前に遡ってもあり得たであろうこと（具体的な年代や地域は未解明だが、少なくとも延慶本のそれよりも長く、広範囲だったと私は考えている）は、想像できるのではないか。つまり延慶本と長門本の共通祖本以降、長門本が阿弥陀寺所蔵の平家物語として人々に注目されるまで――およそ三百年、延慶本は仏教徒の人脈によって改編、書写され[15]、寺院の外の世界へはあまり広まらず、一部の知識人に知られていただけだったらしい。それに対し長門本は、所謂知識層よりもっと広範囲の人々（有力寺院に所属する仏教徒だけでなくその周辺の者たちや、貴族階級に近い人物だけでなく都市で生計を立て、あるいは地方と都市を往来しながら生業を営む人々）の社会と関わり、彼らから提供される話題を取り込み、彼らに親しまれる平家物語として改編を繰り返していたのではないだろうか。階層的に広範囲であっただけでなく、空間的、地域的にも広く、長い期間に亘って交流があった（例えば西国へ向かって伸びる街道を往来する人々との接触があったかも知れない、それが廻国聖や時宗僧だったかどうかは分からないけれども。また東国や北国の合戦に参加した武士たちの周辺から関心を持たれたかも知れない、その発端は読み本系祖本の時代からあったに違いないとしても）。そうして書かれた長門本は、転写を経て阿弥陀寺に奉納され、建前は秘書として保管されるようになり、本文が固定した。現在私たちは、近世の大名や国学者たちが書写し（させ）、校合した（させた）伝本を見る機会に恵まれるが、阿弥陀寺奉納以前の姿には辿り着けていない。しかし読み本系祖本の時代から現存の本文まで、断片的な推測材料しかない空白期間を持つことは他の諸本も同様で、延慶本はおよそ百年、源平盛衰記もおよそ三百年に亘る。その間に何があったかは、未だ殆ど手が着けられていない課題である。

説話単位で諸本の個性を摘出しようとする研究は、説話の典拠を発見すると、多くの場合、作者圏や成立の場に結びつけていこうとするが、それはある意味で危険な判断になる。以前にも書いたことがある[16]が、物語の成立とは特異な部分ができた時ではなく、全体の構想が（一部破綻していたにもせよ）大きな枠に収まり、一定の安定を得たと思われた時であろう。殊に長門本のように多層的な混態を繰り返してきた本文は、部分的に突出した要素だけを見てその生成を推測しても、現在では失われてしまった本文との関係を見落す可能性がある。平凡な方法だが、複数の証跡（漠然としたものも含めて）を手がかりに推定していくのが王道だと思う。

戦後の軍記物語研究は、諸本では原本、伝本では最善本を求めて、ときには激しい論争を仕掛けながら進んできた。けれども、流動成長の文芸と言われたこのジャンルの特性に鑑みるとき、また文学史の中に平家物語を置いて考えるとき、私は「流動する」文芸であることそのものが、最重要のテーマなのだと思っている。いつから、何故、どのように、流動し変貌しながら、同じ物語として受容されてきたのか。そのエネルギー源はどこにあったか――そのことを解明していくことが、この分野の中心課題であり、魅力なのだと思うと、未だにわくわくする。それに相応しい、有効な方法を地道に探っていくことを目指して、本書を企画した。

注

（1）『平家物語図絵』（高井蘭山著。文政一〇〈一八二七〉序）「偖又《さてまた》長門国赤間の関阿弥陀寺と云は、安徳天皇の御寺にて平家物語八十六巻の写本ありとぞ。世に十六巻の長門本と云は、是より抄出せしなるべし」。長門切が切断される以前は巻子本だったとすれば、八十六巻ではなくとも大部の平家物語の存在に関する情報が流布していたことはあり得る。

（2）拙著『平家物語論究』（明治書院　一九八五）三―一。

（3）村上光徳「五十二号書簡をめぐって―長門本平家物語研究の問題点を探る―」（『海王宮―壇之浦と平家物語』三弥井書店　二〇〇五）に詳しい。実際に『本朝通鑑』は長門本平家物語を参照していることを前田雅之氏が検証している（「『本朝通鑑』と軍記―史書は物語をどのように受容していくのか―」関幸彦編『軍記ハ史学ニ益アリ　軍記と史学の関係を探る』教育評論社　二〇二四・二）。

（4）例えば巻六巻末の重盛死去記事の脱落の場合、①「前右大将の」で丁一杯のまま、その後が欠落　②「前右大将の」が丁や行の途中にあるままで以後欠落　③「前右大将の」でなく、その前の「時にとりては浅ましかりし事どもなり」で終わる　④「前右大将の」の後に「方様の者は世は此の御所へ進りなんとて悦けり」（源平盛衰記）などの文章を続けて結ぶ等、伝本によって相違がある。①は恐らく底本（旧国宝本）の忠実な写しであろうが、②は字詰めだけでなく漢字仮名の当て方なども相違している可能性がある。③は見た目の不都合を解消して「前右大将の」部分を削除したのであろうし、④は他の資料を参照して校訂したと推定される。しかし何も知らずに見れば、③か④が善本だと判断しかねない。

(5) 私が昭和四十三年に長門本平家物語の悉皆調査を思い立った時も、国書刊行会本の校訂方針に疑いを持ち、「善本」を捜す意図があった。だがそれ以前に、現存する長門本の伝本はどれとどれか、どの程度本文に揺れがあるのか、という問題も手つかずだったので、悉皆調査をせざるを得なかったのである。

(6) 『桑名市史』、『温知余筆』(明治三六〈一九〇三〉)によれば立教館の学頭だった成合繁三郎という人物が、桃軒と号したという(大谷貞徳氏による)。

(7) 『軍記物語論究』(若草書房　一九九六)四—3。

(8) 中村直勝「平家物語の断簡」(「芸文」一三—四　一九二二・四)。本資料は焼損が激しい上に現在は所在不明となり、追跡調査が出来なくなっている。

(9) 渥美かをる『平家物語の基礎的研究』(三省堂　一九六二)。

(10) 祇王説話のないことが疑問視されることが多いが、あるいは屋代本などのように秘事扱いされていたか、そういう本文に拠ったのかもしれない。

(11) 山田孝雄『平家物語の語法』(国定教科書共同販売所　一九一四)。

(12) 島津忠夫『平家物語試論』(汲古書院　一九九七)。

(13) 源平盛衰記の最終巻(巻四十八)は実質的に灌頂巻である。四部合戦状本も内容には異同が多いものの灌頂巻を立てている。

(14) 長門本各巻の分量は一定ではなく、巻により二倍近い差がある。

(15) 現存の延慶本にも、編集途中のままになっている箇所が見いだされ、清書本としての体裁が整ってはいない。

(16) 『軍記物語原論』(笠間書院　二〇〇八)第一章。

重要文化財 平家物語長門本　戦災焼損修復の記録

赤間神宮名誉宮司　水野直房

昭和の敗戦で大連から内地へ引揚げ、幸い御神縁を頂いて戦災に全焼した下関市の赤間神宮御復興の使命を荷い、赴任しますや御祭神安徳天皇の御尊像は疎開して御無事でしたが、旧国宝懐古詩歌帖は焼失、旧国宝長門本平家物語二十冊は戦火を浴び神職が命がけで運び出し、消火したものの、黒こげの痛々しい姿となってしまいました。昭和二十三年一月宮司を拝命した父がある日、新制中学一年の私を呼び、仮殿内で包みを開きますや、無惨にも周囲が黒こげになった長門本平家物語でした。その時の衝撃は今も私の脳裏を離れません。木戸公を祀る木戸神社の御用材の下賜を頂き二十四年春、本殿竣工と御尊像の還御が行われました。引続いて文化財保護委員会（現文化庁）に令名高き文部技官田山信郎（号方南）氏が、戦後の文化財調査の為来宮され、悲惨な長門本を御覧になるや、即刻修復を仰せ出され、東京へお持ち帰りになり、東京神田の池上幸二郎師に修理施工を委ねられ、国宝保存法に依り修理が実施されました。

昭和二十五年四月、一丁ずつ見事に裏打ちされ、和とじも美しく修復成った姿の何と美しいことでしょう。加えて立派なため色の漆塗りの桐の筥に収められて神前に到着したのです。

長門本の巻第二冒頭には辛くも、一部焼損してはおりますが、朱色も鮮かに今も大きく美しく、中央に「阿彌陀寺」、右側に「長門國」、左側に「赤馬関」と三行の見事な彫刻の所蔵印が拝見されるのも見逃せません。

折しも令和七年の春五月二日には御祭神安徳天皇八百四十年先帝祭が、秋十月七日には明治天皇紀の明治八年同日条に、

長門国豊浦郡赤間関鎮座安徳天皇社を白峰宮に準じて赤間宮と改称し、官幣中社に列せらるとの勅定が発せられて満百五十年を迎え、式年大祭が斎行されます。近年松尾葦江博士を中心に平家物語とりわけ長門本の研究が大いに進んでおり、この刊行が期せずして記念となりますことを喜び、平家物語長門本大修補の記といたします。

令和六年四月

大内文化と「阿弥陀寺本平家物語」

佐々木孝浩

はじめに

「長門本」と通称される『平家物語』の読み本系の本文が、江戸時代に広く流布したことは、松尾葦江氏による入念な伝本調査(1)の成果をみれば一目瞭然であり、その後の新出伝本を加えると七十九本が確認されているという。松尾氏は、長門本の伝本は藩などの公的機関が書写させた「公的写本」と、民間人の関心によって私的に写された「私的写本」とに分類できると述べておられる(2)が、このことも同本が幅広い階層で受容されていたことを示しているといえよう。読み本系統のもう一つの雄である『源平盛衰記』が、古活字版や整版などの多種類の版本によって広まったのに対し、刊行されないまま写本だけでここまで流布した事実は、その人気のほどを雄弁に物語ってもいよう。

何故「長門本」はこれほど人気があったのか。一般に流布していた語り本系統よりも分量の多い本文を有するという、本文的な素性の良さも理由の一つではあろう。しかしよく指摘されているように、平家一門滅亡の地である壇ノ浦を望む地にある、安徳天皇と従二位尼をはじめ、平知盛・教盛ほかの平家一門の墓所である阿弥陀寺（現在は安徳天皇を祀る赤間神宮）に伝わった本であるという由緒が、その尊重された理由となったことは疑いない。これも松尾氏が整理されたことだが、長門本の諸伝本には序文を有するものが少なくなく、しかも三種もの序文が確認できるのである。長短はあるものの三種共に、信濃前司行長が自作（筆）の本を長門の安徳天皇の廟（堂・像）に奉納したものであることが記されている。著名な『徒然草』烏丸本第二百二十九段に記されているのは、語り本の作者としての行長であり、矛盾した話ではあるのだが、ともかくも安徳天皇の墓所に伝来した本であるという事実が、その評価と結びついていたことは疑いない。

行長自筆というのは荒唐無稽の説ではあるものの、室町以前の古写本であることは疑いない、安徳天皇墓所である阿弥陀寺（現赤間神宮）に伝えられた『平家物語』写本について、それが西国の大守護大名大内氏の領地であった長門の赤間関という場所に存在していることに注目して、書誌学研究の立場から検討することとしたい。

一　「阿弥陀寺本」の書誌の再検討

これもまたよく知られているように、現存「長門本」の祖本であると考えられる「阿弥陀寺本」（「旧国宝本」とも称されるが、本稿ではこう呼ぶこととしたい）は、第二次世界大戦時の昭和二十年七月二日の空襲に遭ったために、冊により被害の程度に大きな差があるものの、基本的に周辺が焼け焦げて楕円形になってしまっている。国宝保存法により昭和二十四年秋から修理に着手して翌年四月に完了（以上第二十冊末尾に加えられた文部技官田山方南の跋による）し、半葉毎に台紙に貼られて再び袋綴装として仕立てられている。

当然のことながら表紙も新しいものであり、本来の姿を想像するのは難しいのだが、ともかくも全ての冊の筆跡が確認できることは大いなる幸いであった。これを手掛かりにおよその書写年代を推定できるばかりではなく、書風により写本の製作圏を推測できる可能性もあるのである。筆跡が現存する価値はいくら評価してもし足りないといえよう。

筆跡の確認の前に、現状から理解できる書誌的な情報を、焼損前の調査報告を参考にして確認しておきたい。実見させていただいたこともあるものの、ここでは複製的な影印である『平家物語　長門本』（山口新聞社、一九八六）を使用し、中島正国「長門本平家物語の原本に就て」（『國學院雑誌』三七―一（四三七）、一九三一）及び、松尾葦江氏監修「赤間神宮収蔵古典籍解題」（松尾葦江編『海王宮―壇之浦と平家物語』三弥井書店、二〇〇五）などを参照した。

本の大きさは、二十九・四（九寸八分）×二十二・五（七寸五分）糎（現状：二十九・二×二十・三糎）であったという。書写の古い袋綴装は大振りなものが目立つが、『平家物語』は特にその傾向が強いといえる。拙稿「書物としての平家物語」（『日本古典書誌学論』笠間書院、二〇一六、初出『軍記と語り物』四九、二〇一三）

で確認したことがあるが、尊経閣文庫蔵の文明四年（一四七二）頃写の覚一本系「真字熱田本」が二十八・〇×二十・三糎、天正十六年（一五八八）写の八坂本系「大前神社本」が二十九・〇×十九・二糎、東京大学国語研究室蔵の慶長頃写の覚一本「高野本」が三十一・〇×二十三・二糎といった具合であり、「阿弥陀寺本」が特異な大きさというわけではないことが理解できる。

表紙は後補網代地銀杏散らし文の黒綸子であったとのことである。表紙に用いられることの多い緞子ではなく、本当に綸子であるのかは気になるところではあるが、何れにせよこれらの裂は古写本の原表紙に用いられるものではないので、緞子や金襴などを表紙に利用することが一般化する、江戸時代以降に改められた表紙と考えられる。中島も紺紙表紙の痕跡があったと記しているので、原表紙は袋綴装の写本でもよく見られる藍染した紙を用いた表紙であったのであろう。

また中島は「装幀は極めて不器用である」とも評している。どのような点を不器用と感じたのか不明であるが、表紙と本体の大きさが少し違っていたり、表紙の四周の折目が綺麗に揃っていなかったり、綴じ糸の掛け方も稚拙であったのであろうか。貴人が高額を投じて仕立て直したような表紙であれば、そのような評価にはなりにくいと思われるので、あまり専門的でない人物によって付された表紙であったのかもしれない。

中島は外題については言及していないが、『山口県文化財概要 第1集』（山口県教育委員会、一九五二）の「典籍」部の「紙本墨書　長門本平家物語　二〇冊　下関市　赤間神宮蔵」に、罹災の前と後の画像が掲載されており、表紙の左肩に題簽があり、「平家物語巻第幾」と記されていたことが確認できる。

比較的小さな白黒写真であるのではっきりしないのだが、表紙が改められていることからしても後補のものであろうか。

以上の点からすると、「阿弥陀寺本」は『平家物語』の袋綴装の古写本として、装訂の面では特別な特徴を有するものではないと判断できそうである。

同本で注目されるのは、従来も指摘されてきたように、各種内題の有無や半葉行数といった書式の様子であろう。中村祐子氏「旧国宝赤間神宮本をめぐって」（麻原美子・犬井善寿編『長門本平家物語の総合研究』第三巻論究篇（勉誠出版、二〇〇〇））に詳しい一覧も存しているが、以下の論述のためにも、内題と半葉行数の一覧表を掲げておきたい。

この一覧表の凡例は以下の通りである。「〔　〕」は現状からは判断できず先行文献によって推定したものであることを示すが、行数は基本的に先行研究に拠っているので「〔　〕」を省略した。猶、巻十三以降（巻十八を除く）に扉題のようなものが確認できるが、それらが一筆であることや、筆跡の特徴からしても後補のものと考えられることから、ここでは特に取り上げないこととする。巻数に続けて、目録題・内題・尾題の状況と半葉行数を示した。

巻一　〔ナシ〕・〔「平家物語巻第一」〕・〔ナシ〕・八行
巻二　「平家物語巻第二」・ナシ・ナシ・九行
巻三　「平家物語巻第三」・ナシ・ナシ・八行

巻四　「平家物語巻第四」・ナシ・ナシ・八行
巻五　「平家物語巻第五」・ナシ・ナシ・九行
巻六　ナシ・「平家物語巻第六」・ナシ・八行
巻七　「平家物語巻第七」・ナシ・ナシ・十行
巻八　「平家物語巻第八」・「平家物語巻第八」・ナシ・十行
巻九　ナシ・〔「平家物語巻第九」〕・〔ナシ〕・十行
巻十　〔ナシ〕・〔「平家物語巻第十」〕・〔ナシ〕・十行
巻十一　ナシ・「平家物語第十一巻」・ナシ・十行
巻十二　〔「平家物語巻第十二」〕・〔ナシ〕・〔ナシ〕・九行
巻十三　「平家物語巻第十三」・「平家物語巻第十三」・ナシ・十行
巻十四　「平家物語巻第十四」・ナシ・ナシ・十行
巻十五　「十五」（末尾に「已上廿二ケ条」）・ナシ・ナシ・十行
巻十六　「平家物語巻第十六」・ナシ・「平家物語巻第十六」・十行
巻十七　「平家物語巻第十七」・ナシ・ナシ・十行
巻十八　「平家物語巻第十八」・ナシ・ナシ・十一行
巻十九　「平家物語巻第十九」・ナシ・「平家物語巻第十九」・八行
巻二十　「平家物語巻第二十」・ナシ・ナシ・十行

この一覧を一見しただけで、この本の二十冊がかなり不統一なものであることが理解できるであろう。目録がないもの五冊、目録題に書名がなく巻数だけあるもの一冊、内題があるもの六冊、尾題を有するもの二冊といった具合である。

また目録題・内題・尾題ともに表記は「平家物語巻第幾」とあるのが基本だが、巻十一のみは「平家物語第十一巻」となっており、「巻」の位置が異なっている。

半葉の行数に至っては八～十一行と非常にばらつきがある。目録がないもの、内題があるもの、尾題があるものなどで、それぞれ行数が共通するのかと思えばそうでもない。目録がある冊で本文中に対応する見出しがあるのは巻三と五のみだが、この二冊すら行数が異なっているのである。ともかく全体的に極めて不統一としか表現しようがない状態である。

『平家物語』の室町以前の写本で、書名表記が不統一のものが目立つことは、先述の拙稿で確認した通りである。弟子への相伝を明記し、後証に備えるために制定した本文であることを明確に書き記した、応安三年（一三六九）の明石検校覚一の奥書を有する「覚一本」のように、書名表記が良く整った系統の伝本と比較すると、このように混乱した状態の「阿弥陀寺本」が、安徳天皇墓に奉げるために特別に仕立てられた揃い本であるとはとても考え難いのである。補配や補写が混在した本と考えるのが普通であろう。中村祐子氏も前掲論文において、「体裁及び筆跡からは、赤間本が多数の人の手で書写されたということ、また時間を違えて書写された巻の存在も浮かび上がる。欠本の補写の時期が初《(ママ)》写からみていつごろなのかは分からないが、その際に系統の違う本の流れも汲んだ可能性がある」と述べておられる。

二　「阿弥陀寺本」の筆跡と書写時期

中村祐子氏はまた同じ論文において各冊の筆跡についても考察されている。大変重要な先行研究であるので、私に番号を付しつつその内容について整理してみたい。

①八行書きで目録のない巻一・六は同筆、②目録のある八行書きの巻三・四、九行書きの巻二・四・五、一〇行書きの巻七はほぼ同筆、③目録・内題が共にある巻八は独自、④目録のない巻九は②の六冊と似ている、⑤巻十一・十二・十四・十五・十七・十八・十九・二十はそれぞれ筆跡が異なるのではないか、⑥九行書きの内で巻十二だけ筆跡がかなり異なる、などと指摘されている。また体裁の特徴と合わせて、⑦巻八は後の補写である可能性がある、⑧本文が目次丁の裏から始まる巻十二・二十は他の巻と時間を違えた書写か、⑨尾題のある巻十六・十九も他と書写時期が異なるか、と推定されている。

これを独自に検討した結果と比較してみると、同筆か否かについては概ね一致した。①は同意見だが、②④の巻二・三・四・五・七・九を筆跡的に一まとまりとみる点は少し見解が異なる。半葉八ないし九行書の巻二〜五の筆跡は、確かに非常に近い感じであるのだが、半葉一〇行書の巻七・九はこれらとはやや距離があり、同じ一〇行書の巻十・十七とまとめたほうが良いように考える。その理由の一つとして、巻二〜五は「乃」を字母とする「の」を基本的に使用しないのだが、巻七・九はこれを使用しているのである。他は一巻一筆と考えてよいようである。

八・九行書と筆跡に共通性の高いものが前半に集中することは、関連性があると考えられそうである。また各種内題が不統一であるように、筆跡も一貫した性格を見出しがたく、やはり最初から一具のものとして書写されたものとは考えがたいのである。中村氏は⑦⑧⑨で、内題や書式が少数派であるものの書写時期が他と異なる可能性を指摘されている。こちらも注目される見解であるが、その時期については書風の確認と併せて検討してみたい。

現状は十手以上の筆跡からなる「阿弥陀寺本」であるが、全体的な傾向としていえるのは、能筆と称しうる手がほとんどないということである。それどころか稚拙と評したほうが適当と思われる筆跡ばかりなのである。前近代は書の巧拙と古典的な教養の有無が基本的に比例する傾向が強いのは確かである。「阿弥陀寺本」の書き手は高い教養を有する人物達であったとは考えがたく、やはり武士階級あたりを想定するのが穏当であるように思われる。しかしそれも「阿弥陀寺本」に限ったことではなく、『平家物語』の古写本に目立つ傾向であるといえる。応永二六、七年（一四一九、二〇）に根来寺で書写された大東急記念文庫蔵の「延慶本」は、漢字と片仮名で書写された僧侶の手になる比較的整った筆跡の写本である。[3] また室町時代に書写されたと考えられる、國學院大學図書館と京都歴彩館に分蔵される「屋代本」も漢字と片仮名で書写されており、やはり僧侶の手になる可能性の高いかなり整った筆跡の写本である。[4] こうした例外的な存在もあるものの、大振りの袋綴装で平仮名書きの『平家物語』写本は、武士の手と思われる稚拙な筆跡が目立つのは確かである。

以上のような特徴からすると、「阿弥陀寺本」はもちろん貴重な存在であるけれども、特別視して偶像化すべき存在ではないといえよう。

「阿弥陀寺本」の書写時期については、石田拓也氏が、『伊藤家蔵長門本平家物語』（汲古書院・一九七七）の「解題」で、「現存の〈阿弥陀寺本〉」について、「時代から断ずるならば、文明九年（一四七七）十一月、政弘が山口に帰って来てより数年間のこと、としておく」と述べておられるのが注目される見解である。ただし、同氏が「長門国赤間関阿弥陀寺―長門本平家物語の背景―」（『軍記と語り物』十四、一九七九）において、この説について、「阿弥陀寺の大火記録に関連する記事を参照して推論」したと述べておられるように、その考察過程をそのままに受け入れることはむずかしく感じられる。(5)

しかしながら、その推定は山口県の公的な刊行物の見解と一致しているのは興味深いといえよう。先に挙げた『山口県文化財概要 第1集』の説明には、「書写の年代は文明頃であつて必ずしも古くないが、原本の成立は右にも述べた所で明らかなように、遅くも鎌倉末期を降らないものと見なければならない」と記されているのである。同じく山口県教育委員会が二〇二〇年三月に策定した「山口県文化財保存活用大綱」（https://www.pref.yamaguchi.lg.jp/soshiki/97/188481.html で参照できる）には、「この長門本平家物語の祖本完成は鎌倉時代末を下らないといわれるが、この写本は室町中期頃とされる」と、やや幅を広めているものの、文明年間は室町中期であるので大きな変化はない。

自治体から公表された見解は、具体的な根拠を示していないが、専門家の意見を反映したものであることは疑いなく、複数の識者の推定が室町中期頃で一致していることは注目に値しよう。

先述のように「阿弥陀寺本」の二十冊は書写年代に幅があることは確かであるのだが、その各冊の筆跡を確認していくことによって、凡その書写年代を推定することができるのではないだろうか。先ず気付いたのは、巻一と六の「乃」の書きぶりその他が、甘露寺親長に似ているということである。同筆というのではないのだが、やや癖のある文字の形に共通性が感じられるのである。

正二位権大納言親長（一四二四〜一五〇〇）は、藤原北家高藤流（勧修寺流）の嫡流たる甘露寺家の生まれで、歌や蹴鞠で名があり、書写活動も活発に行った人物である。明応初年（一四九二）前後に書写した『源氏物語』「夕顔」が大正大学図書館蔵に蔵され、同館ホームページで画像が公開されているほか、慶應義塾（センチュリー赤尾コレクション）の「詠化城喩品和哥」懐紙も画像が公開されており（https://objecthub.keio.ac.jp/ja/object/861）、「乃」字を確認できる。親長が「阿弥陀寺本」の書写に加わったとは考えがたいが、時代的な共通性を認めてもよいように考える。二十冊の書写時期に幅があるにせよ、それほど大きな年代差は感じられないのであり、室町中期頃の書写とみる従来の見解に賛同したく思うのである。

三　「阿弥陀寺本」と「大島本源氏物語」

「阿弥陀寺本」が多数の筆跡からなる室町中期頃の写本であり、なおかつ長門国下関に位置する阿弥陀寺で所蔵されてきたものであるという事実を踏まえると、自ずと気になるのが「大島本源氏物語」の存在である。

西国の大守護大名大内政弘（一四四六〜九五）の旧蔵本で、奥書により筆者が明らかな「桐壺」（聖護院道増筆）と「夢浮橋」（聖護院道澄筆）と、欠落した「浮舟」を除く五十一冊が、文明十三年（一四八一）飛鳥井雅康写であると池田亀鑑によって認定されていたこの本が、大内政弘所蔵の本をおそらく家臣の武士が書写したものであり、しかも一筆で書写されていたものが何らかの理由で十九冊になっていたのを、後に永禄七年（一五六四）頃に一人が一冊を担当して、大勢で補写して再び揃い本としたものであることをかつて証明した。(6) 池田亀鑑説は池田が編纂した『源氏物語大成 全八冊』（中央公論社、一九五三〜六）の影響力の大きさもあり、「大島本」の本当の素性を、一般の源氏物語研究者にはなかなか理解してもらえなかったために、この問題について繰り返し論じることとなった。(7)

この一連の論文執筆の過程で必要であると感じたのは、書写者を明らかにすることであった。それが判明すれば、書写の時期と環境が明らかになり、本文の素性や信頼度を推測する手掛かりが得られるはずである。「大島本」の場合、身分の高い僧侶の書写である「桐壺」「夢浮橋」を除く他の冊は、当時の公家の筆跡などと比較すると、数段落ちるものであることは否めない。また「若紫」冊で「僧都」を「僧部」と書き誤ってしまうような有様からしても、(8) 個人差はあるにしても、全般的に高い教養を有するとは思えない人物たちの書写であることは確かなのである。

とりあえずは補写部分に限定せざるをえないものの、それらが「桐壺」と「夢浮橋」と同時に写されたとするならば、この両冊が書写された長府周辺に永禄七年頃にいた人物が候補となる。「桐壺」と「夢浮橋」の両冊は、奥書の内容と当時の時代的状況からしても、大内氏の滅亡後に毛利氏の臣に転じた吉見正頼の依頼によって書写されたものと考えられる。その他の補写分三十二冊を担当した三十二人は、正頼奥書に名前が明記されないことからしても、それほど高い身分であるとは考えがたいので、正頼が命令に近い形で書写を頼みうる人物となる。

その条件に当て嵌まるのは、配下か同僚的な武士、あるいは長府周辺の社寺の神官や僧侶などということになりそうである。特に候補として有力なのは、和漢聯句会などで道増・道澄とも同座したこともある、長門一宮住吉神社の大宮司家山田家と、同二宮忌宮神社の大宮司家竹中家の人々であることも指摘したことがある。(9)

いささか迂遠な説明になってしまったが、大内氏時代の長府の重要な拠点であり、「大島本」の首尾の冊の書写を担当した道増・道澄も滞在していた長福寺（現功山寺）から阿弥陀寺（赤間神宮）までは七キロ足らずである。阿弥陀寺も長府文化圏の中にあるといえるのである。「大島本」の補写がこの長府文化圏で行われたことは確かであると考えられ、一筆の十九冊の書写もその可能性は高い。補写活動のあった永禄七年（一五六四）は、「阿弥陀寺本」の主幹部分の書写よりはやや後になるかもしれないが、その補写乃至補配の可能性のある部分の書写時期とはさほど隔たらないように思われる。

以前にも指摘したことがあるが、(10)作品が異なることから普通は一緒に考えられることのない「大島本」と「阿弥陀寺本」を、同じ文化圏の近い時期の産物として併せ考えてみる価値は十分にあるように思うのである。

大内氏の家臣たちの書写活動を考える上で、重要な資料になりそうなのが、大量といってよいほどに現存する大内氏とその家臣団の自筆の和歌短冊である。忌宮神社大宮司竹中家の人々が「大島本」の書写に関与しているのではないかと想定して、その筆跡を探していたところ、少なからぬ数の短冊が存在していることに気付いた。それればかりでなく、大内氏当主とその一族のものや、他の多くの家臣のもの、さらには大内氏に仕えていたらしい連歌師たちの和歌短冊までもが次々に確認できたのである。

そこで現物とともにその画像やデータなどを蒐集して、地域・家別に分類し、翻字に所在データなどを付した、「守護大名大内氏関連和歌短冊集成（稿）」（『斯道文庫論集』五〇、二〇一六）を発表した。その後も素性の良い「短冊手鑑」の情報が公開される度に、[11]関係短冊が確認でき、嬉しい悲鳴を上げ続けているような状況である。

応仁の乱に西軍の主力として参戦した政弘は、家集『拾塵和歌集』を遺すほどに和歌にも熱心であった人物である。その身近な家臣たちも和歌を嗜んでいてもおかしくはないのだが、これほどまでに家臣団の和歌短冊が存在しているとは想像もしなかった。この事実が明らかになった時に、当然のことながら湧いてきたのは、これほど大量の短冊が何処で保存されていたのであろうかという疑問である。同族の重臣陶晴賢（一五二一～五五）の下剋上により家運が衰え、勢力拡大の過程で取り込んだ臣下であった安芸の毛利氏によって滅ぼされた大内氏であるので、関連資料も多く失われたように考えてしまいがちであるが、現存する大内氏関係の典籍類は少なくない。具体的な事例は、拙稿「蔵書家大内政弘をめぐって」（佐藤道生編『名だたる蔵書家、隠れた蔵書家』慶應義塾大学出版会、二〇一〇）や、尾崎千佳「大内氏の文芸」（大内氏歴史文化研究会編『室町戦国日本の覇者 大内氏の世界をさぐる』勉誠出版、二〇一九）を確認いただきたい。

政弘の時代には大内氏の館において、月次の歌会と連歌会が開催されていたことが、長享三年（一四八九）七月十日付の、奉行や筆者当番が歌会・連歌会の懐紙を取り置いておき、たまったら「文庫」の番衆に渡すべきことを定めた掟書によって確認できる。[12] 大内館の中に殿中文庫が存在し、そこに懐紙類が保存されていたこともわかるのである。

また大内氏を頼って山口に滞在していた公家の飛鳥井雅俊（一四六二〜一五二三）の家集『園草』には、大永二年（一五二二）正月から八月にかけて、政弘息の義興（一四七七〜一五二九）が大内館で主催していた、月次歌会や当座三十首続歌などの詠が存在している。現存する大内氏関係の和歌短冊には、天文十四年（一五四五）〜十七年、同十九年頃に、義興息の義隆（一五〇七〜五一）を頼って山口に滞在していた、公家の柳原資定（一四九五〜一五七八）が出題者として題字を記した短冊を複数枚確認できる。[13] 義興や義隆時代の和歌や連歌の懐紙や短冊類も、殿中文庫に蓄積されていたものと考えられるのである。

天文二十年（一五五一）八月二十八日陶晴賢軍は山口に侵攻し、義隆は防戦に有利な山麓の法泉寺へ退去した。同年十一月中旬に山口の龍福寺で書かれたとの本奥書を有する『大内義隆記』に、「殿中へは軍勢強人共か乱入、代々にあつめ給ひける宝物は山をかさねて有たる様なるを、只一時に取散し」（加賀市立中央図書館蔵聖藩文庫本に拠り私に読点を付した）とあるように、この際に流出した典籍も少なくなかったものと考えられる。懐紙や短冊も同様の運命をたどったのであろうか。

和歌短冊が保存された場所として、大内館の殿中文庫と共に注目されるのは、大内氏の総氏寺であった氷上山興隆寺である。大内館のある山口の東端の、周防国府の防府に抜ける街道近くに位置し、政弘代の文明十八年（一四八六）には勅願寺となり、後土御門天皇より「氷上山」の勅額と宣旨を賜っている。翌年二月十日にこの勅額を初めて掛けた折の喜びを、政弘は、「勅なればいともかしこし此寺もいまぞさかえん神の氏人」（拾塵集）と詠んでいる。

政弘が滞陣中の京都から下した、文明七年（一四七五）十一月十三日付の「氷上山興隆寺法度条々」（山口県文書館に現存）には、「一、毎月月次連歌、自武家如前々可被致其沙汰事／一、毎月本坊〈十坊〉和哥可有興行事〈任頭役其心可有山中／会合但飲食一向停止之〉」などとあり、この寺で大内氏の被官達により連歌会や歌会が活発に行われていたことが理解できるのである。

これ以後もこの寺で盛んに歌会が催されていたことは、将軍足利義材（一四六六～一五二三）に従って山口に滞在していた、室町幕府奉行人の伊勢貞仍（一四五五～一五二九）の家集『下つふさ集』に、永正初年頃（元年は一五〇四）の「氷上山百首」が、また雅俊『園草』にも、大永二年（一五二二）に被官の杉隆重や善福なる人物が勧進した氷上法楽百首歌が見えていることにも明らかである。

大内氏滅亡後も同寺が毛利氏の庇護を相応に受けていたことは確かであるが、和歌短冊などの資料が同寺で保存され続けたことを示す資料は確認できていない。あくまでも可能性に過ぎないが、現存する大内氏関係短冊の出所の有力候補であることを指摘しておきたい。

また近世以後のそれら所蔵先として注目できるのは、毛利氏関連の人々や場所であることは言うまでもない。国文学研究資料館に所蔵されている、長府毛利藩旧蔵の短冊手鑑『筆陳』二帖[14]は、その代表的な例である。

防長二州以外で注目されるのは、大蔵書家として知られる加賀藩主の前田家である。同家に大内氏関係の短冊が複数伝わっていたことは、前田家から明治四十三年に皇室に献上された「古筆短冊手鑑」三帖[15]の内容を見るだけで明らかである。また保存用の畳紙によって前田家を出所とすると証明できるものが、一九九〇年代に古書店から少なからず販売されており、忌宮大宮司竹中家関連の短冊や和歌懐紙は稿者の手元にある。

前田家が古典籍の他に短冊類を熱心に蒐集していたことは、近時刊行された前田育徳会尊経閣文庫編『尊経閣善本影印集成77　武家手鑑　付旧武家手鑑』（八木書店、二〇二二）の「解説」で紹介された、四代藩主綱紀（一六四三～一七二四）時代の製作と考えられる前田育徳会所蔵「古筆極札目録等」中に、「上短冊手鑑」「中短冊御手鑑」「短冊御手鑑」「御手鑑」（短冊切数百四拾壱枚）「御手鑑」（切短冊五百拾五枚）「御手鑑」（切短冊三百六拾六枚）「御手鑑」（切短冊百四枚）・「一　三千六百枚余　はなれ短冊」などが見えていることにも明らかである。これらの手鑑の多くは「微妙院様」（二代利常（一五九四～一六五八））が関与したものといい、大内氏関係短冊も江戸初期には前田家の所蔵となっていたことが窺われるのである。

このように我々は大内文化の遺産たる、大内氏家臣団の筆跡を保存した和歌短冊を利用することができるのであり、これらを「大島本」や「阿弥陀寺本」の書誌学的研究に活用することが必要なのではないだろうか。

四　「大島本源氏物語」からみた「阿弥陀寺本」

「大島本」各冊の筆跡は、全体的には江戸時代に「栄雅流」と呼ばれていた、飛鳥井雅親（法名栄雅、一四一七～九〇）を祖とする書流に属するか、あるいはその影響を受けていると思われるものが目立つ。これは雅親の息で書をもよく継承した雅俊が、山口に下向して和歌や蹴鞠を指導していたことからしても納得できる傾向であり、竹中家の人々がその門弟であったことも確認できる。そのことを含めて、「大島本」の一筆部分は忌宮神社大宮司の竹中興国の筆跡と似通うこと、補写の冊である「紅梅」は興国息の隆国の筆跡と通ずるところがあることなどを指摘したことがある。[16]

また、「桐壺」「夢浮橋」部分を除いた「大島本」の少なからぬ筆跡の中で、特異な書風として目立つのが、「若紫」本文末尾四行と「宿木」を書写し、他にも十二冊で歌などの書入れを行っている人物の筆跡である。この人物の筆跡は俊成の筆跡を模したものとする見解もあるが、[17]室町期の書流を理解していない意見であり、その特徴が三条西実隆を祖とする「逍遥院流（三条流とも）」に属するものであることは明らかである。幸いにというべきか、大内氏家臣団の中では逍遥院流は栄雅流に比して少数派であるので、該当する和歌短冊を選び出し、地域や時代も合致しそうな人物を絞り込んでいったところ、忌宮神社からも程近い串崎神社の大宮司であった串崎武光の筆跡を見出すことができた。[18]完全に同筆と断言できるわけではないが、その蓋然性はかなり高いものと考えている。

残念ながら「阿弥陀寺本」には逍遥院流の筆跡は確認できず、このような具体的な筆者の特定は難しいのだが、半葉八行書きの巻第十九は「阿弥陀寺本」の中では能筆といえるものであり、鎌倉期からの伝統のある「世尊寺流」の特徴を示していることは注目され、今後注目すべき筆跡であると考える。[19]「阿弥陀寺本」二十冊中で唯一の十一行書きである巻第十八は、行数が多いことに加えて書風からも、中では書写が最も新しいと思われるのだが、その筆跡は「大島本」の補写の冊である「藤裏葉」と書風が共通しているように感じられる。このことも以前に指摘したことであるが、[20]それが認められるのであれば、「藤裏葉」は永禄七年(一五六四)頃の書写であると考えられるので、「阿弥陀寺本」の二十冊の書写の下限もほぼその頃ということになる。であるとすれば、二十冊の書写時期はまちまちであるとしても、その期間は十五世紀後半から十六世紀中頃までに収まると推定されるのである。[21]

おわりに

浜畑圭吾氏は、巻第五「厳島次第之事」の依拠資料が『厳島大明神日記』であること、巻第十五「惟仁親王御即位事」の長門本独自本文に見える内容が、大内政弘と親交があり山口にも下向した経験を有する、連歌師の猪苗代兼載(一四五二〜一五一〇)の説を伝える『古今私秘聞』の記述と一致することを理由として、現長門本が「厳島信仰圏を内包する大内氏の文化的「環境」で「成立」したという見通し」を立てておられる。加えて、長門本の特徴とされる「王朝物語への傾斜」「言語遊戯的要素」「室町物語的要素」などは、「政弘（一四四六〜一四九五）の代に至っての蔵書の充実、宗祇や兼載といった連歌師の頻繁な往来による文化圏の拡充」がその成立基盤となった可能性があることをも指摘されている。(22)「長門本」の本文が大内文化圏の中で成立したのであれば、「阿弥陀寺本」の書写もやはり大内氏の勢力下で行われた可能性は高くなる。先に指摘した室町時代における書風の傾向は大内文化圏に限定されるものではなく、都やその文化的な影響の強い地域であれば当て嵌まるものではあるが、「大島本」と「阿弥陀寺本」の書写された地域が共通するのであれば、蓋然性はより高まるのは確かである。

それにしても不思議なのは、欠けた冊を補写するのであれば、通常は半葉行数を始めとして、内題のあり様などを本体部分に揃えるのが普通であるのに、「阿弥陀寺本」があまりにも混乱した状況を示していることである。本文は同系統ながら、書式は異なっている別の複数の写本を利用して、欠けた巻を補うなどしなければ現状のようになるとは考えがたいのは確かである。各冊の本文が同系統のものといえるのかどうかは稿者には判断できないので、是非とも『平家物語』を専門とする方に改めて各冊の本文の特徴について検討していただきたい。

罹災したために得られる情報はかなり限定されるのは確かであるが、「阿弥陀寺本」の成立事情を明らかにするには、焼け残った本文と筆跡を手掛かりとして、更なる追究をしていくことに如くものはないであろう。そうした研究を行う上で、参考になりそうな情報を書誌学研究者としての立場から述べてみた次第である。「阿弥陀寺本」の筆跡の検討は不十分なままとなってしまったので、これを強力に進めて下さる方の登場を切望する。

注

（1）「長門本平家物語の伝本に関する基礎的研究」『平家物語論究』（明治書院、一九八五）。

（2）「長門本現象をどうとらえるか」『軍記物語原論』（笠間書院、二〇〇八）。

（3）「延慶本」については、拙稿「延慶本平家物語の書誌学的検討」大橋直義編『アジア遊学二一一　根来寺と延慶本『平家物語』紀州地域の寺院空間と書物・言説』（勉誠出版、二〇一七）を参照いただきたい。

（4）「屋代本」については、拙稿「「屋代本平家物語」の書誌学的再検討」千明守編『平家物語の多角的研究　屋代本を拠点として』（ひつじ書房、二〇一一）を参照いただきたい。

（5）本稿とは直接関係はないが、石田氏が「比較的よく長門祖本の原形を留めていると見られる」とされる「伊藤家所蔵『平家物語』」について、少し気付いたことがあるのでここで言及させていただきたい。石田氏は「解題」において、その時代鑑定を伊地知鉄雄氏に依頼し、「天正年間（一五七三～一五九一）」と判定されたと記しておられる。これについて松尾葦江氏は、直接伊地知氏に質問され、「天正以前には遡らない写本」との見解であることを、注1所引の「長門本平家物語の伝本に関する基礎的研究」の注22に記しておられる。「伊藤家本」を実見したわけではないが、寄合書である同本の筆跡を影印で確認したところ、巻第三の筆跡が典型的な「光悦流」の筆跡であることに気付いた。寛永の三筆の一人に加えられる能筆の本阿弥光悦は、永禄元年（一五五八）の生まれで寛永一四年（一六三七）に没しているので、確かに天正年間は含まれる。しかしながら、彼を祖とする書流が急速に広まっていくのは、その書の弟子とされる京の豪商角倉素庵（延慶本の旧蔵者で題簽の筆者とされる人物である）が、今日「嵯峨本」と総称される、豪華な古活字版を活発に刊行し続けた慶長（一五九六～一六一五）後半以降のことかと考えられる。相応に流行した書流であるので、光悦・素庵をも一応候補に含めつつ、筆者の絞り込みを行って行く必要があるであろう。かなり手慣れた書きぶりであり、書き手としての専門性の高い人物であるように思われる。その他の巻の筆跡も書写に慣れた能筆といいうる手が多いことからすると、書写された場所はやはり京で、天正よりはやや後、慶長末頃から寛永頃までの、江戸初期頃と見るのが穏当のように考える。実見せずしての見解なので無責任であることは承知しているが、今後の研究のために私見を提示しておきたい。

(6)「「大島本源氏物語」に関する書誌学的考察」(『斯道文庫論集』四一、二〇〇七)、同論文はそれぞれに補注を加えて、中古文学会関西部会編『大島本源氏物語の再検討』(和泉書院、二〇〇九)と拙著『日本古典書誌学論』(笠間書院、二〇一六)に収載されている。

(7)「室町・戦国期写本としての「大島本源氏物語」」(『中古文学』九七、二〇一六)、「「大島本源氏物語」の再検討―新発見の定家監督書写本「若紫」帖との比較を中心に―」(『斯道文庫論集』五五、二〇二一)、「「大島本源氏物語」の「若紫」末尾四行の筆者について―「大島本」書写環境の再検討―」(『斯道文庫論集』五六、二〇二二)、「虚像としての編集―「大島本源氏物語」をめぐって」納富信留・明星聖子編『フェイク・スペクトラム―文学における〈嘘〉の諸相』(勉誠出版、二〇二三)。

(8)このことに関しては、拙稿「若紫巻×書誌学　書物が教えてくれること」河添房江・松本大編『源氏物語を読むための25章』(武蔵野書院、二〇二三)を参照いただきたい。

(9)注6所掲論文と「長門忌宮神社大宮司竹中家の文芸―未詳家集断簡から見えてくるもの―」(『中世文学』五七、二〇一二)を参照いただきたい。

(10)注9の拙稿で、「大内氏の副都というべき地であり、毛利時代になっても重要な場所であった長府とその周辺の文芸活動は、長門一二宮を中心として大変活発であったのであり、これに赤間神宮なども加えて総合的に研究する意義は十分にあると思われるのである」と述べた。忌宮神社と阿弥陀寺(赤間神宮)の距離及び文化の近さを象徴するのが、政弘父の教弘(一四二〇〜六五)に招かれて山口に下った、歌僧正広(一四一二〜九四（九三とも））の家集『松下集』に見える、寛正五年（一四六四）の次の二首（六二一、一二）であろう。

四月下旬の比、山口より九州へおもむき、一見のために仁保加賀守を案内者にそへ給ひしに、長州府中二宮に手向けたてまつる

神の世のしほのみちひを今もみる浪に二の玉津島山

赤間関阿弥陀寺と云ふ所に、安徳天皇の木像まします、拝したてまつるに住持法楽に一首と有りて、たんざくを出だされ侍るに

かくばかりいとけなき君をしづめきや此浦つらき浪の上かな

正広の道案内を命じられた仁保加賀守とは時に筑前の守護代であった盛安のことで、九州に下る前に正広は忌宮神社と阿弥陀寺に参拝し、それぞれ法楽和歌を手向けているのである。特に阿弥陀寺では住持が法楽和歌を求めて短冊を差し出しており、阿弥陀寺においても法楽和歌会が催されていたらしいことが窺われる。この時に限定する必要はないが、阿弥陀寺法楽に参加の歌人は、「阿弥陀寺本」の書写者の候補となりうるのである。

(11) 宮内庁三の丸尚蔵館編『三の丸尚蔵館収蔵品目録第6号　書跡「前田家伝来古筆短冊手鑑」』（公益財団法人菊葉文化協会、二〇二一）、同『同第9号　書跡　短冊帖「有明の月」』（同、二〇二三）等。

(12) 和田秀作「大内氏の文書管理について―「殿中文庫」を中心に―」（『山口県文書館研究紀要』三七、二〇一〇）を参照いただきたい。

(13) 前掲の拙稿「守護大名大内氏関連和歌短冊集成（稿）」を参照いただきたい。

(14) 中村健太郎氏「中世の短冊資料の諸問題―新収の短冊手鑑「筆陣」を中心として―」（『国文研ニューズ』四四、二〇一六）を参照いただきたい。

(15) 注11で紹介した「前田家伝来古筆短冊手鑑」である。

(16) 注9所掲論文を参照いただきたい。

(17) 注6・7所掲論文を参照いただきたい。

(18) 注7所掲「「大島本源氏物語」の「若紫」末尾四行の筆者について―「大島本」書写環境の再検討―」を参照いただきたい。

(19) 先述の短冊手鑑類の中には、詳しい素性が不明であるために、「中国衆」とか「大内殿内（連歌師）」・「周防山口連歌師」とのみ書かれた極札のあるものが目立ち、その中に世尊寺流風の筆跡のものも幾枚か確認できるが、この巻第十九と同筆の可能性のあるものは見いだせていない。

(20) 注9所掲論文。

(21) 大内氏の最後の当主義長は、弘治三年（一五五七）に毛利元就に攻め立てられ、後に道増・道澄が滞在して「桐壺」と「夢浮橋」を書写した場所と考えられる、長府の長福寺に逃げ込んで自刃して大内氏は滅亡するが、大内氏家臣の多くは毛利氏の家臣となったので、十七世紀中は人材的にも大内文化が継続していたと考えることは許されるであろう。

(22) 「長門本平家物語の成立と伝来環境」松尾葦江編『軍記物語講座　第二巻　無常の鐘声―平家物語』（花鳥社、二〇二〇）。

長門本平家物語の室町物語的性格

小井土守敏

はじめに

長門本『平家物語』を通読して抱く感慨は、その物語性であろう。殊に、〈読み本系〉としてその記録性や詳述性に富む延慶本と祖本を共有する兄弟本である等の知識を前提に読むならばなおのことである。たしかに、記載内容やその配列に、共通するところは多分にある。しかし、延慶本の硬質な表現や、強い宗教色に比して、長門本はあまりに柔らかい。はやくは渥美かをる氏が長門本を「庶民を対象とする唱導用の物語」と指摘し(1)、島津忠夫氏は、長門本の語彙や内容の面から「室町的な」色合いに注目するとともに、覚一本系語り本から長門本への流れを想定した(2)。川鶴進一氏は、その流れを具体的に裏付けて見せ(3)、長門本の全体ではないにせよ、その本文が十五世紀初頭まで流動していた可能性が認められている。

本稿では、長門本に我々が感じる物語性について、延慶本を比較対象として検討してみたい。長門本の物語性、文芸性について、松尾葦江氏は、一貫した意図を持って整理を完了させたわけではない混態本の状態であるとしながら、〝「物語らしく」あろうとする物語〟と評し、その文芸的性格の特徴のひとつとして女性説話にもふれている(4)。室町期の物語、御伽草子に多様な階層の女性が描かれることは、恋田知子氏が指摘するところであるが(5)、本稿では、これらの指摘に導かれ、長門本における女性説話の分析を通して、その物語的性格、さらにはその「室町的な」要素について言及してみたい。

一 「遊女」から

まずは、「遊女」に関わる記述について見てみたい。長門本に、「遊女」「遊君」「遊び者」あるいは同じ意味で用いられている「君」を探すと、十六例を見出すことができる。延慶本も同じく十六例だが、このうち六例は、長門本が載せない祇王説話のなかで用いられている。すなわち延慶本に見られない遊女が、長門本には六例登場しているということになる。以下、長門本における用例を延慶本の該当部分に照らして考えてみたい(6)。

① 彼の大納言、日ごろ浅からず思はれける遊君の、このありさまを伝へ聞きて、宿所を見れば、いつしか変はりて、主なき宿と荒れにければ、あまりの悲しさに、扉にかくぞ書き付けける。

おほかたは誰朝顔をよそに見む日影を待たぬ世とは知らずや
（長門本・巻第三・成親卿北方北山御坐事）

鹿ヶ谷事件の後、成親の北の方が北山雲林院に逃れた記事の後に、長門本は成親と北の方との馴れ初めを語る。その記事の後に載る、とても小さな話である。延慶本にこの記事は見えない。その内容は、成親と親しかったある遊女が、成親も北の方もいなくなった宿所を訪ね、歌を書き残したというものであり、いくぶん唐突で脈絡のない挿話である。書き付けられた歌は、おおよそこの世の誰が朝顔のことを他人事と言えるでしょうか、昼の陽射しを待たずして枯れていく世であることを知らないわけはないでしょう、というような意であろうが、これはつまり、ふらりと現れた遊女が、成親の死を予言する挿話であると言える。「朝顔が日影を待たない」という表現は、『堀河百首』秋、祐子内親王家紀伊の歌に、「しののめに起きつつぞ見む朝顔は日影待つ間の程しなければ」と見え、この歌では単に自然界の摂理と解すものであろうが、謡曲「葵の上」では、「衰へぬれば朝顔の日影待つ間の有様なり」と、威勢の衰退を表し、『太平記』（巻第十三・公宗卿琵琶の秘曲を弾く事）では、朝顔ではないものの、「哀れなり日影待つ間の露の身に思ひこがるる撫子の花」と、死期が近づいている意を帯びていく。長門本で遊女が書き残した歌とことばの面で重なる歌が、御伽草子「朝顔の露」(7)に見える。「朝顔の露」は、継子物の悲恋物語。若く美しい宮、露の宮が、美しい姫、朝顔の上を見染めて恋に落ちるが、継母の妨害によって二人の仲は裂かれ、娘は思い死に、宮は自死という悲しい結末を迎える。このなかで、娘が、宮へ自分への思いを断ち切るよう、「朝顔の日影を待たぬあだし身に曇りなかけそ空の白雲」という歌を贈る。

間もなく娘は継母の指示を受けた武士に連れ去られ、離ればなれのまま世を去り、宮は娘を捜し回るも、ついにその死を知り、自らの命を絶つ。引き裂かれた成親と北の方の二人の死別、そして馴れ初めを語り、その仲睦まじさを語る長門本においては、ストーリーの展開、着想が、近似していると言える。長門本が、「朝顔の露」の影響下にあるとは言わないが、室町時代物語的な展開、脚色に接近していることは認めてよいであろう。長門本において、唐突に挿入されたかに見えるこの小話も、こうした文化的背景の中で読まれたならば、唐突さは緩和されるのではないだろうか。そしてこの小話をもたらすのが「遊女」である事も、注目しておきたいのである。

② 武士、尾張国の配所、井戸田へ下りて、河狩りを始めて、遊君を召し集めて、酒盛りして、師高を誘き出して、かうべを刎ねべき由を、支度したりける程に……骨をば、師高が思ひける鳴海の宿の遊君、手づから取り納めけるぞ無慙なる。（長門本・巻第三・加賀守師高被レ討事）

鹿ヶ谷事件の事後処理の中で、西光の子師高が討たれる場面。この記事は、延慶本も有しており、遊君を招いて師高を誘い出した事、師高の骨（延慶本では「骸」）を、師高の想い人であった鳴海の宿の遊君（延慶本では「君」）が取り納めている。

③ ある時、入道相国、下向の時、室の泊まりに着かれたり。かの所の習ひなれば、遊君ども参りて、思ひ思ひに幸ゐをひく。ある君一人、その中に縁やなかりけん、思ひ結ぶ方もなし。浪の上に浮かびて、こなたかなたへ辿りけり。（長門本・巻第五・室泊遊君歌事）

徳子が皇子を出産し、平家一門が歓喜に沸く一連の記事のなかで、清盛が、皇子誕生を祈念して安芸の厳島へ月詣でを始めていたことが語られる。延慶本では、その甲斐あって、この度の懐妊、出産となったとするだけなのだが、長門本ではここに、「室泊遊君歌事」に始まり、「西八条被レ立レ札事」、「宋朝班花大臣事」を置き、延慶本では第二中（巻四）の新院厳島御幸の後に記される「厳嶋次第事」を配して巻五を終える。引用③は、厳島への月詣での道中における出来事であり、延慶本には見えない記事である。室津の遊女たちが、厳島詣での清盛一行の船のまわりを漕ぎ回ってそれぞれに召される中、誰にも招かれなかったある遊女が詠んだ歌に対して清盛が褒美を与えたという挿話である。室の泊まり、室津は、現兵庫県たつの市の播磨灘に面した古くからの港町である。遊女発祥の地としても知られ、『法然上人絵伝』にも、貴賓の船のまわりを小舟に乗って漕ぎ回る遊女たちの様子が描かれている。長門本では、皇子誕生の祈りのための月詣での途次における、作善のひとつと位置づけられようが、厳島に至る経由地の中で、遊女への施しを記事として取り入れるところに意味を見出せないだろうか。延慶本におけるこの場面は、治承二年十二月八日、徳子が産んだ皇子に親王宣旨が下った記事として、「皇子親王ノ宣旨蒙給事」という章段名が付けられている。長門本の「室泊遊君歌事」の章段は、皇子の親王宣下記事を含むが、それよりも、室津の遊女が歌によって褒美を得た、ある遊女の歌徳説話として語られているのである。なお、延慶本は、室津の遊女についてここでは記さないが、第三末（巻七）「平家福原仁一夜宿事付経盛ノ事」で、福原落ち、さらに太宰府へ落ちていく途上で、「幡州室ノ泊ニ着ヌレバ、遊女ツヅミヲ鳴シ、秋ノ水ニ棹差シテ、魚翁釣ヲ垂、夕部ノ湖ニ浮ヌルモ、ワスレ難ゾ被レ思ケル」と、回想のなかに見出すことができる。ただし、ここでの〝室津の遊女〟は、直前の〝明石の月〟と同様、単なる名所の取り合わせであって、そこに物語は存在しない。なお、延慶本のこのくだりは長門本の当該箇所にはない。

④　新院、陸《くが》へ上がらせ給へば、入道、御手を引きまいらせ給ふ。時忠卿、御衣の裾をとて、新都の地形を御覧ありけり。扨こそ嶋の御所へは入御なりけれ。傀儡、苫の屋形に袖を連ねて拍子を打つ。遊君は、舟の中に笠を並べて鼓を打つ。琴曲を集めて御前を輝かす。紅葉を重ねて簾外を飾る。競馬あり。随身、鳴絃、伶人あり。平家の侍、猿楽あり。後ろ戸にて相撲あり。貢御あり。夜に入て管絃あり。連歌会あり。（長門本・巻第七・新院厳島御幸并還御時入道経営事）

治承四年三月下旬に厳島へ詣でた高倉上皇は、その帰途、清盛のいる福原へ入った。福原での歓待ぶりを、長門本は右のように記している。ここでは傀儡と遊君が対になって記されており、遊女は豪勢な歓待のひとつの要素でしかない。延慶本にこの記述は見られないが、先の延慶本に見た室津の遊女の回想は、こうした過去の栄華が背景になっているはずである。

⑤　兼隆が館に用心するや否や、内々あひ尋ぬるところに、「当時は別に用心の儀なく候ふ。その上、むねとの殿原十五六人は、伊豆の島田の宿に、遊君と遊ばむとて出でられ候ひぬ。残る人々廿余人は候ふらめども、然《さ》む〔ママ〕べき人は少なく候ふ」由申すなり。（長門本・巻第十・伊豆国目代兼隆被レ討事）

伊豆の流人源頼朝の挙兵のその初手、山木判官兼隆の館を襲撃する直前の、兼隆方の雑色男の妻による敵状報告で、延慶本に見られない記述である。山木館の状況については、『吾妻鏡』にも、兼隆の郎等の多くは三島神社へ参詣した後黄瀬川の宿場に滞在していたという記述が見え、(8) 長門本の全くの創作というわけではなさそうであるが、山木館の無防備な状況の理由として、郎等たちが「遊君と遊」んでいたことを書き留めたところに、長門本における遊女の位置づけがうかがえよう。

⑥　そのころ、海道の遊女どもが、歌につくりて笑ひけるは、

富士川の瀬々の岩こす水よりも早くも落つる伊勢平氏かな

（長門本・巻第十一・平家逃上事）

富士川で水鳥の羽音に驚いて逃走した平家を揶揄する記事。延慶本、長門本ともに載る。

⑦　「是は、相知りたる遊君の、父なし子を産みて、兼遠にたびたりしを、血の中より取り置きて候ふが、父母と申し候ふなり」

（長門本・巻第十二・木曽合戦事）

義仲の素姓を隠した兼遠の言葉で、延慶本は「相知君」とするが、この「君」は、「遊君」と見ておいてよいだろう。ちなみに、『尊卑分脈』は、義仲の母を「遊女」としている。

⑧　西寂、運の極むる事は、去んぬる月一日、室、高砂の遊君ども召し集めて、浅海にて船遊びどもしける程に、家の子郎等ども、磯に下り浸りて、西寂たゞ一人残りたりけり。

（長門本・巻第十二・西国四国背事）

備中国の奴賀（沼賀）入道西寂が討たれたのは、遊女と船遊びをしている最中であったとする。延慶本においても同様である。室津の遊女の船遊びについては引用③で示したとおりで、ここでも、実際には敵の出雲房に拉致されていた西寂を、周囲は船遊びをしているものととらえていたとしており、この光景は、全く違和感のないものとして受け止められていることが理解されよう。

⑨　今少し、年月重なる物ならば、名高き室、高砂にも劣るべしとも見えざりき。世をすごす習ひな

れば、遊女のあるもにくからず。小舟の陰にゐて、四周を見わたせば、心細きかたもあり。遊女二三人来たりて、「漕ぎ行く舟の跡の白浪」と、歌を歌ひ遊ぶめり。（長門本・巻第十二・兵庫経嶋築始事）

清盛が築いた大輪田泊の様子を描くもので、延慶本もほぼ同文。まだ新造の港湾なので、年を重ねば、室や高砂のような津となるだろうとし、この新しい港にもやはり遊女がいる、と記す。

⑩ 三万余騎の軍兵数千艘、室に着きて、急ぎ屋嶋へも攻め寄せず、西国に休らひて、室、高砂の遊君、遊女を召し集めて、遊び戯れてぞ月日を送りける。（長門本・巻第十七・佐々木三郎盛綱藤戸渡事）

平家追討軍である三河守源頼範率いる軍勢が、西国でなかなか進軍できないでいる様子を描く記事で、延慶本もほぼ同文。「室、高砂ノ遊君（遊女）」というのは、すでに定型句と言えよう。

⑪ 矢矯の宿をもうち過ぎ、宮路山うち越え、赤坂と聞こゆれば、参河守大江定基が、この宿の遊君の故に、家を出でけんも理に思し召し知られて、高志の山をも過ぎぬれば、遠江国橋本といふ処あり。（長門本・巻第十八・大臣殿父子関東下向事）

平宗盛父子が関東へ下向する途次、矢作宿（現愛知県岡崎市）を過ぎるところで、昔大江定基が愛した女性を失って出家した故事を想起する場面である。もともとこの関東下向の記事は、『東関紀行』に依拠する部分が多く、延慶本にも見え、また定基の話は他の説話集にも載るが、定基が愛した女性の表現に相違がある。延慶本はこの女性を「巫女」とし、『東関紀行』では「爰に有ける女」とする。長門本は右に見るように「遊女」であり、源平盛衰記（以下、盛衰記）も「遊君」、その名を「力寿」とし、定基の出家譚を載せる『三国伝記』（室町中期成立）も同様である。他の伝もあるが、概ね時代が下るにつれ、遊女に落ち着いていくようである。

⑫　さて池田宿に留まり給ひぬれば、侍従といふ君、御弔ひに参りて、前敷きの畳に添い伏して、涙を流して、

あづまぢの埴生の小屋のさびしさに古郷いかに恋しかるらん

と申したりければ、大臣殿、

古郷も恋しくもなし旅の空都もつゐのすみかならねば　（長門本・巻第十八・大臣殿父子関東下向事）

⑪に続く池田宿での記事。宿場の「君」ということで遊君と解す。池田宿は、現静岡県磐田市池田にあたり、天竜川左岸の宿駅として知られる。『尊卑分脈』によれば、源頼朝の異母弟範頼の母は当宿の遊女とあるので、この宿にも遊女がいたことが分かる。この池田宿の遊君と宗盛との歌の贈答は、延慶本には見られないが、池田宿の侍従という遊君は、延慶本の第五末（巻十）「重衡卿関東へ下給事」に、次のように見える。

池田宿へモ付ニケリ。彼宿ノ長者娘ニ、侍従ト云ヘル遊君アリ。中将ノ御殿居ニ参タリケルガ、暁帰ルトテ、殊ニ心俊《スキ》タル女ナレバ、カクゾ申テ出ニケル。

東路ヤ半臥ノ小屋ノイブセサニ如何ニ古郷恋シカルラン

中将ノ返事。

古里モ恋シクモナシ旅ノ空イヅクモ終ノ棲ナラネバ

延慶本では、宗盛ではなく重衡の関東下向の折にこの遊女を登場させ、ほぼ同様の歌を交わしている。

この池田宿の遊女については異同が大きく、語り本系諸本まで見渡すと、重衡との贈答とするのが延慶本や屋代本、宗盛との贈答とするのが長門本と盛衰記、重衡との贈答とした上でこの遊女がかつて宗盛の想い人だったと説明を付加するのが覚一本や百二十句本などである。また、この女性の名を「侍従」とするもの、「ゆや（熊野）」とするもの、あるいはこの女性の母の名を「ゆや」とするもの等の異同もある。ただ、『平家物語』を本説とすると考えられる謡曲「熊野」や、御伽草子「ゆや物語」で知られるのは、宗盛の寵を受けた池田宿の「ゆや（熊野）」である。いずれが本来であるか決するすべもないが、宗盛との関係において池田宿の遊女を位置づけていくのが後代的かと考えられる。

以上、十二の記事、十六の用例を見てきたが、あらためて注目したいのは、①、③、および⑤の記事であろう。①、③は、延慶本には登場しない遊女が、物語を伴って登場させられている。名前こそ与えられてはいないが、彼女たちには物語を進める個別の役割が与えられている。逆に、延慶本にも見える②、⑥、⑧、⑨、⑩等は、階層としての、集団的な遊女たちである。もちろんこれらの遊女にも、技芸を披露して豪奢な様を演出する表現効果であったり、武士が「遊び戯れ」て油断していることに対する批判であったり、彼女たちの目を通して記される権力者への皮肉であったりと、役割はある。⑤の例などは、遊女のこの役割を長門本がうまく利用して詳述した記事と言える。しかし、こうした階層としての遊女たちに個別の物語が背負わされることはない。①、③に見るように、長門本は、名もなき遊女たちにそれぞれの物語を担わせることに、踏み出していると言えよう。

ただしその一方で、ではなぜ長門本は祇王説話を載せないのかという大きな問題もある。池田の宿の侍従の物語や、鎌倉で重衡をもてなした千手前も、「白河の関の長が娘」（長門本・巻十七・本三位中将関東下向事）と紹介されることから、広くは遊女に属するのであろうが、こうした物語は延慶本にも見える。延慶本に、遊女の物語がないわけではない。しかし長門本は、さらにいくつかの場面で、遊女にスポットを当て、彼女たちの物語を語ろうとするのである。

二　横笛説話から

平維盛が屋島で戦線を離脱し、高野山へ登り滝口入道と対面する一連の物語のなかで、滝口入道の出家由来譚として、横笛という女性の物語が紹介される。後代には御伽草子「横笛草紙」として知られ、その本文の形成については松本隆信氏の詳細な論がある。(9) また、神野藤昭夫氏は、室町時代物語としての「横笛草紙」の成立までを『平家物語』諸本を一覧して時系列的整理を試みた。(10) 本節では、神野藤氏による整理を、長門本を軸に再整理することで、本稿の論旨に沿うものとしたい。

そもそも横笛説話は、滝口入道、俗名斎藤（藤原）時頼が若くして出家し、世間の話題となったことに端を発する時頼出家譚である。吉田経房の『吉記』養和元年（一一八二）十一月二十日条に、「滝口藤原時頼於二法輪寺一出家〈年十八、師典侍乳母子也〉、依二道心一云々、当時滝口遁世、定無二其例一」とあり、滝口の武士が若くして出家したことが例《ため》し少なきこととして、世間の話題となったことが記されている。この記事からは、その発心の理由は知るすべもないが、『平家物語』――『平家物語』に取り込まれていく伝承の世界――で、物語として成長していったようである。もともと『平家物語』においては、戦線を離れた維盛が、自らの死地を求めてかつての部下であった滝口入道に会うという挿話であり、滝口入道の紹介としてその発心譚が語られるのであって、出家の理由となる女性の話は、『平家物語』からすればさして重要ではない。そのことを前提として、その概要を記すと、若き時頼は雑仕女の横笛と恋に落ちるが、将来を案じた時頼の父に結婚を反対される。思う女性と一緒になれないなら出家した方がましであると、時頼は出家してしまい、横笛との関係は途絶えた。そうとは知らない横笛は時頼を捜し求め、再会の機会を得るも、時頼の決心は覆らず、間もなく横笛は命を落とす。横笛の死を知った時頼は、ますます修行に励んだ、となろう。その物語展開の要所要所で、さまざまなヴァリエーションが生じていくのだが、神野藤氏は、もっとも注目すべきプロットとして、横笛の運命の相違を指摘し、その相違を、㋑横笛の死に言及しないもの、㋺横笛は出家してやがて死んだとするもの、㋩横笛が入水したとするもの、の三つに分類する。そして、㋑は、もともと時頼の紹介としての発心譚であるので横笛のその後を語る必要がなかったとする。㋺は、出家した時頼が横笛の愛執を断ち切ってさらに高野へ去って行く物語として、あくまでも時頼の出家遁世譚であり、横笛は後日譚的に出家してやがて死んだことが語られればよかったとする。㋩は、横笛の比重が増し、主役の資格をもちはじめたと見る。横笛入水の後、時頼が遺骸を火葬して高野へ入ることから、時頼の高野入りの理由に横笛の死が関与することになるとする。このように整理した上で、概ね㋑→㋺→㋩の順に成立していったとまとめる。その他の点についても、『平家物語』諸本間に相違があり、殊に延慶本については、この話の記載場所や、横笛が出家してから入水するという㋺と㋩の折衷的な独自の記事となっていて、延慶本の問題として議論の余地があるのであるが、御伽草子「横笛草紙」(11)は、大筋で㋩の枠組みを持ちながら、『平家物語』諸本の要素をさまざまに取り込んでおり、『平家物語』の特定の一本をその粉本・典拠と限定することは困難である。

では、長門本における横笛説話の記述を追いながら、その特徴を考えてみる。

三条の斎藤左衛門大夫茂頼が子に、斎藤滝口時頼とて、小松殿に候ひけるが、建礼門院の、后宮にてわたらせ給ひける時、刈萱、横笛とて、二人の美女あり。刈萱には、越中の次郎兵衛盛次、最愛して通ひけり。横笛には、滝口時頼、二世の縁を結びて通ひけり。横笛が先跡を尋ぬれば、神崎の君の長者の侍従が娘なり。見目形はけうらんにして、姿は春の花、顔は秋の月、翡翠のかんざしも長ければ、青黛が立て板に水を流せるがごとく、肌《はだへ》も白ければ、王昭君にも異ならず。

（長門本・巻第十七・維盛高野熊野参詣同被レ投レ身事）

横笛説話の冒頭で、横笛の出自を記すのは、長門本と盛衰記である。「神崎」は、現兵庫県尼崎市、神崎川の河口付近で、古来要港として栄え、遊女が多かった。長門本に「遊女」「遊君」の表現はないが、これも広義の遊女に属するであろう。盛衰記は「神崎ノ遊君長者ノ女」としている。清盛が福原と都の往還の間に召し出して建礼門院に出仕させたという。その出自を紹介するのは、この人物が背負う物語を語ることになり、横笛の物語に一歩踏み出したと言えよう。建礼門院に共に仕えたもう一人の女性を紹介するのは、長門本の他に延慶本、盛衰記、四部合戦状本で、その名前に「刈萱／苅藻」と異同はあるものの、「横笛草紙」も二人とし、刈萱には越中次郎兵衛盛次が、横笛には時頼が思いを寄せたとする。延慶本では、盛次と時頼のそれぞれの親が結婚に反対し、盛次は思いを断ち切り、時頼は断ち切れなかったとするが、長門本では、盛次と刈萱の恋は成就し、時頼は親に反対されるとする。「横笛草紙」は、長門本と同様である。延慶本に横笛の容姿についての記述はない。長門本に見える「けうらん」の語は不明だが、「横笛草紙」には、「そのかたち、容顔美麗にしていつくしく、霞に匂ふ春の花、風に乱るゝ青柳の、いとたをやかに、秋の月にことならず」とあり、長門本の表現に近似する。なお、長門本の「翡翠のかんざしも長ければ、青黛が立て板に水を流せるがごと」しという表現は、御伽草子「富士の人穴草子[12]」に、「たけなるかんざしは、青黛が立て板に、香炉木の墨を墨をすり流したるがごとくなり」とあるように、室町時代的な表現である。そもそも、女性の容姿を常套句的に讃美すること自体が、後代的とも言えよう。

横笛が、時頼が出家をしたことを知る経緯は、延慶本と「横笛草紙」が人づてに知るとするのに対し、長門本では、横笛が訪ねた時頼の宿所で、投げ出された扇に書かれた一首の歌によって、時頼の出家を知ったとする。ちなみに延慶本では、時頼の出家に至るまでの心中や、出家の様子を詳しく語る。時頼出家譚としては当然であるが、長門本、そして「横笛草紙」は簡単に記すに留めている。すでに、横笛の物語になっているのである。時頼の出家を知った横笛はその在所を探すことになるのだが、延慶本では人づてに聞いた「嵯峨」を頼りにたどり着くとするが、長門本では、

その夜の夜半ばかりに、法輪寺に参りて、虚空蔵の御前に、終夜の祈念に、かくぞ申しける。「虚

空蔵菩薩は、衆生の願ひを満て給ふ菩薩なり。今生にて、飽かで別れし夫《つま》を、今一度逢はせてたばせ給へ」と申す。虚空蔵菩薩も、哀れとか思しけん、風は吹かねども、御戸をさつと開き、優なる御声にて、「汝が夫は、是より北の谷に柴の庵を結びてあるなり。この世の対面薄かるべし」とて、御戸は収まりぬ。その時、横笛、夢の枕に驚きて、（長門本・同）

と、法輪寺の虚空蔵菩薩から夢告を受けて時頼の在所を知るとしている。この展開は「横笛草紙」も同様で、かつその夢告に今生での再開は難しいとあるところも共通する。

もっとも大きなプロットである横笛の運命について、長門本では㋺の入水型である。時頼に拒絶された横笛は、その帰り足に、都に残した親を気にかけながらも、桂川（大堰川）に身を投げてしまう。出家遁世は選択肢にすら上がらず、茫然自失のまま自死を選んだ様子が記される。「横笛草紙」も入水型で、もはや母を気遣うこともなく、その悲しみの深さが強調される。延慶本は、先にも触れた通り、横笛は出家して東山清岸寺で行いすましていたが、都を離れようとあくがれ行くほどに桂川のほとりに至り、入水する。覚一本などの㋺出家型では、出家した横笛は奈良の法華寺にいたが、「思ひの積もり」により、やがて世を去ったとする。

横笛の死を知った時頼について、長門本では、入水した女性がいるとの知らせを受けて現場へ趣き、それが横笛であると知ると、自ら荼毘に付したとする。そして、都近くでは妄念が起こるとして、高野へ入ったとする。延慶本は、横笛の入水を聞くも現場へは出向かず、東大寺の永観律師の庵室を尋ねた後、高野山の清浄心院、さらに蓮花谷梨子坊に入ったとする。「横笛草紙」は、長門本に近い。鳥辺野にて茶毘に付し、もとの庵室（嵯峨往生院）で弔いを続けたが、事の次第を知ったかつての主人の重盛や、横笛が仕えた建礼門院から気遣われるので、都を離れ高野へ入ったとする。

特徴的な部分のみ挙げてきたので、長門本が「横笛草紙」に非常に近いように思われるかも知れないが、全体としては、盛衰記が「横笛草紙」に近似する部分が多い。ただ、長門本と延慶本とで比較した場合、圧倒的に長門本が「横笛草紙」に近いことが分かる。「横笛草紙」が、長門本と異なる部分もあり、それは「横笛草紙」が『平家物語』諸本の要素を取り込んだ結果であると考えられる。長門本と「横笛草紙」の直接的関係は指摘し得ないが、長門本は、御伽草子的な展開、脚色、そして表現の方向に踏み出していたと言える。神野藤氏は、「横笛草紙」について、「時頼の出家遁世譚である以上に、入水してゆく横笛に焦点があわされた物語になっていることがみてとれるであろう」と指摘する。長門本における横笛説話は、まさにこうした指向の途上にあるのである。

三　髑髏尼説話から

もうひとつ、髑髏尼説話を通して、長門本の指向を考えてみたい。髑髏尼説話は、経正遺児処刑にまつわる逸話で、長門本、延慶本、盛衰記および城一本に見られる。長門本と延慶本では、前後はあるものの宗盛父子処刑と重衡処刑の近くに置かれ、浜畑圭吾氏が言う〝「無慚」の物語〟[13][14]のひとつである。説話としては、延慶本から長門本、盛衰記へと改変されていったと考えるのが穏当で、長門本から盛衰記に至る間でその掲載位置を含めて特に改変が大きい。なお城一本は、盛衰記の下位にあるとされる。本節では、延慶本から長門本に至る間の改作に注目する。

この話の概要を長門本によって示すと以下の通りである。仁和寺に隠れ住んでいた平経正の子が、源氏による残党狩りによって捕らえられ、六条河原で処刑される。後を追ってきた母は、目の前で我が子を殺され、悲しみにくれる。そこへ居合わせた大原の上人は、母を、子の首とともに大原来迎院へ連れて帰り、母に出家を遂げさせるが、その後母は行方をくらましてしまう。翌年、上人が天王寺を訪れると、同じ乞食たちからも疎まれている乞食尼がいる。その尼が懐に入れた髑髏が悪臭を放つので仲間に入れてもらえないのだ。翌日、人だかりがしているので理由を聞くと、件の髑髏尼が渡辺川の橋の上でしばらく念仏を唱えた後に入水をし、往生の奇瑞が現れたのだという。上人が、引き上げられた亡骸を見ると、それはかつて上人が出家を遂げさせた尼だった。

延慶本に対して長門本では、名波弘彰氏が指摘するように(15)、上人の視点で語られるという点が大きな相違点であるが、特に注目したいのは二カ所。まずは子を奪われる母の様子である。延慶本では、子についての描写はなく、「母上モ付テ、オワシタリ」とのみあるところを、長門本は次のように記す。

髪、肩のまはりなる若君、いたいけしたるを、武士、鎧の上に抱きたり。若君、手を差し出だして、「ま、やま、や」と、泣き給ふ。その後、朽葉の衣着たる女房、年廿二三と思しきが、「我が子よ我が子よ」と、泣く泣く走るがあり。しばしこそ、衣も肩に掛かり、裏無しも履きたりけれ、後には、衣も脱ぎ、裏無しも履かず、「我が子よ」といふ声も立てず、「あゝ」といふ声ばかりにて、走る女房あり。

（長門本・巻第十八・髑髏尼事）

幼い子を「いたいけ」と表現し、引き裂かれてもなお、互いを呼び合う様を描く。そして、我が子を連れ去る鎧武者を追う母は、はじめは被《かず》きの衣も履き物も身につけていたが、それらが次第になくなっていく様子を記している。長門本において増幅されたこの表現は、例えば『義経記』巻六「静鎌倉へ下る事」で、娘の静が産んだ男児を安達新三郎が連れ去る後を追う磯禅師の様子、「禅師は裏無しをだにも履き敢へず、薄衣も被かず、そのこまばかり具して、浜の方へぞ下りける」に通ずる。また、室町末期の作とされる『道成寺縁起絵巻』の、自らを欺いて去った僧を追う女の姿も想起されよう。その詞書には、「よき程の事にこそ、恥の事も思はるれ、この法師めを追ひ取らざらん限りは、履き物も失せふ方へ失せよとて走り候ふ」、「裏無しもおもてなしも失せふ方へ失せよ」とあり、絵には次第にすり切れ、脱ぎ捨てられる草履（裏無し）と、着物の裾ははだけ、被きの衣を失った女性が描かれる。なりふり構わず何かを追う女性の描写として、被きの衣がとれ、履き物が脱げるのは、常套的な表現と言えるのではないだろうか。女性が走るという表現が狂気を帯びていることはすでに指摘されるが、(16)長門本の改作は、そのことを踏まえた意図的な表現と考えられる。

もうひとつは、髑髏尼が入水を遂げた後に現れたという、往生の奇瑞の描写である。

「これに候ひつる髑髏の尼の、無言にて、念仏申しつるが、今朝卯の時ほどに、渡辺の橋の上にて、西に向かひて、高声に念仏申しつるが、午の時ばかりに、橋より身を投げて候ふが、紫雲立ち、音楽して、異香薫じて、殊勝の往生して候ふを、弔ひ申し候ふなり」

（長門本・同）

人だかりのなかの、ある人からの報告であるが、いかにも典型的な往生の奇瑞である。いわゆる入水往生譚で、上人伝の類には、その例が散見される。例えば『法然上人秘伝』下には、神崎の遊女徳来の入水往生が次のように記される[17]。

ハルカノ沖ヘコギ出シテ、南無阿弥陀仏ト十遍計リ申シ、我ガ子ト一仏浄土ヘ迎ヘ給ヘトテ徳来三十一ニシテ、海ノソコヘトビ入リヌ。時ニ当テ西方ヨリ紫雲タナビキ、即チ来迎ニアヅカル。カノ死骸、時ヲカヘズ上人ノマシマス御船ノナギサニ打ヨスル。

『一遍上人絵伝』第六には、一遍を崇敬する鯵坂入道が、富士川で入水往生を遂げている[18]。

「極楽へ疾くして参るべし。名残〔を惜む事〕無かれ」とて、十念唱へて水に入りぬ。即ち、紫雲棚引き、音楽西に聞こへけり。暫く有りて縄を引き上げたりければ、合掌少しも乱れずして目出度かりけりとなん。

こうした、念仏、入水、往生の奇瑞という一連の表現は、すでに定型と言ってよいだろう。さらに付け加えるならば、入水した者の亡骸は取り上げられ、厚く弔われることになる。長門本の髑髏尼の亡骸も、取り上げられて上人の弔いを受けている。

延慶本にこうした描写はなく、地の文で髑髏尼が入水したことを語り、「哀ニ無慚（慚）ノ事ナリ」と添えられるのみである。来迎の奇瑞はもちろん、その後の尼の亡骸についての記述もない。延慶本におけるこの説話はあくまでも、列挙される平家残党狩りの「無慚」の諸相のひとつなのである。長門本はこの説話に、幼児とその母が引き裂かれるところで読者の情動を煽る母子の掛け合いを加え、常套的な表現で母親の狂気を想起させ、入水往生の定型で結ぶ。結果として、「無慚」の物語のひとつからすれば規格外の、母性が転じた狂気が後に救済を得る説話になっているのである。そしてこの展開は、謡曲の狂女物のそれと通じていくと言えるのではないだろうか。

おわりに

以上、極めて断片的であるが、長門本の物語的性格について考えてみた。二十巻という大部の本作のなかから、女性にまつわる表現や説話の、さらにその一部を取り上げての考察であるため、これでもって長門本の総体を論ずることはできないが、いくつかの傾向は示し得たのではないかと思う。長門本は、名もなき遊女にも個別の物語を背負わせようとする。いわばエキストラ的な存在で登場していた人物にも物語を与え、その短い物語において小さな山場を作ろうとする。そしてその脚色は、熟した表現、常套的な表現と典型的な展開によって構成される。横笛説話や髑髏尼説話に見たように、時頼の発心の契機となった横笛や、平家の遺児を殺害されたその母は、維盛の絶望や平家残党狩りの無慚さを語ることからすれば、エキストラに過ぎなかったはずであるが、彼女たちにそれぞれの物語が付与されたことで、説話の意味も変わっていく。『平家物語』としてはむしろ寄り道であり物語進行の中断であるが、多少の断絶よりもその小さな物語を語ることを優先する姿勢が、長門本にはうかがえる。それが、「庶民的、通俗的性格をもつ本文[19]」ということになるのであろう。遊女の扱いの比重が大きくなることが、即ち「室町的」であるとは言いにくいが、御伽草子や謡曲が描く世界に、遊女を含む女性が増えていくのは事実である。また、『義経記』における義経と弁慶との出会いや、『曽我物語』（仮名本）における和田酒盛等、物語としての不整合よりも劇的場面を優先させるような傾向も大きくなっていく。長門本が「室町的」とまでは言えなくとも、そこに「室町的」なものに連なっていく萌芽のようなものは、確実に存在している。

注

（1）『平家物語の基礎的研究』（三省堂、一九六二）中篇第三章第二節。
（2）「長門本平家物語の一考察」（『平家物語試論』（汲古書院、一九九七））。
（3）「長門本『平家物語』の本文形成―語り本記事挿入箇所の検討―」（『国文学研究』一二〇、一九九六・一〇）。
（4）「人物造型から見る長門本平家物語―混態本の文芸性をめぐって―」（『長門本平家物語の総合研究 論究篇』（勉誠出版、二〇〇〇））。長門本における女性説話を好む傾向についての指摘は、『平家物語大事典』（東京書籍、二〇一〇）の「長門本」の項（川鶴進一執筆）にも見え、これらを王朝物語への傾斜と指摘している。
（5）『仏と女の室町―物語草子論―』（笠間書院、二〇〇八）序章、及び第一章。
（6）以下、長門本本文の引用は、麻原美子・小井土守敏・佐藤智広編『長門本平家物語』一～四（勉誠出版、二〇〇四～二〇〇六）により、一部漢字を宛て、送り仮名や濁点を補う。延慶本本文の引用は、北原保雄・小川栄一編『延慶本平家物語 本文篇』上・下（勉誠出版、一九九九）による。
（7）『室町時代物語集』三（井上書店、一九六二）所収本文による。
（8）治承四年八月十七日条。

(9) 「御伽草子の本文について―小敦盛と横笛草紙―」(『斯道文庫論集』第二集、一九六三・三)。

(10) 「横笛草紙の成立まで―室町時代物語論のために―」(『日本文学』二六―二、一九九七・二)。

(11) 日本古典文学大系三八『御伽草子』(岩波書店、一九五八)所収本文による。その底本は明暦四年(一六五八)版である。

(12) 注7に同じ。

(13) 「『源平盛衰記』「髑髏尼物語」の展開」(『平家物語生成考』(思文閣出版、二〇一四))。

(14) 浜畑圭吾注13論文他。名波弘彰は長門本の古態性を指摘する(「『平家物語』髑髏尼説話考」(『文芸言語研究文芸篇』二八、一九九五・九))。

(15) 名波弘彰注14論文。

(16) 稲田利徳『人が走る時―古典のなかの日本人と言葉―』(笠間書院、二〇一〇)第一章第一節。

(17) 引用は、浄土宗全書テキストデータベースによる。

(18) 引用は、日本絵巻大成別巻『一遍上人絵伝』(中央公論社、一九七八)所収の詞書釈文による。

(19) 松尾葦江『平家物語論究』(明治書院、一九八五)第三章―二―一。

長門本平家物語研究史

浜畑圭吾

はじめに

平家物語研究の進展により、各諸本についての研究成果も蓄積されるようになった。諸本間の位置づけが検討されるにつれて、伝本そのものの成立時期や編著者、管理圏への関心も深まったのである。長門国壇ノ浦にのぞむ阿弥陀寺（現赤間神宮）に所蔵されていた長門本は、その特異な来歴から「世上流行平家」（『国史館日録』）とは異なる平家として、近世期から識者の関心を集めており、現在では読み本系の重要な諸本のひとつとして認識されている。そうした長門本研究の、これまでの取り組みを大別すると、おおよそ次の四項目に分けることができるだろう。

一、伝本調査、近世における貸借、書写関係

二、諸本間の先後問題、兄弟関係、影響関係
三、成立の時期と環境
四、文学的評価、他作品への影響

しかしながら、長門本についてのまとまった研究史は少ない。稿者は以前「長門本『平家物語』研究小史―その成立をめぐって―」と題した小文をまとめたことがあるが、紙幅の関係もあり、成立の問題に限定したものであった。(1) 近世以来注目され続けている長門本の研究史と、そこから浮かび上がる問題点を提示しておく必要があるだろう。

一　伝本調査、近世における貸借、書写関係

諸本の多さで知られる平家物語のなかでも、長門本の伝本は群を抜いている。石田拓也氏や松尾葦江氏、麻原美子氏によって調査、整理が行われてきたが、現在でもその数は増えつつあり、七十本を超える。(2) 近時、確認されたものもあり、(3) 今後も新しい伝本の発見が期待される。「長門本」という平家物語の一諸本をこれほどまでに写していく動機はどのあたりにあるのだろうか。松尾氏は「長門本現象」(4) と呼ぶが、この伝本の多さも長門本の特徴のひとつであろう。

そうした近世期の長門本書写状況を示す史料、赤間神宮所蔵のいわゆる「五十二号文書」を紹介したのは中島正国氏(5) である。これは赤間関を領する長府藩から「永井伊賀守」が「阿弥陀寺廿巻平家」を借

り出した後、「濃州様」の手にもわたったことを示すものである。中島氏はこの文書を正徳年間（一七一一～一七一六）の頃のものと判断した。その後この文書を取り挙げた渥美かをる氏[6]は、内閣文庫蔵寛保二年本の識語から、同本は六代長府藩主毛利匡広（一六七五～一七二九）所持の「正本」を、美濃国郡上八幡城主であった金森可寛（一六九二～一七二八）が借りだして写させたものであり、「濃州様」は金森氏であるとした。これに対して村上光徳氏[7]は、この文書を寛文四年（一六六四）から寛文一〇年（一六七〇）までの間のものであるとする。そして「永井伊賀守」を永井尚庸であるとし、三代長府藩主毛利綱元との縁戚関係を指摘、また同じく文書に記される「濃州様」も綱元の叔母の夫稲葉美濃守正則と見て、そのつながりを指摘している。そして中島論文の翻刻では「濃州殿様」とあるところが実際は「濃州様殿様」であり、この「殿様」が返却先である毛利綱元であったとするのである[8]。さらに中島氏が不明とし、渥美氏は「春大」とした部分を「春斎」であると指摘した。ここに林春斎（鵞峰）の関与が指摘された意味は大きい。それは、父羅山より『本朝通鑑』の編纂を引き継いだ鵞峰の『国史館日録』には、伊賀守永井尚庸も編纂者として登場し、美濃守稲葉正則も老中としてこれに関わってくるからである。つまり、五十二号文書の裏付けがとれたことになる。村上氏は二〇〇〇年に再度この文書をとりあげ[9]、寛文六年（一六六六）のものとした。五十二号文書の読み解きについてはその後異論は無く、近世期長門本の流布の一端を明らかにしたといえよう。一九九〇年に刊行された『重要文化財赤間神宮文書』所収の同文書には村上説による注解が施されている[10]。

こうした大名間における貸借実態について、村上氏[11]は、山口県文書館蔵の四本の書簡を紹介、これが松平定信の依頼で長州藩が長門本を書写させた際の記録であることを明らかにした。定信の「御懇望」によるとのことだが、安徳天皇ゆかりの重物であるという認識が広まっていたからであろう。このように長門本が貴顕の間で貸借される平家物語であり、実見や入手が困難であったということが、版行されなかった理由に結びつけられている。麻原美子氏も長門本の貸借について、「長府藩の流れ」と「長州藩の流れ[12]」があったとする。たしかに五十二号文書の稲葉正則の言葉などからも、容易に版行できるものではなかったのだろう。そしてそうした扱いからは、長門本本来の性格もうかがえるのではないだろうか。すなわち大名間で珍重されるにふさわしい平家物語であったということである。成立の環境とあわせて後述する。

松尾氏[13]は、こうした長門本の伝本を「I群（公的写本）」と「II群（私的写本）」とにわけて取り組むべきと述べている。氏の調査によれば、佐々木弘綱や村上忠順などの国学者が書写、校訂に関わっていた伝本が見え[14]、相愛大学春曙文庫蔵本にも「右異本平家物語廿巻 先師荷田春麿宿禰手澤／石冢叟」とあるなど、国学者の間で関心が持たれていたのである。また、大高洋司氏[15]は山東京伝の『曙草紙』、馬琴の『俊寛僧都嶋物語』に長門本が引かれていることを指摘、出所は不明ながら「何らかの伝手」をたよって長門本を参照したのではないかとしている。今後は、こうした文人、国学者間での貸借、書写状況が解明されていくべきであろう。

二　諸本間の先後問題、兄弟関係、影響関係

平家物語諸本についての言及は中世から見られるが、現存諸本の具体的な異同、先後問題が検討されるようになるのは近世に入ってからである。その嚆矢とも言うべきは、『大日本史』編纂事業の一環で編まれた『参考源平盛衰記』であり、長門本も比較対象として取りあげられている。また流布本との異同に関心をもった長州藩士による『長門本印本平家物語異同考』をとりあげた弓削繁氏[16]によれば、同書は『参考源平盛衰記』のような史料的関心からではなく、物語としての異同に関心を示しており、大半が異同の指摘のみとはいえ、長門本に特徴的な小督物語については詳細に比較するなど、後の諸本比較と同様の姿勢を認めることができるだろう。

また『盛衰記』との先後問題の検討も近世から始まっている。山崎美成[17]は『盛衰記』の「異説」が長門本の本文と一致することから、「盛衰記は長門本を節略布演せしもの歟」としているが、本格的な追究は近代を待たねばならない。

1　延慶本、『盛衰記』との関係

近代に入り、山田孝雄氏[18]は延慶本、『盛衰記』との近似を指摘し、長門本は「流布本の如きもの」に、延慶本は「八坂本の如きもの」に増補したもので、『盛衰記』はこの二流を集成したものとした。長門

本は延慶本、『盛衰記』とともに読み本系の三本として認識されるようになったが、近世以来の課題として、まずは『盛衰記』との先後問題があった。[19]

続く後藤丹治氏[20]は、『盛衰記』の本文が改められて長門本が生まれた、親子関係説を唱えるが、これが長門本原作者の手によるものではなく後世の書写者の手によるものとする点、これまでの先後問題追及とは異なる。延慶本、『盛衰記』との詳細な本文比較が進み、現長門本本文の重層性が意識されるようになったのである。高木武氏[21]の業績もまた、読み本系三本の関係解明を目指したものであり、氏は記載事項の齟齬や文脈の破綻などは延慶本が最も少なく、次いで長門本、最も多いのは『盛衰記』と評価した。

こうしたなかで長門本と延慶本との近接を兄弟関係とし、その祖本を「旧延慶本」としたのは冨倉二郎氏[22]である。冨倉氏は長門本を文暦元年（一二三四）から建長四年（一二五二）の間に増補改訂されたものとし、成立にあたってその材料となったものが『盛衰記』の成立の際にも材料となったとする。長門本と延慶本との間に親本を設定したこと、両本と『盛衰記』との近さの想定、などは現在でも引き続き共有されている認識である。加えて注目すべきは、「長門本は實際以上に後期のものの如く考へられる」とする評価である。「實際以上に後期」がどのあたりかは不明であるが、「原長門本」と、現長門本の差を意識しはじめたといえる。

八坂本のような本文から増補されて読み本系へと続く諸本論を展開した高橋貞一氏[23]も、長門本と延慶本とには「想定原本」を認め、『盛衰記』もその近いところからの分立とみる。そして、現長門本には「脱漏」があり「他日古本の発見」が待たれるとする指摘は、詳細な本文比較による成果であろう。

こうしたなかで石田拓也氏[24]は、「一般には旧延慶本と呼ぶ」という注をつけつつ、現長門本から遡ったものに「原長門本」を想定する。現在の長門本は阿弥陀寺に蔵されていたこの「原長門本」から展開したもので、旧国宝本（現長門本）との間には「時代の推移」があるとする。そうした「原長門本」と旧国宝本との間については、後に成立の問題として論じられることになる。

長門本研究のひとつの画期として注目すべきは、一九九八年から九九年にかけて刊行された『長門本平家物語の総合研究 校注篇』『論究篇』とそれに続く『長門本平家物語』一〜四（二〇〇四〜二〇〇六）である[25]。それまでも国書刊行会本や岡山大学本の翻刻出版は見られたが、国会図書館貴重書本の刊行により、諸本比較も進み、『平家物語長門本・延慶本対照本文』[26]へとつながった。『論究篇』では佐伯真一氏が「延慶本と長門本との関係」と題し、延慶本研究での長門本の重要性、延慶本の誤脱箇所の指摘、部分的には長門本に古態が認められることを述べる。また、武久堅氏[27]が「長門本平家物語と源平盛衰記の関係」と題して、両本に兄弟性を認め、「旧延慶本」から下ったところに「前長門本」を想定、現長門本で改編が行われたとみる。

読み本系の三本における長門本は、延慶本とは兄弟性が、『盛衰記』とは他よりもより近い関係が認められ、現在に至るまでその見立ては変わっていない。長門本が延慶本研究の影に隠れ、等閑視されてきたという指摘もあるが[28]、近代以降は延慶本や『盛衰記』との詳細な比較によって、長門本の性質が明らかになったところもある。その結果得られた「原長門本」と現長門本との間に「差」があるのではないかという推定も、長門本の成立を考える上で重要な視点となったのである。

2　語り本、南都本、四部合戦状本、南都異本との関係

世間に流布する平家物語とは異なるという長門本への関心から、前掲の『長門本印本 平家物語異同考』のような、流布本との比較が行われたのだろう。

近代に入ってからも語り本との比較は続く。山田孝雄氏[29]は長門本は流布本よりも古く、「六巻に分ちたりし頃」の本に基づくとし、長門本と南都本、四部本との親近性も指摘する。高木武氏[30]も長門本は灌頂巻分立後に一方系統を主として八坂系、南都本、四部本、延慶本を参考として成立したと述べている。両者とも巻第二〇の「灌頂巻」に注目するわけだが、現長門本での改編である可能性もあり、平家物語の諸本研究、長門本研究の進展につれてこうした論は減少していく。

そうしたなかで注目すべきは、川鶴進一氏の一連の成果である。氏は長門本に、語り本（覚一本）による改変の可能性を示し、「原長門本の指向に、依拠しようとした語り本の指向が絡み合ったものであるとも考えられよう[31]」と分析する。今後は語り本との共通本文の洗い出し、「原長門本の指向」とどのように絡み合っているのかという検討に加えて、そうした改変の「時」と「場」が具体的に問われていくべきであろう。

四部本との親近性については、高橋貞一氏[32]が巻二の山門衆徒の訴状や院宣状との一致を指摘する。四部本との一致、四部本に古態を認める点は、山田氏（一九一二）と同様である。その後、四部本古態説

が展開するなかで、長門本への影響を考えるものもあるが[33]、古態説が下火になった後もその親近性の指摘は続く。徳竹由明氏[34]は長門本には、旧延慶本的本文に四部本的本文を挿入して改変を行っている部分があるとする。現長門本の成立に関わる指摘であろう。また、建礼門院を妙音菩薩の化身であるとする説も両本の共通項として興味を引く。この説を検討した山下宏明氏[35]は、巻二〇には女院に焦点をあてて語ろうとする長門本の構成があるとみる。四部本と長門本とでは相違するのかどうか、両本の文脈の掘り起こしが求められるだろう。長門本の場合は、この説の解釈が巻二〇を「灌頂巻」とする構成にも関わってこよう。改めて四部本との共通本文の洗い出しに取り組んでもよいのではないだろうか。

南都異本との関わりも重要である。巻一〇のみの零本のため一部の比較にとどまるが、はやくに高橋貞一氏[36]は長門本との近似に注目し、「長門本の詞章に極めて近く、然もその原形を残留してゐる」と評価している。南都異本先行説である。また渥美かをる氏[37]も「長門本と同類ではあるが、それを基として宗教性を強くした本」とするが、その関係については曖昧である。そうした状況からさらに踏み込んだ松尾葦江氏[38]は、長門本と延慶本の近接関係に南都異本を挟んでみると、両本が必ずしも単純な兄弟関係とは見えないとし、旧延慶本からの直接分岐という単純な認識に警鐘を鳴らす。具体的には、長門本と南都異本の親本が延慶本と兄弟関係として「旧延慶本」へと遡る関係を想定している。また武久堅氏[39]も南都異本との親近性に注目、両本の親本を「旧南都異本」として、松尾氏と同様の関係図を想定している。武久氏は親本は一二巻本と考え、長門本の二〇巻構成を後出とみている。稿者も[40]、両本に共通する記事が、その親本段階で挿入されたことを論じている。南都異本は延慶本との関係を相対化するだけでなく、長門本のより古いかたちを垣間見せてくれる諸本であるといえる。

諸本間の記事の一致から、ただちに共通の祖本を想定することには慎重でなければならない。あくまでも現存諸本との一致であり、単純な図式化はできない。ただし共通する記事の存在については、諸本毎にその関係構築に活かすべきだろう。

三　成立の時期と環境の検討

長門本の成立については、以前研究史として述べたことがある。そこでの問題意識は現在でも変わらず、本章と内容も重なるところが多くなることをお断りしておく。

長門本の具体的な成立時期と環境についてまず提言したのは、渥美かをる氏であろう。[41] 渥美氏は四部本を長門本よりも先の成立とみて、長門本は一二五〇～一二七〇年に成ったとし、延慶本と長門本の得長寿院説話は、同院倒壊の一一八五年、蓮華王院に合併される際に基本形が作られ、一二四九年に蓮華王院が焼亡し、再建されたのを機に現在の長門本のような形に展開したとしている。さらにそうした説話を管理したのは蓮華王院の関係者、特に閑院家の明暹の一統とみている。また氏は頼朝挙兵記事の検討から、「長門本の原拠とした物語が、鎌倉を中心とする土地」で成長したとし、最終的には京都周辺での密教寺院で成立して「口語り」されたものとする。蓮華王院関係者を管理者とみる渥美氏は、加筆者として藤原成親の縁者、九条兼実の子孫、藤原実明息「明暹」（明暹か）に始まる蓮華王院執行の系統など、複数の可能性をあげている。

こうした管理者考に慎重な姿勢を示したのは松尾葦江氏[42]である。氏は登場人物から編作者を直接求めることは困難であるとし、得長寿院説話の管理者がただちに長門本の管理者ではないとする。これはこの後に続く一連の管理者考にもいえることで、提供された材料の管理圏との親近性は問題となるが、それを再編集して組み込んだ編作者が管理者とイコールであるとは限らない。その上で氏は長門本に特徴的な鹿ヶ谷事件話群、北陸話群、平盛久記事には、何らかの材料提供者を考えてもよいかとする。鹿ヶ谷事件話群についても、一人の人物に焦点をあてて話をまとめていくのが長門本の性格であると指摘、長門本が成親成経父子に重点を置いた叙述になっていることは認めるが、それがただちに成親一族の管理へとつながるものではないとする。その後も長門本の成立研究では成親説話がたびたび俎上にあがるが、留意すべき点であろう。また、前半部の平氏栄花話群についても、その編集態度からは「平家の時代から心情的に遠ざかったもの」であるとしている。

こうした慎重論がある一方で、長門本研究は管理者考が盛んになる。[43]はやくから積極的に長門本の成立について発信してきた砂川博氏[44]は、巻五「厳島之次第事」に注目し、その独自記事の背景に中世高野浄土信仰の影響があるとし、高野聖と同性格の「厳島聖」が担い手となっていたと論じた。長門本の特異な厳島記事については金井清光氏[45]も注目、大隅正八幡宮縁起、善光寺縁起などとの連関を認め、厳島を拠点として遊行していた善光寺聖の管理を受けていたと推測する。金井氏はこうした一群を「厳島善光寺聖」と名付けた。山下宏明氏[46]も「かなり庶民的な唱導団体」を、松尾葦江氏[47]も「諸国行脚の徒」や、筑土鈴寛氏の説を引いて「地神盲僧のような盲僧」の参加を想定する。続いて白石一美氏[48]は、長門本の厳島記事は「古縁起」を用いて再編集したものとして、『盛衰記』との違いを論じた。この「古縁起」については具体的には述べられなかったが、のちに『中世の文学 源平盛衰記』（三）巻一三の補注三九[49]で、「田中貴子氏教示」として「長門本は金沢文庫蔵『厳島大明神』（内題『厳島大明神日記〈竈門白山一体御事〉』）に拠る」と黒田彰氏によって指摘される。これを受けて牧野和夫氏[50]が同文献を紹介、比叡山から極楽寺、称名寺、仙波談義所というルートで伝えられた同書が「「長門本延慶本共通祖本」に近い生成過程の一時期」にもたらされたと想定した。そして、こうした書が西大寺流の主要寺院に備えられていたと仮定すれば、「長門本の西国関連記事を、西国に於ける「蒐集」や「西国聖の活動の全て」に委ねることの意味は極めて希薄」としており、西国関連記事の取り扱いに注意を促すが、「厳嶋次第事」が長門本の成立問題に重要な記事であることは間違いない[51]。

長門本の成立について諸氏が注目するものに、渥美論以来注目されてきた成親成経父子説話がある。砂川博氏[52]は「柱松因縁事」「花秋大納言事」「土仏因縁事」はこの説話にかかわって挿入されたとし、白石氏[53]も成経説話に関わる巻五「伯耆局事」をとりあげ、その編集は京都で行われたものとする。同説話の内容に一定の史実性を認め、「琵琶行」を参考にして唱導文芸に仕立てようとしたと論じる。大隅八幡正宮で管理された説話が京都へ運ばれて流入し、再度西国へ伝来したというのが白石論の骨子である。さらに正宮神官桑幢氏と長門本編者とに繋がりを見て、長門本の成立を宮寺である正国寺の創建、暦応元年（一三三八）以降の成立とする[54]。独自説話の成立背景に在地との強いつながりを認めるのが白石論の特徴だが、その最終成立圏を「京都及びその周辺[55]」に設定する妥当性は問われるだろう。

そうした白石説に対して砂川氏[56]は、巻五「伯耆局事」が琵琶行を下敷きとしたという説を否定して、あくまでも貴種流離譚の一種であるとし、その成立を室町初期から西国の守護大名大内氏の活躍した室町中期とする。さらに氏[57]は長門本の生成背景に安倍系陰陽師の伝承をみる論、京都近郊の賤視された人々「坂の者」の関与を想定する論を展開し、「花秋大納言事」「柱松因縁事」の成立背景にも「坂の者」の語りを見出す。京都周辺の人々の語りを長門本の成立背景に見る砂川氏[58]は、成親の弟である実教の山科家を成立圏として想定し、同家に出入りする西国へ下った経験のある琵琶法師のような存在が、長門本の詳細な地理感覚の背景にあるとみている。『厳島大明神日記』のようなテキスト化されたものによる情報提供の可能性を認めつつ、「在地の語り」の存在を重視するのが砂川論の特徴であろう。京都周辺に長門本の最終成立圏を求める砂川論は、中御門家周辺に成立圏を求めた渥美論を展開したものといえるが、琵琶法師や時衆の徒による「現地の語り」の輸入経路の想定が加わる。特徴的な西国記事群をどのように捉えるかということが長門本研究の重要課題のひとつであり、砂川論は一つの結論を示したと言える。成立時期は確定できないとしつつも、後に応永の頃の安徳鎮魂、平家供養に注目している[59]。

伝本研究に成果をあげていた石田拓也氏[60]は、伊藤家蔵本に注目、同家から阿弥陀寺の住職が出ていたこと、阿弥陀寺の源平合戦絵図の存在、大内義隆の「西の京都時代」を考えると、「長門本平家のこの寺へ納められた時代も推量できそう」とする。その後氏[61]は文明年間以降の大内政弘、義興、義隆三代の庇護、大内家における琵琶法師の間者化など、阿弥陀寺周辺に長門本生成の環境は整っていたとし、長門本祖本が「鎌倉後期を下らない」頃に「京都周辺の地から齎され」たとし、文明九年（一四七七）、大内政弘が山口へ帰ってきて数年の頃に範囲を絞る。そして永正一六年（一五一九）の阿弥陀寺失火以前に旧国宝本は成立していたとしている。阿弥陀寺に関する古記録の検討は、大内氏隆盛時代の阿弥陀寺の環境を浮き彫りにし、現長門本成立の場として十分な蓋然性を示したといえる。

拙論でも石田論の伝来過程に賛意を示しているが、さらに長門本本文との連関を求めた[62]。具体的には、巻第二〇の建礼門院の大原入りの場面に厳島信仰圏を内包する大内氏の文化的環境で成立した痕跡を指摘し、大内氏の文化環境と長門本の「王朝物語への傾斜」「言語遊戯的要素」「室町物語的要素」といった性格との重なりを述べている。

大内氏文化圏とのかかわりについては、諸氏が指摘するところである。しかし、長門本そのものとのつながりについては、まだ十分に解明されたとはいえない。また、「文化圏」という便利な言葉に落ち着くことなく、今後、その「時」と「場」をより明確にしていくべきであろう。

長門本の特徴的な記事としては北陸関連記事もあげられる。宮崎太郎などの義仲周辺武士の活躍記事について、はやくに松尾氏[63]が指摘するところであるが、西国関連記事ほどの管理者考は展開されていない。金井清光氏[64]は西国記事の背景に善光寺聖の管理を想定し、北陸記事も包括する。そうしたなかで久保尾俊郎氏[65]は、篠原合戦記事に「侍階層の武士の物語の様相」を見出し、「まとまりのある物語」を背景に想定する。ただしそうした「源平両氏の棟梁階層の盛衰の物語を語ろうとした作者」とは性質の異なる人物、戦場で戦った侍階層の武士に共感を寄せる人物が長門本の作者であるとしている。原材料の作者がすなわち長門本の作者ではないとする点は慎重な姿勢であろう。今後北陸関連記事の、長門本挿入経路の検討が行われるべきである。

成立時期については、長門本の表現に注目して見定めようとする論が多い。島津忠夫氏[66]は、「南北朝後期か、室町時代初期」の成立とみる。長門本を「室町的」と評したことは、後に長門本の評価のひとつとして定着する。また小川栄一氏[67]は、長門本の仮名遣いの状態は少なくとも鎌倉時代に遡ることはなく、室町末期から江戸初期における音韻・文法の状況を反映しているとする。こうした表現の検討からも、現長門本の成立は室町中期から後期にかけてのころということになろう。

成立環境については、大きく京都周辺説と地方説（現在のところ阿弥陀寺周辺）にわけられる。ただし地方説も、「原長門本」は京都周辺での成立を想定するものが多く、あくまでも現長門本の地方再編集説である。地方説の具体的な場としては阿弥陀寺を中心とした大内氏の文化圏が想定されている。大内氏の、特に政弘、義興、義隆のころの、都からの文人文物流入の実態、それにともなう文化的環境の成熟については指摘が多い[68]。近世、長門本が大名間で貸借されていた平家物語であったことの背景には、珍しい来歴というだけでなく、こうした豊かな文学的環境で成立したことも大きく影響していたのではないか。今後、長門本が持つ、京都周辺を取材源とする記事と、個性豊かな地方記事とをどのようにつなぐかということの、具体的な検討が求められよう。

四　文学的評価、他作品への影響

作品としての長門本は、どのような評価を受けてきたのだろうか。長門本の構成について、その杜撰さを指摘する論は多い。たしかに本文中の矛盾や脱落など、他本に比べて目立つところがある。原長門本からの性格なのか、その後の再編集によって顕著になったのかは不明だが、現存伝本に共通する特徴ということであれば、旧国宝本以前に既にそのような姿であったのだろう。しかしそうした作品であるからといって、文学性が損なわれるということにはならない。渥美かをる氏[69]は「庶民を対象とする唱導用の物語」として、文体の平易さとあわせて評価した。その後、松尾葦江氏[70]も、独自部分に中世小説に近い、庶民的、通俗的性格を指摘する。こうした評価はその後も続き、永積安明氏も「大衆的で地方的な性格[71]」とする。ただし実際に「庶民」を対象としたことを示す外部の裏付けがあるわけではなく[72]、文体の平易さや話材の性格による評価である。そうした文体については、武久堅氏[73]に「琵琶語り」や「唱導的な語り」からは少し距離を置き、「文章語」として、「机上での著述活動の産物」、読むことを前提としたものとする評価もある。

島津忠夫氏[74]の「室町的」という評価は、中世小説との近さによる。それは主に表現の検討によるものであるが、後に川鶴進一氏[75]も盛久観音利生譚に「室町の色合い」を認めている。さらに具体的な性格については松尾氏[76]が、女性的な雰囲気が尊重される志向とし、「物語になりたがっている物語」と評価した。

長門本の、より物語化を志向する姿勢が、その人物造型や展開に影響したのであろう。一方で松尾氏は、長門本は「流動過程にある混態本」であるともし、そうした混態本に「文芸性」を追究することについては慎重であるべきともする。

一方、積極的に独自記事に取り組む砂川博氏[77]は、成親成経父子説話に連なる一連の独自説話が父子の関係に重なるものであるとし、その基底に「親子恩愛の絆に牽かれる人間の姿を殊更彫り込もうとする姿勢」を認めている。そして、方法に稚拙さはあるものの「編著者の文芸的な営み」まで否定することはないとして、その文学性を評価する。長門本の志向として、恩愛譚の多さを指摘したことは重要である。また「小督」についても、池田誠氏[78]は「最初から高倉院と小督の恋物語に照準」をあわせた編集姿勢を指摘し、多田圭子氏[79]もそうした志向を認め、そこに、王朝的な悲恋譚とは隔たりのある、「中世小説」的恩愛譚を認めている。恩愛譚自体は珍しいものではないが、独自記事などにそうした志向が多く見られることは、長門本の文学性の特徴と考えてよい。

また、山下宏明氏[80]は、巻二〇「灌頂巻事」に「女院に焦点をあてて語ろうとする」姿勢を認めているが、これは長門本の「灌頂巻」の問題、建礼門院妙音菩薩説などとあわせて考えるべきだろう。そして、下西善三郎氏[81]が、巻九のいわゆる「月見」の場面について、延慶本よりも長門本の方が『源氏物語』に「忠実」であり「密着」しているとする指摘にも注意しておきたい。荒木田麗女の歴史物語『月の行方』の典拠として、長門本の「月見」が指摘されており、文飾の多い作風の一端を担っているとされることは[82]、王朝文学への傾斜が見られる長門本の文学的志向によるものと考えられるからである。

おわりに

以上、大きく四章に分けて通覧してきた。先学の研究のすべてをあげることができず、また誤解も多いことと思う。ご海容を請うばかりである。長門本の伝本は今後も発見される可能性が高く、その書写過程の解明が期待される。どのような場で書写されてきたのかということは、長門本だけでなく、平家物語享受の問題でもあろう。

また、現長門本を遡る本文の性格の検討、特徴的な地方説話群の成立背景と長門本への流入過程の解明は、成立環境の問題とあわせて、長門本研究の根幹を為すものである。どのような「原長門本」が、どこでどのようにして「現長門本」となったのか、ということは、文脈の丹念な掘り起こしとあわせて、今後も追究されるべきである。

注

（1）松尾葦江編『無常の鐘声 平家物語』しおり（軍記物語講座第二巻・花鳥社・二〇二〇）。長門本の研究史としては、早川厚一氏が「『平家物語』諸本の研究史 一九四五年以後」（『平家物語の生成』・汲古書院・一九九七）のなかで一九四五年から一九九七年までの成果を諸本毎に整理しており、長門本についても部分的なまとめがある。また柴田博子氏の「『長門本平家物語』硫黄島配流道行き説話の研究状況」（『宮崎県地域史研究』二六・

二〇一二）には、成立とその環境についてのまとめが見える。

（2）石田拓也『伊藤家蔵長門本平家物語』解題（一九七七・汲古書院・以下石田一九七七）、松尾葦江『平家物語論究』第三章一（明治書院・一九八五・〔初出一九七三、一九七八〕・以下松尾一九八五）、麻原美子『平家物語世界の創成』第一部三「長門本平家物語の伝本に関する基礎的研究」（勉誠出版・二〇一四・初出二〇〇〇・以下、麻原二〇一四）。

（3）松尾葦江「新たに調査された長門本平家物語」（松尾葦江編『海王宮―壇之浦と平家物語』・三弥井書店・二〇〇五・以下『海王宮』）。村上光徳氏が「国立国会図書館蔵『長門本平家物語』（貴重書）について―長州藩蔵本か―」（『長門本平家物語の総合研究』論究篇・二〇〇五・以下『論究篇』）で注目した山口大学図書館所蔵（萩明倫館旧蔵本）の欠巻が、鶴見大学図書館収蔵の長門本巻第一、巻第二であることを明らかにした平藤幸（「萩明倫館旧蔵長門本『平家物語』首両巻をめぐって」・『軍記物語の窓』第五集・和泉書院・二〇一七、「八葉の大臣」をめぐって―萩明倫館旧蔵長門本『平家物語』本文の読みの可能性」・『日本文学』・二〇一七）の報告も、注目すべき長門本の伝本研究の成果である。近年では、澤宣嘉旧蔵本（大谷貞徳「新出『平家物語』（長門本）の紹介」・栃木県高等学校国語科研究会編『国語 教育と研究』五八号・二〇一九）、相愛大学春曙文庫蔵本（913.43/H/春205）の発見が続く。

（4）松尾葦江『軍記物語原論』第二章第四節（笠間書院・二〇〇八〔初出二〇〇六〕）。

（5）中島正国「長門本平家物語の原本に就て」（『國學院雑誌』昭和六年一月号・一九三一）。

（6）渥美かをる『平家物語 長門本』七・解題（藝林社・一九七五）。

（7）村上光徳「赤間神宮所蔵五十二号文書の意味 長門本平家物語研究の一手懸として―」（『駒沢短大国文』六・一九七五）。

（8）中島論文の読み誤りについて村上二〇〇〇（注（9）論文）では、この文書の副本があって、その副本に既に誤りがあったかとしている。

(9) 村上光徳「五十二号書簡をめぐって―長門本平家物語研究の問題点を探る―」(『海王宮』)。毛利綱元の姻戚関係による書写としては、岡山大学附属図書館池田家文庫本もあげられる(森岡常夫『平家物語 岡山大学本二十巻』解題 福武書店・一九七五)。同本は岡山藩四代藩主池田綱政の命によって書写されたもの。綱政は綱元の妹を室に迎えており、綱政の娘が綱元男で本家を継いだ吉元の室に入るなど、姻戚関係にあった。

(10) 赤間神宮編『重要文化財 赤間神宮文書』所収「五二 長府藩重役連署書状(折紙)」解説・一一〇頁(吉川弘文館・一九九〇)。

(11) 村上光徳「『長門本平家物語』流布の一形態―山口県文書館所蔵毛利家文書の場合―」(『軍記と語り物』13・一九七六)。この際書写をした「吉武多態」は橋本経亮『橘窓自語』に「我門人」とされる人物で、村上氏は相当の知識人と見ている。同氏は手本とした長州藩御宝蔵本とは国会図書館本で、明治大学本の親本ではないかとする(麻原二〇一四)。村上氏は後の「国会図書館所蔵『長門本平家物語』(貴重書)について―長州藩宝蔵本か―」(『論究篇』)でも、改めて論じ、国会図書館本が旧国宝本に最も近いとする。

(12) 前掲注(2)麻原二〇一四。

(13) 前掲注(4)。

(14) 松尾一九八五、二〇一頁、二〇七頁。

(15) 大高洋司「曲亭馬琴と平家物語―長門本享受への一視覚」(『海王宮』)。近世から近代初頭にかけての記録類に見える長門本については、石田一九七七、松尾一九八五に詳しい。

(16) 弓削繁「『長門本印本 平家物語異同考』―解題と翻刻―」(『山口大学教養部紀要』(人文科学篇)第一七巻・一九八三)。

(17) 山崎美成『海録』巻三（国書刊行会・一九一五）七一頁。
(18) 山田孝雄『平家物語考』（一九一一・以下、山田一九一一）、復刊（勉誠社・一九六八）四一二頁。
(19)『平家物語大事典』「源平盛衰記」（東京書籍・二〇一一・岡田三津子氏執筆項目）。
(20) 後藤丹治「長門本平家と盛衰記との関係」（『文藝』第一五年第一二号・一九二四）。
(21) 高木武「平家物語延慶本長門本源平盛衰記の関係について」（『東亜の光』第二二巻八号・一九二七）、同「東関紀行と平家物語延慶本長門本源平盛衰記との関係」（『国語国文』第四巻四号・一九三四・以下、高木一九三四①）、同「東関紀行と平家物語延慶本長門本源平盛衰記との関係（承前）」（『国語国文』第四巻六号・一九三四・以下、高木一九三四②）。
(22) 冨倉二郎（冨倉徳次郎）「延慶本平家物語考─長門本及び源平盛衰記との関係─」（『文學』第二巻第三号・一九三四）。
(23) 高橋貞一『平家物語諸本の研究』第四章第九節「延慶本・長門本・盛衰記の記事の比較」（冨山房・一九四三・以下高橋一九四三）。
(24) 石田拓也「平家物語のテクスト 長門本」（『国文学 解釈と教材の研究』第三一巻七号・一九八六・學燈社）。
(25) 麻原美子・名波弘彰・犬井善壽『長門本平家物語の総合研究 校注篇』『論究篇』（勉誠出版・二〇〇〇・以下『校注篇』『論究篇』）。後に『長門本平家物語自立語索引』（勉誠出版・二〇〇九）も刊行。
(26) 勉誠出版・二〇一一。白石一美「長門本『平家物語』異文一覧表─延慶本との比較─」（『宮崎大学教育学部紀要 人文科学』六〇・一九八六）は長門本と延慶本との比較結果を載せるが、相違点の指摘のみで本文は載せない。
(27) 武久氏は「前長門本」については二四巻本で、現存本はそれを二〇巻にやや不自然なかたちで縮小再編したとしており、現長門本での再編集を想定している。

(28) 麻原美子氏は「「延慶本・長門本親本」措定の試み―『平家物語長門本延慶本対照本文』を基軸として―」(『長門本平家物語に関する基礎的研究』科学研究費補助金基盤研究(C)研究成果報告・二〇一二)のなかで、「後出本として継子のごとく研究上無視されてきた長門本」と述べる。また、谷口耕一氏「長門本平家物語の再評価に向けて―一谷の坂落としをめぐる長門本と延慶本―」(『海王宮』)も平家物語研究が延慶本に集中し「長門本はその傍らに押し遣られた観がある」と述べ、長門本には部分的に古態をとどめる箇所があるとして再評価を促す。

(29) 山田一九一一、第四章第六節。

(30) 高木一九三四①。

(31) 川鶴進一「長門本『平家物語』の本文形成―語り本記事挿入箇所の検討―」(『国文学研究』一二〇・一九九六)。他に「長門本『平家物語』の盛久観音利生譚をめぐって」(『軍記文学の系譜と展開』・汲古書院・一九九八)、「長門本と略本群との関係」(『論究篇』)がある。

(32) 高橋一九四三、第四章第四節二六四頁～二六五頁。

(33) 渥美かをる「説話形成についての一考察―平家物語長門本の得長寿院供養譚をめぐって―」(『軍記物語と説話』・笠間書院・一九七九〔初出一九六二〕・以下渥美一九七九)。

(34) 徳竹由明「『平家物語』長門本と四部合戦状本の近似本文に関する一考察―平家都落ち話群中の東国武者の記事を中心に―」(『三田國文』三一号・二〇〇〇)。

(35) 山下宏明「妙音菩薩の化身、建礼門院の物語」(『論究篇』)。建礼門院の妙音菩薩化身説については山田弘子「『長門本平家物語』の建礼門院―妙音菩薩をめぐる物語の論理を求めて―」(『山口国文』一〇号・一九八七)もある。

(36) 高橋一九四三、第四章第二節。

(37) 渥美かをる『平家物語の基礎的研究』一四八頁（三省堂・一九六二・以下渥美一九六二）。

(38) 松尾一九八五、第二章五「読み本系三本の平氏断絶記事―読み本系とは何かを考えるために」（初出一九七一）、第三章五「南都異本平家物語と読み本系諸本」。

(39) 武久堅「平家物語「旧延慶本」の輪郭と性格―南都異本との関係―」（『平家物語成立過程考』・おうふう・一九八六〔初出一九八〇〕・以下武久一九八六）。

(40) 拙稿「平家物語「観賢僧正説話」考―『高野物語』と長門本・南都異本の関係―」（『中世軍記の展望台』・和泉書院・二〇〇六）。

(41) 前掲注(33)、「長門本平家物語における頼朝蜂起の記事と吾妻鑑との関係について」（渥美一九七九〔初出一九六三〕）、「長門本平家物語の加筆者と享受の場について」（渥美一九七九〔初出一九六三〕）。

(42) 松尾一九八五、第三章二「長門本平家物語の性格」（初出一九六七）、三「長門本平家物語の鹿谷事件話群について」（初出一九六八）、四「長門本平家物語の平氏栄花話群について」（初出一九六八）。

(43) こうした管理者考の進展には、説話文学研究における仏教資料の掘り起こしによる研究の進展という背景があろう。ただしこれは長門本研究に限ったことではなく、平家物語研究全体にもいえることである。

(44) 砂川博「長門本平家物語と厳島聖」（『平家物語新考』・東京美術・一九八二〔初出一九七〇〕、以下砂川一九八二）。

(45) 金井清光「長門本平家物語の厳島縁起」（『時衆と中世文学』一九七五〔初出一九七〇〕）。金井氏は長門本の管理に「善光寺聖」が関わっていたため、長門本が北陸記事に詳しく、また同じ信濃出身の義仲に好意的な記述となったとしている。さらに、この「厳島善光寺聖」は「鎌倉時代中期以降においては実質的に時衆と同じであると見なしてよい」とする。

(46) 『源平闘諍録と研究』（未刊国文資料刊行会・一九六三）。

(47) 松尾一九八五、二四五頁。

(48) 白石一美「盛衰記・長門本の厳島縁起」(『時衆研究』五五号・一九七三)。

(49) 黒田彰、松尾葦江校注『中世の文学『源平盛衰記』(三)』二四〇頁(三弥井書店・一九九四)。

(50) 牧野和夫「長門本『平家物語』と『厳島大明神日記』—長門本『平家物語』生成の一過程を『厳島大明神日記』四周に探る—」(『論究篇』)。氏はこの前に「長門本『平家物語』巻五「厳嶋次第之事」をめぐる一考察—『竈門山寶満大菩薩記』を介して—」(『實踐國文學』五〇号・一九九六)で、長門本の内部には竈門山八幡を介して厳嶋、霧島、大隅八幡の記事が一連のものとして「緊密」なつながりをもつと指摘する。

(51) 拙稿「長門本平家物語の「三鈷投擲説話」—『源平盛衰記』との比較から—」(『古典文藝論叢』第一号・二〇〇九)でも、巻五「厳嶋次第事」の三鈷投擲説話を検討し、厳島側の主張を指摘した。

(52) 砂川博「長門本平家物語の成親説話」(砂川一九八二〔初出一九七二〕)。

(53) 白石一美「長門本平家物語伯耆局説話の形成とその享受」(『中世文藝』五〇後集・一九七二)。巻五「成経被レ参二詣大隅正八幡宮一事」に登場する「台明寺法師に、俊恵房阿しや利」について、栗林文夫氏(「中世地方寺院と地域社会—大隅国台明寺を中心に—」・『歴史学研究』七〇二・一九九七)は、中世の台明寺が大隅正八幡宮と密接な関係であったことを指摘する。また、長門本の正宮縁起が中世後期、正統なものであった可能性を指摘するものに、筒井大祐「長門本『平家物語』と大隅正八幡宮縁起—六郷山縁起を視座として—」(『佛教大学総合研究所紀要』二八・二〇二一)がある。こうした背景が長門本の成立にどのようにかかわったのか、ということを検討しなければならない。

(54) 白石一美「長門本平家物語の加筆期について—大隅正八幡宮の調査から—」(『中世文藝』四九・広島中世文芸研究会・一九七一)。

(55) 白石一美「長門本平家物語における諸問題」(『山口県地方紙研究』三六号・一九七七)。また白石氏は「平家物語における赤井などについて」(『宮崎大学教育文化学部紀要 人文科学』第一八号・二〇〇八)においては「南北朝以降、室町時代の狭い京都辺りの庶民向け唱導文芸として再編成された平家の異本、それが長門本」ともする。

(56) 砂川博「長門本平家物語の成経説話」(砂川一九八二〈初出一九七四〉)。

(57) 砂川博「長門本平家物語と陰陽師」(砂川一九八二〈初出一九八〇〉)、「長門本平家物語と「坂の者」」(砂川一九八二〈初出一九八〇〉)。

(58) 砂川博『平家物語の形成と琵琶法師』第三編第五章(おうふう・二〇〇一〈初出二〇〇〇〉)、その後成親成経父子説話については、教盛の縁者たちの関与をみる山口安世氏の論(「長門本平家物語の藤原成経の独自記事について—第六「丹波少将康頼入道上洛事」を中心に—」・『日本文藝研究』第五六号四・二〇〇五)がある。また船越亮佑「長門本『平家物語』における成親・成経父子の配流記事—「推量」の語と「龍宮城」の場をめぐって—」(『学芸古典文学』七・二〇一四)に研究史のまとめがある。

(59) 「阿弥陀寺院主四代・時衆・平家物語」(『海王宮』)。

(60) 石田拓也「平家物語諸本の調査—特に長門本平家物語について—」(『私学教育研究所紀要』二一・一九七三)。

(61) 石田拓也『伊藤家蔵長門本平家物語』解題(汲古書院・一九七七)、「長門本赤間関阿弥陀寺—長門本平家物語の背景—」(『軍記と語り物』第一四号・一九七八)。

(62) 拙稿「長門本平家物語の成立と伝来環境」(軍記物語講座第二巻『無常の鐘声—平家物語』、花鳥社、二〇二〇)。

(63) 松尾一九八五、第三章二「長門本平家物語の性格」(初出一九六七)。

(64) 前掲注(45)。

(65) 久保尾俊郎「長門本平家物語「篠原合戦」の考察—〈侍の物語〉として—」(『古典遺産』三四号・一九八三)。

また氏は「〈研究ノート〉長門本平家物語篠原合戦の合戦形式について」(『古典遺産』三八号・一九八七)では、篠原合戦場面に「リズミカルなパターンの繰り返し」を見て、「全体として平家の敗北を聞き手に印象づける語りの手法と関連」しているとし、時衆の語りとの関連を述べる。

(66) 島津忠夫「長門本平家物語の一考察」(『平家物語試論』・汲古書院・一九九七年〔初出一九九二〕)。島津氏は原長門本の成立は「現存の阿弥陀寺本の書写年代よりそれほど遡らない時代の成立で、それの転写本がたまたま阿弥陀寺本として残り、江戸時代になってつぎつぎに書写されていった」とする。

(67) 小川栄一「日本語史料としての長門本平家物語」(『武蔵大学人文学会雑誌』第四一巻第三・四号〔通巻第一六二・一六三号・二〇一〇〕)。氏は「長門本平家物語の言語年代」(『長門本平家物語に関する基礎的研究』科学研究費補助金基盤研究(C)研究成果報告・二〇一二年)のなかで、旧国宝本に中世末期のキリシタン資料と同様の傾向を見出して一六世紀末の書写とし、阿弥陀寺の永正一六年の大火以前に存在したとされる長門本とは別物としている。

(68) 大内文化の成熟については周知のことだが、そのなかでも厳島周辺の文化状況については、関口靜雄氏(「厳島信仰と文芸」(『國文學　解釈と鑑賞』五八巻三号、特集「霊場信仰と文芸」・一九九三)が、「まことに豊かな文学的環境」であったとし、近年では尾崎千佳氏が(「大内氏の文化とその記憶」(大内氏歴史文化研究会編『室町戦国日本の覇者　大内氏の世界をさぐる』・勉誠出版・二〇一九年)、義興の古今集伝書『古今秘訣』伝授、義隆の太宰府・厳島連歌壇掌握の実態などを明らかにしている。

(69) 渥美一九六二、一五五頁。「絵語りのために物語化された」とも。

(70) 前掲注(63)。

(71) 永積安明「長門本平家物語について」(『赤間神宮』・赤間神宮社務所・一九七八)。

(72) 山下宏明氏は「実際の語りや唱導への接近」(『源平闘諍録と研究』二八〇頁・一九六三)があるとしており、

戦前に中島正国氏（前掲注（5））も、阿弥陀寺での絵解きの可能性を指摘する。具体的には石田拓也氏が紹介する室町期成立の「安徳天皇縁起絵図」が赤間神宮に蔵されており、色紙形の詞章も付されている。玉井幸助氏は（「赤間宮寶物源平合戰圖屛風色紙形」・『国語と国文学』第一二巻第一号・一九三五）、絵図はもと阿弥陀寺の境内にあった安徳天皇御影堂の襖の絵であったものとし、その成立は室町末期とみる。ただし色紙形の詞章については、平家諸本に一致するものはなく、「平家物語の前身」と思われるものを抜き書きしたものではないかとする。また冨倉徳次郎氏も「赤間神宮の絵解」（『平家物語研究』・角川書店・一九六四）のなかで、絵は一六世紀中頃から後半（宮次男氏も室町後期とする。「源平合戦絵」・『日本美術工芸』三三七・一九六六）、詞章は一六世紀末か一七世紀のものとし、「長門本に近いわけではない」とする。つまり、長門本にこうした絵解きとの繫がりを認めるものはなく、長門本の成立に阿弥陀寺の絵解きが関わったとは考えにくい。一方で冨倉氏が、絵図に描かれる阿弥陀寺八幡宮が、一六世紀前半に大内義隆が修復したあとの様子を描いていると指摘する点には注意したい。大内氏時代に、阿弥陀寺はこうしたものを生み出す環境であり、現長門本もそうした場で成立したのである。

(73) 武久一九八六、序論第二章「読み本系諸本（広本）の成長過程㈠――「旧延慶本」から延慶本・長門本を経て源平盛衰記へ――」（初出一九七八）。長門本の文体に「言語遊戯」「ことば遊び」の傾向を認める西田直敏（「平家物語の文章展開手法」（『平家物語の文体論的研究』・明治書院・一九七八〔初出一九六七〕）や春日井京子「長門本の典拠とその改作―巻八「山門心変事」の『実語教』依拠を題材に―」（『論究篇』）、船越亮佑（「長門本『平家物語』の狂言趣味―猿眼赤鬚男と悪土佐金蓮について―」（『学芸古典文学』六・二〇一三））の論がある。

(74) 前掲注（66）。

(75) 川鶴進一「長門本『平家物語』の盛久観音利生譚をめぐって」（『軍記文学の系譜と展開』・汲古書院・一九九八）。

(76) 松尾葦江「人物造型から見る長門本平家物語―混態本の文芸性をめぐって―」(『論究篇』)。

(77) 前掲注(52)。砂川一九八二第六節(初出一九八〇)。

(78) 池田誠「『平家物語』「小督」隆房譚考」(『文藝と批評』第六巻八号・一九八八)。

(79) 多田圭子「長門本『平家物語』「小督」譚小考」(『論究篇』)。千明守「屋代本平家物語の成立―屋代本の古態性の検証・巻三「小督局事」を中心として―」(栃木孝惟編『あなたが読む平家物語1 平家物語の成立』・有精堂・一九九三)も長門本の「小督」の「後次性」を主張する。

(80) 前掲注(35)。

(81) 下西善三郎「ふるき都の月見―〈王朝〉引用の表現・方法・意味―」(『論究篇』)。

(82) 雲岡梓「荒木田麗女の歴史物語『月の行方』と長門本『平家物語』」(『語学文学』五五・二〇一六)。「月見」については、『岡山大学本平家物語』一(福武書店・一九七五)の解題で森岡常夫氏は、同本の巻九だけを四代藩主池田綱政が書写したことについて、「巻九は、人々に広く読まれた「月見」を含むのであるから」としている。「月見」の叙情性は長門本に限ったことではないが、下西氏の指摘からは、長門本がさらなる叙情性を追求したとも考えられる。また拙稿「長門本平家物語の慈念僧正による真済教化説話」(『佛教文学』第三一号・二〇〇七)は、長門本の独自記述と『古今集』の古注釈書との一致を指摘する。こうした一致はその典拠だけでなく、長門本の性格や成立環境の文化的背景の問題、延いては文学性の解明にもつながろう。

長門本平家物語伝本一覧（補遺・新出伝本）

松尾葦江

凡例

一　現存する長門本平家物語について、通し番号を付して所在情報を一覧化した。『平家物語論究』（明治書院　一九八五年）一九九～二三四頁所収の六十四本については、所在情報と、訂正など特記事項のみを掲出した。詳細は同書を参照されたい。なお請求番号は所蔵者の事情で変更されている可能性もある。

二　一九八五年以降調査した伝本に関しては、①巻冊　②形態　③外題内題　④奥書・識語など　⑤序跋　⑥半丁行数　⑦表記の特色、書き入れなど　⑧目録・本文の特徴　⑨印記・伝来　⑩その他の各項をできるだけ記す。長い期間に亘り、異なる条件下での調査なので不統一な点もあることは御了解いただきたい。

三　65から71までの七本については、『海王宮―壇之浦と平家物語―』（三弥井書店　二〇〇五年）掲載の解題を基に書き起こした。また75、77本については、120頁以下に詳細な解説を載せた。

四　72、73本の書誌情報は『「文化現象としての源平盛衰記」研究　3』（私家版科研報告書　二〇一三年）に既出であるが、同書は入手しにくいと思われるので、新しく調査された本としてやや詳しい書誌を載せた。また二〇二三年に鶴見大学所蔵となった55本は、かつての笠本と推定され、現段階では特に付け加える情報はない。

五　55、72、74、75、76、79本の調査は大谷貞徳、68、73本は鈴木孝庸、77本は平藤幸、78本は塩村耕の各氏による。

六　二〇二四年三月の段階でウェブ上に画像公開されている伝本にはDを付記した。D1は国書データベース、D2は国立公文書館デジタルアーカイブを示す。

七　合冊などにより二十冊でない本、欠巻がある本のみ巻冊を注記した。二十一巻とあるものは総目録を持つ。

八　序ABC（序という呼称が適切か否かには問題があるが、いまは『平家物語論究』に従っておく）については、116頁に全文を掲げた。そのほか奥書、識語の類で複数の伝本に共通するものがあり、詳細は『平家物語論究』を参照されたい。

九　今後、伝本調査を新たに始める研究者のための指針を、末尾に記しておく。

十　調査にご協力くださった方々、所蔵者の方々に御礼を申し上げる。本書の不備な部分を今後修正して下さる方々にも、予め御礼を申し上げておきたい。

1 旧国宝本……赤間神宮
複製『平家物語　長門本』（山口新聞社　一九八六年）

2 国会貴重書本……国会図書館貴重書WA21－12

D

＊昭和二十一年『反町弘文荘目録』に掲載。一万二千円。

翻刻『長門本平家物語の総合研究校注篇』（勉誠出版　一九九九年）

『長門本平家物語』（勉誠出版　二〇〇六年）

『平家物語長門本延慶本対照本文』（勉誠出版　二〇一一年）

3国会榊原本……国会図書館200－9

4内閣長府本……内閣文庫203－156　D2

5内閣縞表紙本……内閣文庫203－160　D2

6内閣寛保二年本……内閣文庫203－157　D2

影印『平家物語　長門本』（藝林舎　一九七五年）

7内閣明和六年本……内閣文庫203－154　D2

8内閣天保五年本……内閣文庫203－158　D2

9静嘉茶表紙本……静嘉堂文庫515－15－二一　五六七　D1

二十巻七冊（完本）。

10静嘉青表紙本……静嘉堂文庫72－二五－一〇二九二　D1

11静嘉紅表紙本……静嘉堂文庫515－14－二一　五六二　D1

12静嘉朱表紙本……静嘉堂文庫72－23－一〇二九一　D1

13宮書弘化二年本……宮内庁書陵部262－19　D1

二十巻十四冊（完本）。**75**三田本と関係あるか。

14宮書文化六年本……宮内庁書陵部265－一一〇六二〇

二十巻十七冊（巻一、一八、一九欠）。

15宮書大型本……宮内庁書陵部273－82

16東博本……東京国立博物館

17岡山大御筆本……岡山大学図書館貴－H11池田

翻刻『岡山大学本平家物語二十巻』（福武書店　一九七七年）

18 岡山大土肥本……岡山大学図書館貴－913－41池田

19 九州大本……九州大学図書館612－へ5
二十巻二十一冊（巻六重複）。巻により半丁八行、または十行。

20 京大茶表紙本……京都大学図書館506へ－2

21 京大縞表紙本……京都大学図書館506へ－3

22 筑波大本（教大本）……筑波大学図書館ル140－17
D1

＊筑波大学図書館にはこのほかに欠巻のある写本十七冊があり、長門本平家物語と呼ばれているが、一方系語り本である。

23 慶大麻生本……慶応義塾大学斯道文庫34－7
二十巻十冊（完本）。

24 國學院高本……國學院大學附属高校

25 実践大本……実践女子大学図書館常磐松文庫
二十一巻十冊（完本）。

26 昭和女子大本……昭和女子大学図書館

27 早大二〇冊本……早稲田大学図書館り5－二〇〇四 D

28 早大一八冊本……早大図書館り5－一七六〇
二十巻十八冊（巻一・二欠）。

＊島原松平文庫旧蔵か（佐々木孝浩氏による）。

29 中央大本……中央大学国文研究室
二十一巻十六冊（完本）。

30 東大本居文庫本……東京大学文学部
二十巻三十一冊（巻七、八欠）。巻一四以降は抄出。

31 東大文研本……東京大学国文研究室 D1

32 東大南葵文庫本……東京大学図書館E23－429

33 東大青洲文庫本……東京大学図書館E23－82
二十巻十一冊（巻八～十七、巻二十のみ現存）。

34 東大零本……東京大学図書館E23－315
一冊（巻一のみ現存）。漢字片仮名交じり（片仮名交じり本はほかに51・61本）。

35東大国語研本……東京大学国語研究室

36東洋大本……東洋大学図書館準貴1
二十一巻二十六冊（完本）。

37広島大本……広島大学国文研究室
＊早大図書館旧蔵。

38明治大本……明治大学図書館毛利家文庫090－93

39山口大本……山口大学図書館
二十巻十八冊（巻一・二は77鶴見大学図書館蔵）。翻刻「山口大学図書館蔵萩明倫館旧蔵長門本『平家物語』（平藤幸・河田翔子・小須田駿・海野亜理沙「鶴見日本文学」二五号～ 二〇二一年三月～）

40阪図本……大阪府立図書館貴―甲和31

41伊達文庫本……宮城県立図書館伊二一〇・三へ1 D1

42山口文書館本……山口県文書館
二十巻十九冊（巻四欠。虫食痕からみて比較的近年まであったか）。本書210頁参照。

③内題「平家物語巻第一」。

43刈谷本……刈谷市立図書館二九〇一

44致道文庫本……鶴岡市立図書館

45鶴舞本……名古屋市立鶴舞図書館別九一三四－3
＊鶴舞図書館河村文庫には二十一巻二十冊（巻七欠）本があったというが焼失。

46赤間新本（赤間漆山本）……赤間神宮
『海王宮―壇之浦と平家物語―』（三弥井書店 二〇〇五年）、本書203頁参照。

47塩釜神社本……（宮城県）塩釜神社

48彰考館本……（水戸市）彰考館
＊『参考源平盛衰記』作成時に参照されたと想定されるが、彰考館の蔵書は焼失したものが多く、ほかにも写本があった可能性がある。

49神宮本……神宮文庫6031
④天保十五年の識語あり。

50尊経閣本……尊経閣文庫

51天理二〇冊本……天理図書館976

漢字片仮名交じり（片仮名本はほかに34、61本）。

＊昭和十年『一誠堂和漢籍書目』に掲載。八十円。

52天理一二冊本……天理図書館977

二十一巻十二冊（完本）。

53穂久迩二〇冊本……穂久迩文庫二-四-38

54陽明本……陽明文庫近へ-10

55鶴見大本（笠栄治旧蔵本か）……鶴見大学図書館

＊令和五年、思文閣より購入。

56榊一五冊本……榊泰純氏蔵

二十巻十五冊（巻一・二・四・八・一七欠）。

57榊一一冊本……榊泰純氏蔵

二十巻十一冊（完本）。

58福地桜痴本……現所蔵者不明。一九七二年十二月、三都典籍売立会に出陳。

59穂久迩一七冊本……穂久迩文庫二-四-一一九

二十巻十七冊（巻三～五欠）。

60武蔵大本……武蔵大学図書館

⑨蔵書印「松元氏叢書記」。

61平戸本……松浦史料博物館

漢字片仮名交じり（片仮名本はほかに34東大零本、51天理二〇冊本）。

62函館本……函館市立図書館〇〇〇八-五一〇七二-五〇一・四　D1

＊昭和九年厳松堂より購入。

63伊藤家本……伊藤家旧蔵。現在は長府博物館に委託。

影印『伊藤家蔵長門本平家物語』（汲古書院　一九七七年）

＊伊藤家は代々赤間神宮の氏子。

64国文研本……国文学研究資料館　D1

新たに調査された長門本平家物語

65 津田縫殿本……赤間神宮

〈巻冊〉二十巻二十冊。

〈形態〉袋綴。三十・三×二十一・二糎。白地黄色横刷毛目表紙。

〈外題〉「平家物語壱」。

〈内題〉「平家物語巻第一」。

〈奥書・識語〉なし。

〈序〉巻一・二の巻頭、巻二十末尾にC型あり。

〈用字・半丁行数〉漢字平仮名交じり・九行。

〈書き入れ等〉朱書句点、異本注記（一本、印本）あり。一部に墨の振漢字あり。

〈目録〉巻一・六・九・十一・十三欠（旧国宝本以来の欠）。

〈本文〉穂久迩二十冊本（67）、九州大本（19）、鶴舞本（45）、九行本（53）と近似。ソウル大などにも一部一致する。巻六尾「前右大将の」なし。

〈印記・伝来〉朱長方印「津田縫殿蔵書之印」（尾張藩士津田縫殿家旧蔵）。朱長方印「森川家図書記」（昭和期、名古屋の茶人森川勘一郎蔵）。

〈その他〉近世後期写。寄合書。

〈備考〉二〇〇三年十一月古典籍展観大入札会にて落札、購入。本書203頁参照。

66 ソウル大浄明院本……（韓国）ソウル大学校3230－29（現物未見。国文学研究資料館蔵紙焼写真E3357、及び須田悦生『大韓民国国立ソウル大学校図書館蔵日本古典籍目録』による）。

〈巻冊〉二十巻二十冊。

〈形態〉袋綴。二十七・〇×十九・五糎。縹色無地（一部色変わり金砂子散らし）表紙。

〈外題〉「平家物語巻之〇」。

〈内題〉旧国宝本以来、巻によって有無不統一。

〈奥書・識語〉巻二十表紙「此一部誤字偽字／文句之重複断読之前後等数多有之不加用心不可／容易読下也　弘化丁未八月廿八日」とあり、弘化四（一八四七）年識語。巻一表紙にも、同様に誤字偽字重複言句の多い旨を記す。

〈序〉なし。

〈用字・半丁行数〉漢字平仮名交じり・七行（巻一のみ八行）。

〈書き入れ等〉一部濁点、振漢字あり。一部に朱・墨による校異書き入れあり。各巻表紙に「浄明院」と墨書。

〈目録〉巻一・六・九・十一・十三欠（旧国宝本以来の欠）。

〈本文〉巻六尾「前右大将の」。巻二・巻七などに落丁、書写時の本文順序の誤りがあり、全体に誤写が見られる。

〈印記〉「京城帝国大学図書章」。

67 ソウル大九行本……（韓国）ソウル大学校3230－10

（現物未見。国文学研究資料館蔵紙焼写真E7698、及び須田悦生『大韓民国国立ソウル大学校図書館蔵日本古典籍目録』による）。

〈巻冊〉二十巻二十冊。

〈形態〉袋綴。二十七・〇×十九・九糎。朽葉色表紙。料紙は薄様。

〈外題〉「平家物語巻〇」。

〈奥書・識語〉なし。

〈序〉巻二十末尾にC型あり。

〈用字・半丁行数〉漢字平仮名交じり。九行（寄合書）。

〈書き入れ等〉校異の書き入れ二種（うち一つは本文と同筆）。振漢字・ルビ・濁点、僅かに傍注あり。行間に細字で章段名を書き入れた例もあり。

〈目録〉巻一・六・九・十一・十三欠（旧国宝本以来の欠）。

〈本文〉巻六尾「前右大将の」なし。穂久迩二〇冊本（53）、鶴舞本（45）などに関係あるか。

〈印記〉「京城帝国大学図書章」。


68イェール大本……（米国）イェール大学スターリング記念図書館 Fyd/14/32a
〈巻冊〉総目録共二十一巻十二冊。現状は、十二冊をさらに四分冊に簡易合綴。

〈形態〉袋綴。二十六・八×十八・七糎。浅葱色布目表紙。

〈外題〉なし（各冊に題簽あり。題名等の書き入れなし）。

〈内題〉「平家物語目録」（目録題）、「平家物語巻第一」（端作題）、「平家物語壹終」（尾題）。

〈奥書・識語〉なし。

〈序〉A型あり。

〈用字・半丁行数〉漢字平仮名交じり。十行。

〈書き入れ等〉朱書読点あり。

〈目録〉総目録あり。各巻目録は巻第一、六、九、十一、十三は、なし。

〈本文〉巻六末尾「前右大将の」なし。総目録の巻一に「文段六箇条、但平家物語発端並大概を／記す則平家の序文也」とある。

〈印記・伝来〉旧蔵印等なし。「YALE COLLEGE LIBRARY」(Presented by Prof. O. C. Marsh/1873）の蔵書票あり。

〈その他〉江戸時代末書写か。

〈備考〉鈴木孝庸「イェール大学蔵平家物語長門本について」（「新潟大学国語国文学会誌」第46号　二〇〇四年七月）、松尾葦江編『海王宮―壇之浦と平家物語―』（三弥井書店　二〇〇

五年十月）

（鈴木孝庸）

69 洲本市図本……（兵庫県）洲本市立図書館

〈巻冊〉二十巻二十冊。

〈形態〉袋綴。二十七・五×十九・四糎。水色表紙（菱繋桐唐草文型押）。

〈外題〉朱「長門本平家物語」。

〈内題〉「平家物語巻第◯」（内題・目録題は巻により有無不統一）。

〈奥書・識語〉なし。

〈序〉なし。

〈用字・半丁行数〉漢字平仮名交じり。十一行。

〈書き入れ等〉巻一～四には誤写訂正の朱の書き入れあり。

〈目録〉巻一・六・九・十一・十三には独自の目次を立てる。巻十五・十七・十九・二十の目次も独自。

〈本文〉巻六尾「前右大将の」なし。巻八乱丁あり、丁付によって訂す。巻十五尾、巻十七尾、巻十九尾には欠落あり、目次にもその記事は欠けている。巻十六は上下に分かれ、間に空白を置く。全体に底本の難読、虫損などによると見られる空字箇所がある。穂久迩一七冊本（59）、静嘉青表紙本（10）に関係あるか。

〈印記・伝来〉「柴氏家蔵図書」「柴邦彦図書後帰阿波国文庫別蔵于江戸雀林荘之万巻楼」。柴野栗山旧蔵。栗山（一七三六～一八〇七）は初め阿波藩の儒官、天明八（一七八八）年以後幕府の儒官となり、松平定信を助けた。蔵書は死後阿波藩に寄贈、江戸深川の雀林荘内の万巻楼に保管されたが、後に阿波藩洲本学問所に移されたのであろうという。

〈参考〉武田清一「洲本市立図書館伝来の古書

について」（『淡路文化史料館収蔵史料目録第十三集』一九九六年十一月）

70 津市図本……三重県立津市図書館稲垣文庫913―6～17

〈巻冊〉二十巻十二冊（合冊、完本）。

〈形態〉袋綴。二十六・五×十九・二糎。黄土色布目表紙。

〈外題〉「長門本　壹」。

〈奥書・識語〉巻二十裏見返し「平家物語長門本弐十冊尾州名古屋某の家にもたりしをかりもて来て一校畢ま丶又かふかへ及はさるは猶のちに正すへし時は文政十一つちのへ子年睦月より卯月廿五日終る／八々一翁凸頭牧人」（朱書）。

〈序〉巻一冒頭にA型あり。

〈用字・半丁行数〉漢字平仮名交じり。十行。

〈書き入れ等〉朱・墨（本文と同筆・別筆両様あり）で校異・校訂・振漢字あり。巻二には貼紙による訂正あり。首書や傍書で章段名を記す箇所もあり。僅かだが首書に略注あり、『源平盛衰記』『愚管抄』などを参照したらしい。

〈目録〉惣目録あり、墨・朱で本文に即して訂正した箇所あり。総目録では巻一に関し、「第一文段六箇条〈但平家物語発端幷大概／を記す別平家の序文也〉」と記し、朱で「文段六箇条幷平氏の家系／清盛栄花に至る前表の事／官途昇進の事／二代の后の叓／二条院崩御幷衆徒額論の事／清水寺焼亡幷関白基房卿難義事／鹿ヶ谷評定の事」と記す。巻六・九・十一・十三にも目次を付す。

〈本文〉巻六尾を始め脱文のある箇所を補訂。そのほか当初の書写には脱文が多く、丹念に補訂している。天理二一冊本(52)に近いか。

〈伝来〉巻二十奥書（朱書）によれば文政十一（一八二八）年、凸頭牧人即ち稲垣定穀が名古屋の某から借りた本で校合したという。稲垣定穀（一七六四～一八三五）は伊勢安濃郡新町の人、橘南谿に学ぶ。本書の校合書き入れは稲垣定穀の自筆。

〈備考〉「文段六箇条」の文言と序Aを持ち、巻十五有欠の伝本については『平家物語論究』二一八頁以下参照。

〈その他〉津市図書館にはこのほか有造館文庫に、巻二の内題に「平家物語長門本」とある写本（巻一欠、十一冊）を蔵するが、これは一方系流布本の抄出である。

71 正木本……正木信一氏蔵

〈巻冊〉二十巻二十冊。

〈形態〉袋綴。二十七・四×十九・五糎。緑色表紙。

〈外題〉「平家長門本○」。

〈奥書・識語〉なし。

〈序〉なし。

〈用字・半丁行数〉漢字平仮名交じり。十二行。

〈書き入れ等〉朱あり（振漢字・漢文、校異など。『参考源平盛衰記』を見たか）。巻二十尾に朱書あり「私云／或人曰女院崩御ノ﹁諸本不同」として長門本、八坂本、如白本、盛衰記、佐野本、歴代皇紀、女院小伝などの死去年月・享年の異同を記す。

〈本文〉巻六尾「前右大将の」なし。

〈印記〉なし。

72 耶馬溪本……（大分県）耶馬溪風物館2／17／1／10

〈巻冊〉十六巻十六冊（巻第一～三・五欠）。

〈形態〉袋綴。二十六・〇×十九・二糎。桜鼠色表紙（改装）。

〈外題〉「平家物語四（六〜二十止）」（題簽・表紙中央）。

〈内題〉「平家物語巻第四」。

〈奥書〉なし。

〈序文〉なし。

〈用字・半丁行数〉漢字平仮名交じり。九行。

〈書き入れ等〉朱墨で振り漢字・校異等あり。

〈目録〉巻六・九・十一・十三欠（旧国宝本以来の欠）。

〈本文〉巻六尾「前右大将の」。旧国宝本（1）、岡山大御筆本（17）などと関係あるか。巻第六の「又も【まいらぬ事もこそあれとては かにかりやを】つくり七日七夜」の【 】の箇所を脱文、目移りによる脱文かと思われる。親本は旧国宝本と同様の字配りであったか。


〈印記・伝来〉朱長方印「柴田蔵／書之印」。耶馬溪風物館に所蔵される以前は不明。

〈その他〉近世前期写。寄合書。

〈備考〉本書には改装の痕跡がある。耶馬溪風物館には本書と同じ表紙の流布本『平家物語』写本も所蔵されており、伝来の過程で改装する際に表紙を揃えたとうかがえる。

（大谷貞徳）

73 鈴木孝庸本……鈴木孝庸氏蔵

〈巻冊〉二十巻十五冊。

〈形態〉袋綴。二十三・七×十六・〇糎。白茶色表紙。

〈外題〉「平家物語」（第一冊、中央直書）「長門本 自十九至二十」（第十五冊 題簽―表紙左―）。剥離ながら存する題簽は、「長門本 三」（第三冊）、「長門本 自四至五」（第四冊）、「長門

本　自五至六」（第五冊）、「長門本　十五」（第十一冊）、「長門本　十八」（第十四冊）。また各冊下部小口書きに「長平語一（〜十五）」、各冊背に「共拾五」とある。

〈内題〉「平家物語巻第一（〜二十）」（目録題）。「平家物語巻第一（〜二、四〜二十）」（端作題。但し巻第三のみ「平家物語第三」）。

〈奥書・識語〉なし。

〈序〉なし。

〈用字・半丁行数〉漢字平仮名交じり。十行。

〈書き入れ等〉朱筆書き入れあり。

〈目録〉各巻目録あり。

〈本文〉巻六末尾「前右大将の」なし。

〈印記・伝来〉「闕口／圖書」（朱。子持枠円形。直径約七・二糎。各冊首）。「源氏／■久／之印」か（朱陰刻印。二・五×二・四糎。各冊尾）。

〈その他〉江戸末期書写か。一筆書写か。

〈備考〉本書売り立てに関すると思われる紙片一葉あり。

寫本上々　上メ˥
丁八二　金三両二分
平家物語
全部拾五巻

タテ二十・四糎

ヨコ十・一糎

（鈴木孝庸）

74 澤本……大谷貞徳氏蔵

〈巻冊〉十巻十冊（巻第十一〜二十欠）。

〈形態〉袋綴。縦二十九・三糎×横二十・八糎。青竹色表紙（原装）（押八双あり）。

〈外題〉「平家物語一」（打付書・表紙左肩）

〈内題〉「平家物語巻第一」

〈奥書・識語〉なし。

74 澤本
上左：慳貪蓋書付部分拡大
上右：慳貪蓋書付
　下：受取証

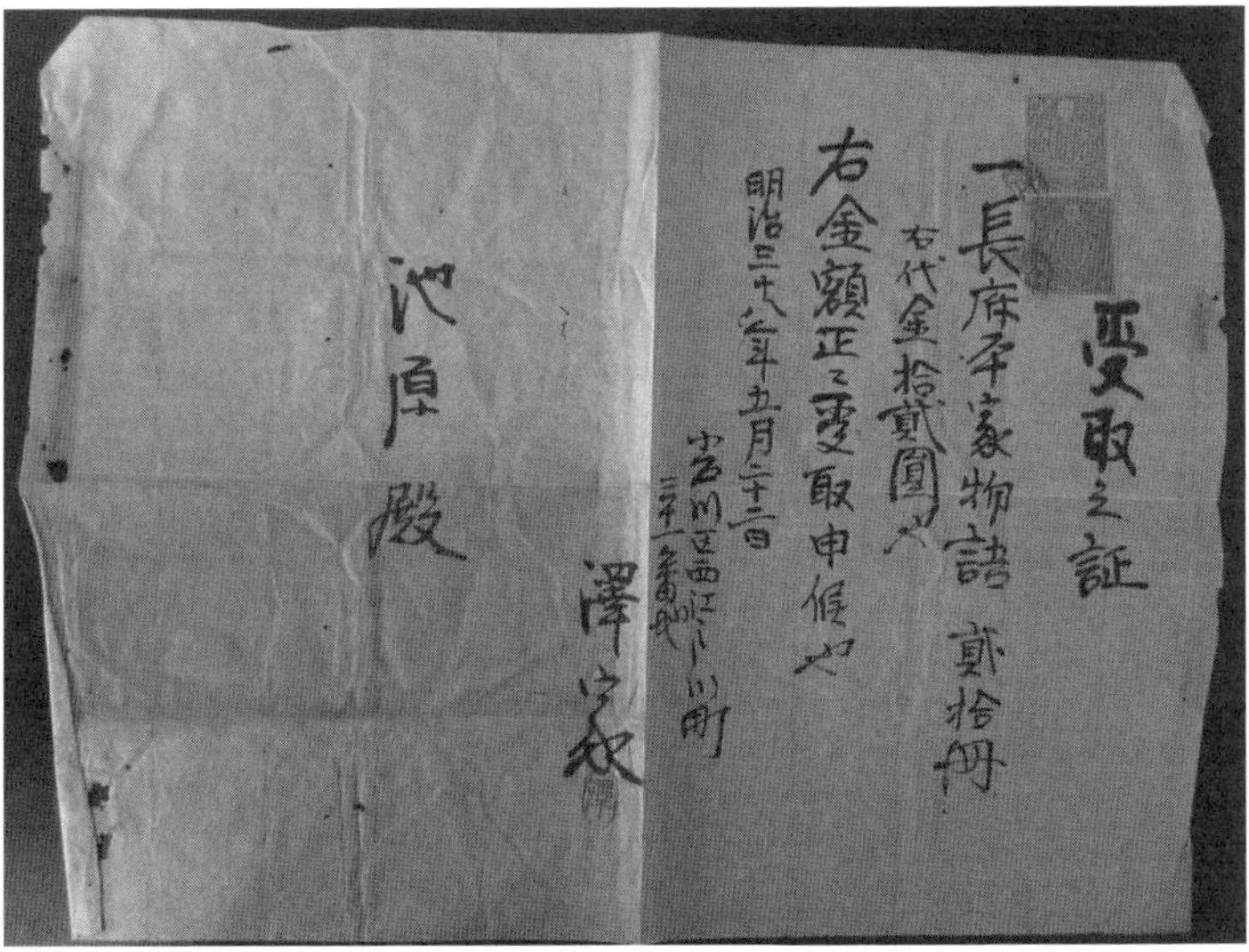

〈序〉なし。

〈用字・半丁行数〉漢字平仮名交じり・九行。

〈書き入れ等〉異本注記や勘注あり。一部に朱点、ルビ等あり。

〈目録〉巻一・六・九欠（旧国宝本以来の欠）。

〈本文〉巻六尾「前右大将の」あり。内閣長府本（4）、尊経閣本（50）と近似。

〈印記〉なし。

〈伝来〉慳貪箱（前頁図版）に収められており、蓋の表には次のように書かれている。

「光悦本／八坂本　拾貳巻／澤宣嘉卿遺愛／長門本　貳拾巻／平家物語　兩部」

澤宣嘉（一八三五〜一八七三）の旧蔵本だったらしい。澤宣嘉は幕末の尊攘派の公家で、生野の変（一八六三年）に加担した人物。維新後も外務卿として活躍した。「遺愛」とあることから、この箱書は明治六年に宣嘉が亡くなり、別の人の許に渡った後に書かれたのであろう。さらに次のような「受取之証」（前頁図版）が付されており、明治三十八年に澤家所蔵の長門本は「池原殿」へ譲渡されたことが分かる。

「受取之証／一長府平家物語貳拾冊／右代金拾貳圓也／右金額正ニ受取申候也／明治三十八年五月二十二日／小石川区西江戸川町／三十一番地／澤家（印）／池原殿」

箱書にある「八坂本」は「受取之証」に記載されておらず、また「遺愛」と書かれていないことから、澤家とは別のルートで入手していたものと思われるが現存不明。

（大谷貞徳）

75 三田本……赤間神宮

〈巻冊〉二十巻二十冊。

〈形態・料紙〉袋綴。三十三・〇×二十三・〇糎。薄手の斐紙。無地丹色表紙。

〈外題〉「長門本／平家物語巻第一」（題簽・表紙左肩）。

〈内題〉「平家物語巻第一」。

〈奥書〉巻二十末「右長門本平家物語二十巻以黒川／真頼大人所蔵古冩本摹冩訖／明治三十四季辛丑九月／三田葆光時年七十七（花押）」。

〈序文〉巻第一・二の巻頭にC型あり。

〈用字・半丁行数〉漢字平仮名交じり。八行、巻二のみ九行。

〈書き入れ等〉朱墨による異本注記や勘注あり。稀に頭書もあり。特に巻一に多い。

〈目録〉巻六・九・十一・十三欠（旧国宝本以来の欠）。

〈本文〉巻六尾「前右大将の」なし。九州大本（19）と近似するものの、巻六は異なる。

〈印記・伝来〉蔵書印なし。箱館奉行だった三《さん》田《だ》葆光《かねみつ》（一八二五～一九〇七）の旧蔵。

〈その他〉明治三十四年写。本書には黒川真頼による識語があり、それによると三田葆光が黒川真頼の所持していた本を透き写ししたものであることがわかる。慳貪箱には葆光の自筆『長門本平家物語付録』も共に収められている。本書138、204頁参照。

〈備考〉二〇二二年十二月思文閣より購入。


（大谷貞徳）

76 相愛大本（荷田春満手沢本）……相愛大学図書館

春曙文庫913・43／H／春205　D

〈巻冊〉二十巻二十冊。

〈形態〉袋綴。二十五・五×十九・〇糎。無地金茶色表紙。

〈外題〉巻第十のみ「平家物語／長門本」（題簽・表紙右肩）とある。

〈内題〉「平家物語巻第一」。

〈奥書〉巻二十最終丁墨書「右異本平家物語廿巻先師荷田春麿宿禰手澤／石冢叟」。

〈序文〉なし。

〈用字・半丁行数〉漢字平仮名交じり。十一行。

〈書き入れ等〉「平家物語長門本／写入廿冊／荷田春麿宿祢手澤」（貼紙・巻第一巻頭遊紙）。朱で疑義を傍書している箇所がある。墨書による訂正箇所あり。

〈目録〉巻六・九・十一・十三欠（旧国宝本以来の欠）。

〈本文〉巻六尾「前右大将の」なし。

〈印記・伝来〉朱方印「里麿」巻第十八冊目以外にあり。

荷田春満の手沢本を石冢叟が蔵していた本である。

〈その他〉近世中期写。慳貪箱（はめ込み式）あり。前板には貼り紙に「平家物語長門本弐拾■」とある。（大谷貞徳）

77（39‐2）鶴見大萩明倫館旧蔵本……鶴見大学図書館

〈巻冊〉二巻二冊。

〈形態〉袋綴。二十八・七×二十二・〇糎。後補改装濃縹色表紙（山口大本（39）も同種の表紙だがより古く、「第壱号／明治卅五年七月／山口県師範学校／二〇冊ノ内」のラベルが貼付されている。これがない鶴見大学本の表紙は新装）。

〈外題〉左肩に金砂子散短冊を貼付するが、外題は未記入。

〈内題〉「平家物語巻第一」「平家物語巻第二」

〈奥書〉なし。

〈序〉なし。

〈半丁行数〉八行（和歌一首二行書）。

〈書き入れ〉墨書、朱書、鉛筆書の傍記がままある。鉛筆書は山口大本（39）にはなく、山口大学から離れた後の書き入れであろう。

〈目録〉巻一欠。巻二有。

〈本文〉国会貴重書本（2）と明治大本（38）に近いが、国会貴重書本よりも先行する。明治大本から国会貴重書本が派生したのだとしても、そこに萩明倫館本が関与したことは疑いない。明治大本の朱の傍記と一致する例がまま見られる（国会貴重書本も同）。岡山大御筆本（17）とはやや距離がある。孤立する異同には、文脈の上で妥当性があると見てよい例も認められる。

〈印記・伝来〉①楕円形朱印・篆書「長門図書」。②四周双辺隅切角朱印・篆書「武本」。③正方形朱印・篆書「周防国／明倫館／図書印」。④長方形朱印（⑤⑥同）「丙寅改」。⑤「戊辰改」。⑥「辛未改」。⑦正方形朱印・篆書「山口県／師範／学校」。⑧長方形朱印「明治十四年改」。⑨正方形朱印「金合／文庫」。⑩正方形朱印・篆書「小林／蔵書」。

山口大本（39）の僚巻。⑨⑩は山口大学から離れた後の所蔵者（同一の個人）印。①②は国会貴重書本（2）にも押されており、一時期は同様の環境下に管理されていたことを窺わせる。伝来の詳細については、本書平藤論攷（120頁）参照。

〈その他〉江戸中期写。萩明倫館本二十冊は寄合書（七人か）。毛利家ゆかりの国会貴重書本（2）・明治大本（38）とは同筆の箇所があり、書写者に同一人が含まれていると考えられる。国会貴重書本は、元禄頃から宝永にかけて長州藩の「右筆」五名を含む九名が書写した本で、明治大本をその親本と見る説が行われてきた。しかし、萩明倫館本が関わる可能性もある（本書平藤論攷参照）。

〈備考〉『臨川書店日本書古書目録』九三（二〇一四年三月）に掲載。

〈翻刻〉「鶴見大学図書館蔵萩明倫館旧蔵長門本『平家物語』首両巻翻印」（一）（二）（平藤幸・河田翔子・小須田駿・海野亜理沙「鶴見日本文学」23、24　二〇一九年三月、二〇二〇年三月）

（平藤幸）

78 川喜田本（川北本）……石水博物館59-09

〈巻冊〉二十巻十九冊（巻十三と十四が合冊、完本）。

〈形態〉大本。二十六・九×十九・二糎。原装薄縹色表紙。

〈外題〉表紙左肩に打付書外題「平家物語　一（〜二拾終）」（川喜田遠里筆）。

〈用字・半丁行数〉漢字平仮名交じり。半丁十行。

〈序〉第一冊巻頭に序Aあり。

〈本文〉巻六末尾「……あさましかりし事共也。（以下より追加）前の右大将のかたさまの者共は大将殿の御方に成なんすとよろこひあひけり」。

〈書き入れ・貼り紙〉所々に紅色の不審紙を貼付。異本注記、脱文補訂など書き入れあり。

〈その他〉近世後期写。上写本。

〈印記・伝来〉朱方印「孳々斎文庫記」（二・四×二・四糎、川喜田石水）。巻七〜十には前記印に添えて朱方印「川喜田久太夫蔵書印」（二・五×二・六糎、川喜田半泥子か）。

〈参考〉天保十二年閏正月十一日付、梅屋（十三代川喜田久太夫政安、別号遠里）宛、小津桂窓書簡の中に「長門平家、貴家之御本ハ中位

と承り候。少子所蔵二通り御座候。一通りハ他へ遣候而もよろしく候。もし貴家様之よりよろしく候ハヾ、御譲申上候而もよろしく奉存候」とある（『石水博物館所蔵　小津桂窓書簡集』二〇二一年刊）。本書211頁。（塩村耕）

79 鶴舞三輪本……名古屋市立鶴舞中央図書館三輪／1-20／51

〈巻冊〉二十巻二十冊。

〈形態〉袋綴。二十七・〇×十八・八糎。薄手の斐紙。無地香色表紙。

〈外題〉「平家物語壱（〜二拾）」（題簽・表紙中央）。

〈内題〉（内題・目録題は巻により有無不統一。巻第十五のみ内題も目録題もなし）「平家物語巻第〇」、「平家物語第十一巻」。

〈奥書・識語〉なし。

〈序〉巻二十巻末にC型あり。

〈用字・半丁行数〉漢字平仮名交じり。巻第一〜五は十行、巻第六〜二十は九行。

〈書き入れ等〉朱・墨による書き入れあり。ただし、巻の後半には朱書はない。書き入れの内容は、校異・振漢字等が多い。版本と対校したと思われる箇所（「印本」と注記した校異の傍書）が複数確認できる。脱文箇所を補っている箇所も多く見られる。また、首書や傍書で章段名を記す箇所もある。

〈目録〉巻一・六・九・十一・十三欠（旧国宝本以来の欠）。巻十二目録の最後に「治承五年七月有改元号養和元年」とある。

〈本文〉巻六尾「前右大将の」なし。

〈印記・伝来〉「三輪／文庫」（朱方印・各冊表見返。巻一のみ見返しが剝がれているためか、表紙裏にあり）。「名古屋／市鶴舞／図書館／蔵書之印」（朱方印・各冊巻頭右下）、他に丸印一種が各冊の本文途中の上欄にあるが、不詳。旧蔵者は尾張藩の国学者である三輪経年（一八四〇～一九一九）。一九六一（昭和三十六）年九月六日に、鶴舞図書館で受け入れたことを示す印が押されている。

〈その他〉鶴舞中央図書館には三輪本の他に鶴舞本（45）が所蔵されているが、直接の関係は認められない。

（大谷貞徳）

長門本平家物語の序三種

A「平家物語之事　平家物語全部弐拾巻は信濃前司行長の作なり行長これを著し自筆の書を以て長門国の安徳御廟に奉納す其後希に此書を得る人ありといへとも皆深き秘書なりき中古より板本の平家物語と云もの拾弐巻あり是は為家といへる人行長の正本によりて琵琶法師の唱歌のために作れるなりうたひ物になすためのゆへにやことたらさるのみにして故実も少くしかもあやまり多し故に倭学故実の家に証拠として引用る平家物語といへる物は皆この行長の正本なり板本の書にはあらす後になり板本正本と紛らはしきを以て正本を長門本の平家といふ其本長門の国より出るをもつてなり倭学故実の家より賞美していへるなり板本の平家は中々用るにたらす然れとも此書世に希にして知る人なし悲哉」

B「右者信濃前司行長作安置長州安徳天皇之堂」

C「長門国安徳天皇像に奉納　信濃前司行長以自筆本写畢」

＊これらは巻頭に書き付けられていることが多いが、巻末などにあることもある。序というよりは識語というべきか。

新たに伝本調査を始める人のために

ここに掲げた伝本一覧は、一九六八年から開始した松尾の伝本調査をもとに、その後散発的に二〇一二年まで行われた調査、及び二〇二三、二四年に行った調査の結果である。長い期間に亘り、また一部は書誌学的知識の不十分なまま採録してきたデータなので不備や誤りも少なくないのだが、大きな修整を加えることはせずに呈示することにした。新たに研究する人は、自身の目と手で伝本の状態を確かめるところから出発して欲しい、と考えたことが理由の一つである。

蓄積したデータを改めて見返すと、伝本の数だけでなく、各本の異同箇所、書き入れなど今後調査すべき問題は膨大であるが、整理し関係をつけていく手がかりは、幾つもあることが予想できる。新たな調査に着手する際の入り口と、およその方角くらいは示しておいても邪魔にはならない（示しておいた方がよい）だろうと考えたので、何点か書き出してみることにした。参考になれば幸いだが、これに倚りかからず、一々の事実を確認しながら推論へ進むことを大切にして欲しいと繰り返しておきたい。

現存伝本を整理する手がかりはさしあたって①旧蔵者・伝来　②書誌・体裁　③本文の様相の三つがあると考える。①は蔵書印や現在の収蔵に至る経緯から、②は識語・序跋、本の体裁などから、③は本文の内容以外にも、目次、用字や書き入れなどを比較対照することから始めるのがよいだろう。私が調査を始めた頃は、撮影は簡単ではなかったので、とりあえず四つの巻を決め、巻頭の半丁を改行・漢字仮名の使い分けもそのまま写しておいた（後にこれが役に立った）。長門本の本文異同の状態は、拙著『平家物語論究』二二一九頁以下、『軍記物語原論』一七二頁以下に例を挙げてある。それらを見れば、伝本間の異同は主に書写性本文変化のレベルであると、おおよその見当はつくだろうし、現在はデジタル版で閲覧できる伝本もあるので影印も併せて実際に何本かを対校してみて、方針を立てるのがよいと思う。

研究史は本書に別項が立てられているので、それに譲るが、戦後の伝本研究、本文研究は最善本を捜し求めようとした。最善本とは何なのかは自明なようでじつは曖昧だったのだが、最も「原本」に近い本（それは必ずしも正しい本文、理解しやすい本文と同一ではない）、もしくはその復元の手がかりとなる本を得ようとしたのである。年代のより古い本が原本に近いかどうか、校訂によって「正しい」本文を作成すれば原本に近づけるのかどうかはそれぞれ吟味が必要な問題だったはずだが、私自身、調査の初期段階では、乱れの少ない本文を善本の条件と考え、善本とそうでない本とを区別しようとしていたと思う。

現段階における私の見解は、*旧国宝本以前に遡れる本文は見出されていない、という点で変更はない。現存の旧国宝本は（すでに中島正国氏の指摘にある通り）取り合わせ本であり、江戸時代を通じていつの時か、ある冊が損傷したり喪われたりして補った可能性（一度ではなかったかもしれない）がある。阿弥陀寺に奉納される以前の長門本については、今のところ何も分かってはいない。奉納された時点で、あちこちに編集の不手際や誤脱を含んだ本文であったと思われる。

現在知られている資料だけでも、江戸時代、阿弥陀寺本が有力大名や幕閣から求められて書写されたことが複数回あったことが分かる。その際、副本が作られ、手許に残されて、後々転写されたこともあったと憶測される。私はかつて公的写本、私的写本という用語で伝本を区別したが、じつはそれらは、正本または副本として作られた本と、後日の転写本とだったかもしれない。装幀は私的写本のようでも書写状態は公的写本並みの伝本も複数見つかっている。それらの中には、現存の旧国宝本の補冊以前の本文もあるかもしれないが、初期、末流と判別するほどの質的な差はないと思われる。

旧国宝本にも傍書、書き入れが見られるが、長門本の伝本には校異などの傍書や、異体字めいた略字（中には字形がよく判らないまま写したかと思われる嘘字もある）が多く見いだされる。近世の書写者、所蔵者たちがそれぞれの関心によって「訓もう」としたことが推測されると共に、長門本は結局、近世までは統一的な校訂は完遂されなかったと判断される。覚一本が覚一によって校訂され、源平盛衰記が古活字版出版時に、流布本が版行時に一方検校衆の名を以て校訂されたのに対し、藩校や個人の許での校訂は試みられたものの定本成立には至らなかった。こうして長門本は、高い関心を持たれながら定本ができないまま近代を迎え、国書刊行会によって校訂、公刊が試みられたのであった。

今後も長門本の伝本の新たな発見はあり得ると思われる。近世の後半、各藩の藩校や私塾の周辺で長門本の書写、講読が行われたらしい形跡が見つかるからである。一九七〇年代に各地の図書館を訪ねた際には、郷土資料は未だ整理が出来ていない、と言われたことが多かったが、近年は郷土資料の保存、整理も進んだ。本書を小さな、軽量の書形にしたのは、各地への訪書の旅の荷に入れられることを予想してのことである。

＊赤間神宮所蔵の旧国宝本については、阿弥陀寺本、赤間神宮本などとも呼ばれるが、本書では旧国宝本の呼称を主に用いた。現在、赤間神宮には計四組の長門本が所蔵されている。

萩明倫館旧蔵長門本について

平藤　幸

はじめに

長門本『平家物語』諸本の中で、長州萩藩・毛利家が関わった伝本群は、その伝来から重要な位置を占めると言ってよい。明治大学図書館蔵毛利家本（以下「明治大学本」）、国立国会図書館蔵貴重書本（以下「国会貴重書本」）(1)、山口大学図書館蔵萩明倫館本（以下「山口大学本」）である。前二本は善本としての評価を得ているが、後一本は初めの二巻を欠いていたこともあり、一部に高い評価を得ながらも、詳しく考察されることはなかった。しかし、巻一と巻二の両冊が出現し、萩明倫館本の全容が知られることとなった。旧稿(2)に考察したように、同本は、明治大学本や国会貴重書本に比べると、総じては少しく優位な本文を有していると認められ、この伝本群を代表させてよいと思われるのである。本稿は、改めて萩明倫館本の価値を確認するものである。

鶴見大学図書館蔵長門本巻一・二の二冊（913・434／H／貴。以下「鶴見大学本」）と、山口大学図書館蔵長門本巻三〜二〇の一八冊とがまさしく僚巻であり、その全二〇巻が萩明倫館旧蔵本であることは、旧稿で明らかにしたところである。

以下に、山口大学本についての研究史を簡単にまとめておく。

山口大学本についての調査結果を公にしたのは、管見の限り、松尾葦江が最初である。[3] 昭和四八年（一九七三）、松尾は、同四三〜四五年頃に確認し得た長門本の五八本の伝本の書誌を紹介する中で、[4] 山口大学本の巻一・二が欠本であること、同書の明治三五年の旧ラベルには「二〇冊」とあることを記している。

昭和五一年には、村上光徳が山口大学本の蔵書印の一つ「長門図書」（後述）に触れる中で、同書が「かなり良い本」「装幀はむしろ国会図書館本よりよかった本」「藩のお宝蔵本にふさわしい」と高く評価する。その上で、「ただこの本は近年になって巻一と巻二が紛失したらしく欠けていて残念である」としている。[5]

昭和五三年、松尾は、長門本伝本を大まかにグループ分けするが、分類不能な本が二十部以上あるとし、その中でも、年記等、書写の経緯に関する手がかりが殆どない本は比較的古く、本文も善いと言い、その一つに山口大学本を挙げている。[6]

平成一二年（二〇〇〇）、麻原美子は、旧国宝本の他に長門本の「初期伝本」と言えるのは、彰考館本、明治大学本、国会貴重書本であるとした。[7] さらに、長門本伝本の流れは長府藩の長府本の流れと、長府藩の長州本の流れに分かれると想定し、「大まかな予測」とした上で、「長州本の流れ」に明治大学本と国会貴重書本と山口大学本を分類している。

また同年村上は、右の昭和五一年稿を修訂した論攷でも、山口大学本については「たいへん上等な装訂がなされていて、もとはかなりの美本」「かつては藩主かあるいは藩などで持っていた本」だと言い、山口大学本へのかつての高評価を変えていない。[8]

平成一八年、松尾は、長門本伝本をⅠグループ（公的写本）とⅡグループ（私的写本）に分類することを提案した。[9] 山口大学本は前者に属するわけである。圧倒的に多いⅡグループに対して、Ⅰグループは、「きちんと写され、製本され」、「奥書など伝来を知らしめる手がかりもなく、あまり手ずれしていない」ものが多く、字体は雄渾で装幀もよく、恐らくは「阿弥陀寺か、長州・長府などの藩を通じて底本を入手し、書写に慣れた者によって写されたもの」であろうと言う。

以上が、これまでに山口大学本について言及されたもののまとめである。上等な装幀で本文も良く、「藩のお宝蔵本」にふさわしい本であることがよく知られながらも調査と研究が全くと言っていいほど進められてこなかったのは、ひとえに、巻一・巻二を欠いていたからである。

以下には、旧稿の要点をそのまま活かし若干の補正を加えながら、萩明倫館本の概要を記述する。まず、萩明倫館本の書誌と来歴について記す。

一　萩明倫館本（鶴見大学本・山口大学本）の書誌と来歴

鶴見大学本巻一・二の書誌については、本書「長門本平家物語伝本一覧（補遺・新出伝本）」の77に記した。山口大学本の書誌は鶴見大学本にほぼ同様で、間違いなく僚巻である。ただし、鶴見大学本の表紙は山口大学本よりもやや新しく、山口大学本から離れた後、業者か所蔵者が表紙の表面を張り替えたようである。

鶴見大学本巻一・二には、巻頭に以下の一〇種の印が押されている。

①「長門図書」（楕円形朱印・篆書）②「武本」（四周双辺隅切角朱印・篆書）③「周防国／明倫館／図書印」（正方形朱印・篆書）④「丙寅改」⑤「戊辰改」⑥「辛未改」（以上三印・長方形朱印）⑦「山口県／師範／学校」（正方形朱印・篆書）⑧「明治十四年改」（長方形朱印）⑨「金合／文庫」（正方形朱印）⑩「小林／蔵書」（正方形朱印・篆書）

山口大学本には無く、鶴見大学本にのみ存する印記は、右記⑨の「金合／文庫」印と⑩の「小林／蔵書」印の二つである。これが、山口大学本から離れた後の所蔵者、かつ鶴見大学図書館蔵となる前の旧蔵者を示すものと考えられる。また、①の「長門図書」印と②の「武本」印は、国会貴重書本にも押されていて、萩明倫館本と関係があったことを窺わせる。その国会貴重書本は、寛政七年（一七九五）八月十六日付けの長州藩の『役人帳』にその名が見え、元禄頃から宝永にかけて長州藩の「右筆」であったという五名を含む九名が書写したものである。[10]

この印記の様相から、以下のことが言えよう。萩明倫館本は、萩長州藩の下、書写者に藩右筆であった者を含む国会貴重書本と似たような環境の中で成立し、管理されたと思しい。[11] ①「長門図書」と②「武本」の印が萩明倫館創建以前から用いられていた蓋然性は低くない。萩明倫館本の書写は、藩校明倫館創建（享保四年〈一七一九〉）以前で、それが藩校に収蔵されたのかもしれない。もちろん、藩校創建以後の書写である可能性も否定されない。ただしその場合でも、萩明倫館本と（明治大学本と）国会貴重書本の書写時期に大きな隔たりがないとすれば、萩明倫館本の書写時期も、藩校創建の時期を大きく下ることはないと考えるべきである。いずれにせよ、当該本は、図書館機能も備えていたという萩明倫館の蔵するところとなった。文久三年（一八六三）、萩藩庁の山口移転に伴い、山口と萩の明倫館が並立したり山口明倫館が存廃したりした経緯も手伝ってか、まず丙寅の年慶応二年（一八六六）に蔵書の検めを受ける（印記④）。印記⑤に戊辰とあるのは、明治元年（一八六八年）一一月に、萩明倫館が萩学校に改称されたのに伴う蔵書の検めのことであろう。さらに、印記⑥に見られるように、辛未の年明治四年（一八七一）七月に、廃藩置県により、萩学校が県立となったのに伴う蔵書検めを受ける。その後また、山口県教員養成所を前身とした山口県師範学校が生まれ、経緯は不明ながらも、萩明倫館本は、県立萩学校から山口県師範学校に移管され、印記⑦・⑧に見られるように、「山口県／師範／学校」の印が押され、明治一四年（一八八一）に蔵書検めを受けるに至るのである。

その後、明治一八年に山口県師範学校から改称された（県立）山口師範学校が、昭和一八年（一九四三）

女子師範学校と統合した官立（国立）山口師範学校となり、学制改革によって昭和二四年五月に新制山口大学が発足し、山口師範学校が山口大学（教育学部）に統合されたのに伴い、同大学図書館の蔵書となった[12]。

また、これも経緯は全く不明ながら、巻一・二の両巻が巻三〜二十と離れ、「金合／文庫」「小林／蔵書」の印を用いる所蔵者[13]のもとに収蔵されることとなったのであろう。

この二つの印が一緒に押されている典籍は少なくとも一七点確認でき、いずれも同一の所蔵者のものであったと考えられる。

二　萩明倫館本の書面・筆跡――明治大学本・国会貴重書本と比較して――

私見では、萩明倫館本二〇巻には七手の筆跡が認められ、七人の寄り合い書きと考えられる。一方、国会貴重書本には書写者の一覧が付されており、それによると九筆である。

そもそも、萩明倫館本・明治大学本・国会貴重書本の書型（縦二八〜二九糎×横二〇〜二二糎内外で大本より少し大ぶりか）と字面高さ（二三〜二四糎内外）が概ね一致していることは、書写の時代や環境の近似を窺わせる。かつその上で、旧稿に書影を掲げて確認したとおり、三本が同筆である箇所が存している[14]。反対に、三本が別筆の箇所も存している。また、明治大学本と萩明倫館本が同筆の箇所、明治大学本と国会貴重書本が同筆の箇所も存している。正確には全巻の校合の結果と併せて判断すべきだが、三本共に毛利家ゆかりの写本であることを考えれば、三本が近接した書写関係にあると見られ、書写者に同一人が含まれていても無理はないと見てよいのではないか。書物の体裁や印記の様相等を勘案すると、萩明倫館本は藩としての公式性の色が濃く、明治大学本はそれが薄い。また、長州藩の「右筆」五名を含む九名の書写による国会貴重書本は、印記から推測したように、萩明倫館本とは一時期は同様の環境下に管理されていたことが窺われ、三本の書写はほぼ同時代ながら、後述する異同の様相を併せ見れば、国会貴重書本がやや劣後と見てよいだろう。

以上のように、萩明倫館本・明治大学本・国会貴重書本の三本には、他とは別した共通点がある。国会貴重書本は、元禄頃から宝永にかけて長州藩の「右筆」であったという五名を含む九名が書写したもので、特に明治大学本とは親しい関係にあるとされ、明治大学本を国会貴重書本の親本とする説が行われてきた。しかし、萩明倫館本の、明治大学本と国会貴重書本それぞれとの共通性を見れば、その親子関係に萩明倫館本が関与した可能性を疑わずにはいられないのである。

三　萩明倫館本・明治大学本・国会貴重書本の関係

巻十の目録題については、旧国宝本は欠ながら、その系統を汲むという岡山大学本や伊藤家本が「巻第十」とするのに対して、萩明倫館本・明治大学本・国会貴重書本は「巻」の字が落ちてただ「第十」となっていて、この三本の近さを垣間見せている。しかしまた、巻十一と巻十五の目録題については、三本の中で萩明倫館本のみが「巻第十一」「巻第十五」で（岡山大学本・伊藤家本に共通）、旧国宝本・明治大学本・国会貴重書本は「第十一巻」「十五」となっていて、共通しているのである。ここに限れば、明治大学本と国会貴重書本には無視し得ない他諸本との異同が存する程度には親近であり、また両本は、他本よりも旧国宝本に近い本文を有している可能性が窺われる。この巻十一と巻十五の目録題の異同は、伝本を分類する上で重要な基準になるのかもしれない。

これに関連し、諸本間の本文異同の中から一例を挙げておこう。巻一で、在原業平が二条の后藤原高子の死去の際に歌を詠んだとする場面で、岡山大学本と伊藤家本が「高彦」とするのを、萩明倫館本・明治大学本・国会貴重書本の三本が正しく「高子」としている箇所もあり、その点でも、萩明倫館本と明治大学本と国会貴重書本とに共通性が認められるのである。本来は、萩明倫館本の本文の素性や価値と諸本との親疎の関係性のみならず、諸本間の関係性を明らかにするためにも、松尾葦江が「ごく大ざっぱに言って、誤脱、乱丁と思われるものを除けば、内容上問題とすべき異文はあまり多くない」と言うとおり[15]、長門本諸本については、全体に渡り細かい異同にまで及ぶ調査が必須であり、少なくとも主要諸本間の校合調査が急務であろう。

とりあえず、従来も重視されてきた岡山大学本と伊藤家本、萩明倫館本、明治大学本、国会貴重書本、それに加えて必要に応じて旧国宝本の現存部分の一部を加えた長門本諸本に限り、各巻に便宜的に付されたのであろう「章段名」の目録（以下「目録」とする）の有無を確認すると、旧国宝本の巻一・十・十二の目録は焼損で確認不能だが、巻一・六・九・十一・十三の目録が無いことは、この諸本間では一致する。目録の異同についても、旧稿で確認したとおり、ごく細かい異同は除いて、この諸本間には大きな異なりがないことが窺える。ただしその中では、伊藤家本が岡山大学本にまま異なることは、当初伊藤家本が旧国宝本の副本と伝えられ、そう考えられていたが、その後の調査研究で旧国宝本の忠実な転写ではない可能性が高いとされた[16]ことに符合する。また、国会貴重書本の誤りと見てよい異同が目に付く。例えば、巻三「丹波少将被召取事」の「少将」を国会貴重書本が「守少将」とするのは「丹波守」とする賢しらであろう。また、巻十四「平家山門牒状遣事」の「遣」（つかわす）の字を「遺」（のこす）に誤っている点は、明治大学本と共通する。それも含めて、萩明倫館本と明治大学本と国会貴重書本との間には、少しく共通した異同が見えることは、それらの伝来からして当然であるのかもしれない。

四　諸本の本文異同と諸本の関係の見通し

旧稿では、巻一につき、岡山大学本を底本として、伊藤家本・萩明倫館本・明治大学本・国会貴重書本間の主要な異同と異同数を示した。

その様相からすると、中村祐子の調査[17]によれば旧国宝本の写しか底本を同じくするという岡山大学本と、阿弥陀寺に縁《ゆか》りがあるという伊藤家本とは必ずしも親しい本文の関係にあるとは言えないことが見て取れる。また、国会貴重書本は萩明倫館本より後出であるとの見方が、本文異同の様相にも矛盾なく窺われる。国会貴重書本は、萩明倫館本から直接か間接かは措いて、その本文を全面的にではないにせよ受け継ぐと認められる、後出の本であると見てよいであろう。ただし、国会貴重書本は巻一の単独の異同では岡山大学本と最も異同数が少ないこと（しかし巻二では国会貴重書本独自の異同がむしろ目立つこと）、また毛利家本である明治大学本やその藩校の本である萩明倫館本とに共通して岡山大学本と異なる異同が少なくないことが見て取れるので、さらに追究の要があることは言うまでもない。

明治大学本の校合箇所に注目すると、明治大学本の本行本文が岡山大学本と、朱の傍書が萩明倫館本や国会貴重書本と一致する例がまま見られる。とすると、明治大学本は岡山大学本に近く（共に旧国宝本を祖本とするか）、かつ萩明倫館本の類の本文と接触していることになろうか。そしてまた、巻十一と巻十五の目録題につき述べたように、明治大学本と国会貴重書本が旧国宝本に親近であることを示す箇所も存するのである。前述したが、明治大学本は国会貴重書本と親と子の相互いずれかの関係にあるという見方があって[18]、さらにそれを一歩進めて、明治大学本（毛利家本）の本行本文か異本注記本文のいずれかが書写者の判断で採用されたという国会貴重書本が、長州藩の定本、清書本であったという見方もある。[19]それでは、それらと萩明倫館本との関係はどうであったのか。それを明らかにするためにも、さらに諸本の本文全体を比較して追究する必要があろう。

ここで、巻一から、萩明倫館本と他の諸本（岡山大学本・伊藤家本・明治大学本・国会貴重書本）との関係に於いて、注目される異同の例をいくつか挙げておく。まず、萩明倫館本（明治大学本あるいは国会貴重書本）が優位の例は、先述の「高子」〈二条の后高子〉（萩・明・国）と「高彦」（岡・伊）の他、「天武天皇」〈清見原天皇〉（萩・国）と「天智天わう」（岡・伊・明〔「智」の右傍に朱で「武」〕）、「夫雄釼を」〈雄釼＝正しい釼〉

〈萩・国〉と「それ維剣を」〈「維剣」の用例不明〉（岡・伊・明〔「維」を朱で見消ちして右傍に朱で「雄」〕）、「御納衆の」〈納衆は「衲衆」か。衲袈裟を付けた僧侶達、法会の職衆〉（萩・明・国）と「御紬衆の」（岡・伊）などがある。

反対に、萩明倫館本が劣位の例は、「おとかたへ」（萩）と「おとこたへ」（岡・伊・明・国）〈「乎（唯）と答へ」が正しいか〉、「仰ありけれは」（萩）と「北のかた題をしらてはいか丶と仰ありけれは」（岡・伊・明・国）〈萩明倫館本の単純な誤脱か〉、「事の次なれは」（萩）と「事の次なけれは」（岡・伊・明・国）〈「事の次なければは君も御いましめなし」とあるべき〉などがある。ちなみに、岡山大学本・伊藤家本・明治大学本・国会貴重書本が「白駒は庭にはむといへりむかし忠平中将の扇に書たりける時鳥こそ」とあるのに対して、萩明倫館本は「白駒は庭に書たりける時鳥こそ」の「に」と「書」の間に補入符を打ち、右傍に「啄むといへり昔忠平中将の扇に」と補入する例もある。これが書写の単純な見落としか否かを判断するには、萩明倫館本の補入符の様相を総合的に検証することが求められよう。

また、萩明倫館本が孤立する例は、「二月廿三日夜半に」（萩）と「二月十三日夜半に」（岡・伊・明・国）〈清盛三十七歳時の夢想だが、何れが妥当かは不明〉、「御門のうはさとかやの」（萩）と「御門の上とかやの」（伊）〈「うはさ」はあるいは「上や」の〔「上」の右傍に「ウハサ」〕」（岡・明・国）と「御門の上とかやの」（伊）〈「うはさ」はあるいは「上座」か。いずれにせよ意味未詳〉、「汝は聞出して」（萩）と「汝等聞出して」（岡・伊・明・国。旧国宝本も）〈萩明倫館本が妥当な本文か[20]〉などがある。

さらに、萩明倫館本が優位な例を他の巻から若干加えると、巻七の四六オ「唯夢の御こ丶ちして長日の御修法毎日の御勤御こゝろならすたいてんせさせおはします」（萩）の「おはします」と「おはしますす」（岡・伊・明・国）がある。これは、清盛によって鳥羽殿に幽閉された後白河院が、「夢の（ような辛い）心地がして、長期間の御修法も毎日の読経も、自分の意に反して怠りなさる」という文脈であるはずだろうから、萩明倫館本が妥当な本文であることは疑いの余地がない。これは、右の「汝は」と同じく、萩明倫館本の価値を示す重要な異同であろう。萩明倫館本の書写が文脈・文意を理解しつつなされていることを窺わせる例であり、逆に言えば、それ以外の本文が無理解の下に書写されていることを示唆するものである。他に、萩明倫館本孤立の例として、巻七の四九ウ「急き車よりとひおりて笏をさゝれたれは」（萩）の「さゝれたれは」と「さゝけたれは」（岡・伊・明・国）もある。これは、安倍泰親が院御所に参院しようとしたとき、泰親の車の近くに雷が落ちたときの話である。一見すると、萩明倫館本が優位のようにも思われる。しかし、国会貴重書本を底本とする『長門本平家物語の総合研究　第一巻　校注篇上』[21]が「「笏」を憑代（よりしろ）とさせたのである」と脚注し、「「まことにや、雷は、あしさまにおちぬれは、えあからさんなるものを」と思て、いそき、車よりとひおりて、笏を、さゝけたれは、これにとりつきてそ、あかりける。」について、「なるほど、雷は落ち方が悪いと、天に上ることもできなくなってしまうものであるよ。」と解釈するように、「さゝけたれは（ささげたれば）」が不通・非合理の本文であるとも断じ得ないのである。

便宜に、異同例を優位・劣位・孤立に分類したが、これは一つの目安に過ぎない。それでも、萩明倫館本が、他の諸本、特に既に本文が公刊されている岡山大学本や伊藤家本や国会貴重書本に比して、必ずしも劣った本文ではないということは言ってよいであろう。さらに言えば、孤立とした例の中にはむしろ、萩明倫館本本文が文脈の上で妥当性があると見てよい例も認められるのである。少なくとも、萩藩・毛利家が関わった現存三本の中では、それを代表させてよい本文を有していると考えられるのである。その典籍としての格式や伝来の正統性を勘案すれば、鶴見大学本と山口大学本とを併せて全二〇巻が完存する萩明倫館旧蔵本は、長門本研究に於ける重要な伝本として注目していくべきものであると言ってよい。

おわりに

以上に論じた要点を、箇条に確認しておこう。

・長門本巻十一と巻十五の目録題の異同が諸本の分類基準になり得るかもしれない。
・伊藤家本と旧国宝本との距離は遠いらしい。
・明治大学本と国会貴重書本は旧国宝本の系統であるかもしれない。その点では、萩明倫館本は、明治大学本・国会貴重書本と必ずしも同様とは言い切れないので、それを念頭に置きながらさらに本文を追究する必要がある。
・それでも、萩藩毛利家が関わって成立した、萩明倫館本と明治大学本とまた国会貴重書本とは当然ながら親近で、この三本には深い関係性がある。

・明治大学本は岡山大学本に近くかつ萩明倫館本の類の本文と接触している可能性がある。
・明治大学本から国会貴重書本が派生したとしてもそこには萩明倫館本が関与しているらしい。
・国会貴重書本の本文は、最も良質である、とは必ずしも言えないであろう。
・萩明倫館本は、長門本の最重要の伝本の一つと見てよいであろう。

さて、萩明倫館本の成立の時期や経緯の究明、鶴見大学本の直近の旧蔵者の特定等は不能のままであるし、麻原美子が提示した長府藩の長府本の流れと、長州藩の長州本の流れという分類への適応も不十分なままである。主要な長門本諸本をさらに調査し、それら諸本の本文を精査して諸本間の関係性を究明する中で、萩明倫館本の位置付けをさらに追究する必要があるであろう。

松尾葦江は、次のように指摘する。「長門本の伝本は巻六末尾が「前右大将の」で終わるという物理的欠脱の痕跡を残しているものが、初期の姿を留めていると見てよい」と言う。[22] 萩明倫館本巻六末尾も同様の終わり方をしているのであり（この点は明治大学本・国会貴重書本も同じ）、まさに「初期の姿を留める一本である資格を有しているのである。

松尾はさらに、「重要なことは、現存伝本中の最善本、もしくは書写を最も遡った一本においても、長門本は本文改編の意欲と不完全さを露わにした本だということ」だとも言う。また松尾は、長門本の本文を次のように捉えている。[23]「現在までに調査し得た七十一部の写本は、用字・字詰めのレベルまでかなりの程度一致するものの、また少なからぬゆれをも見せるのである」、「このような写本のあり方を、「長門本現象」と呼ぶことにする」「底本は幾つもあったわけではなく、閲覧・転写に一定の制約があったにも拘らず、多数の写本が作られ、その転写関係を容易に明らかにできない（初期の伝本には奥書や識語が殆んどないことも、困難な理由の一つである）、というあり方である」。これが、長門本本文全体の性格を概括する現時点の水準である。萩明倫館本、明治大学本、国会貴重書本は、萩藩・毛利家という限定の下、時期を大きくは隔てずに、一部筆者を共通して書写された伝本である。その本文が大きく異ならないことは当然ながら、不思議なのは、その三本に、書写上に起こりうるであろう異同ばかりではなく、書写者の意思が介在して発生したかとも疑われるような異同が存していることである。その類の異同で萩明倫館本に少しの優位が認められるのであり、また、劣位の本文[24]も併存するのだけれども、問題はその優劣自体よりも、むしろ、その優劣に書写者の本文改変の意欲が関わっている可能性があることであろう。とすれば、萩明倫館本は、「初期の姿を留め」ながらも、なお、「改変の意欲と不完全さ」を併せ持っているという意味において、長門本の本性を表す本と言うことができるのである。

注

（1）国会図書館には二種の長門本がある。ここで扱うのは貴重書本の方である。もう一種は榊原本。

（2）拙稿「萩明倫館旧蔵長門本『平家物語』首両巻をめぐって」（関西軍記物語研究会編『軍記物語の窓』五、二〇一七年一二月）。以下「旧稿」は全てこれを指す。なお、山口大学図書館では同書を「明倫館文庫（山口明倫館）蔵書」と呼称する。

（3）松尾「長門本平家物語の伝本に関する基礎的研究」（『軍記と語り物』一〇、一九七三年一二月。のち『平家物語論究』〈明治書院、一九八五年三月〉に所収）。

（4）松尾「長門本平家物語の伝本研究をめぐって」（『軍記と語り物』一四、一九七八年一月。のち注（3）所掲書に所収）では五本の書誌を、注（3）所掲書では一本の書誌を新たに紹介し、松尾の調査対象は六四本となった。その後、「新たに調査された長門本平家物語」（松尾編『海王宮―壇之浦と平家物語』〈三弥井書店、二〇〇五年一〇月〉）では七一本となり、松尾編『「文化現象としての源平盛衰記」研究　三』（私家版科研報告書、二〇一三年三月）では七三本となった。

（5）村上「『長門本平家物語』流布の一形態―山口県文書館所蔵毛利家文書の場合―」（『軍記と語り物』一三、一九七六年一二月）。

（6）注（4）所掲論攷。山口大学本のほか、宮内庁書陵部大型本、彰考館本、東大国語研究室本も挙げる。

（7）麻原「長門本『平家物語』初期伝本をめぐって」（麻原・犬井善寿編『長門本平家物語の総合研究　第三巻論究篇』〈勉誠出版、二〇〇〇年二月〉。のち『平家物語世界の創成』〈勉誠出版、二〇一四年二月〉に所収）。

（8）村上「国立国会図書館所蔵『長門本平家物語』（貴重書）について―長州藩宝蔵本か―」（注（7）所掲麻原・犬井編書）。

（9）「長門本現象をどうとらえるか」（『國學院雑誌』一〇七―一一、二〇〇六年一一月。のち『軍記物語原論』〈笠間書院、二〇〇八年八月〉に所収）。この「公的写本」と「私的写本」という分類方法はその後定着し、『平家物語大事典』（東京書籍、二〇一〇年一一月）「長門本」項（川鶴進一執筆）等にも踏襲されている。

（10）注（8）所掲村上論攷。なお、注（2）所掲の旧稿では、『役人帳』の奥書に関する村上論攷の指摘を曲解し、国会貴重書本の書写時期と直接結びつけて論じた。これは、筆者の完全な誤りであり、お詫びして撤回する。

（11）注（8）所掲村上論攷は、「長門図書」印は、長州藩が萩を本拠にしている頃に長州藩で使っていた公的蔵書印ではないかと推測する。

（12）萩明倫館・山口明倫館の廃止後、両明倫館の蔵書の多くは散逸したという。明倫館旧蔵書は現在、山口大学、山口県立山口図書館、山口県文書館、萩高等学校、萩市立図書館等に散在しているという（山口大学図書館HP）。

(13) この「小林」氏は、関西方面の大学の元教員で、御遺言によりご家族が印を押し、さらに近年になってその御蔵書をご遺族が売りに出されているらしいことを、某古書店主の話として仄聞した。

(14) 旧稿でも、このことは指摘した。ただし「萩明倫館本と国会本の各巻筆跡同定一覧」（表）で、国会貴重書本の「筆跡数」の項目に「9筆（萩明倫館本と一致する筆跡ナシ）」と記したうちの括弧内で「ナシ」としたのは誤りであった。

(15) 注（3）所掲松尾書。

(16) 中村祐子「長門本平家物語伝本と伊藤家本」（『国文目白』四〇、二〇〇一年二月）。

(17) 中村「旧国宝赤間神宮本をめぐって」（注（7）所掲麻原・犬井編書）。

(18) 注（8）所掲村上論攷。

(19) 注（7）所掲麻原論攷。

(20) この異同については、次のように考えられる。長門本巻一と盛衰記巻一には「八葉の大臣」の話があって、それは中国の故事「八葉宰相」を典故とすると見てよい。そこで漢帝の「八葉の大臣」への呼び掛けを、長門本主要諸本が「汝等」とするのに対して、萩明倫館本のみが「汝は」とするのは（五三オ）、「八葉の大臣」は当代の一人の大臣の呼称なので、後者が妥当な本文である。詳しくは拙稿「「八葉の大臣」をめぐって—萩明倫館旧蔵長門本『平家物語』本文の読みの可能性—」（『日本文学』二〇一七年一〇月号）参照。

(21) 麻原美子・名波弘彰編（勉誠社、一九九八年二月）。

(22) 注（9）所掲松尾論攷。

(23) 注（9）所掲松尾論攷。

(24) 一例を挙げれば、巻七で、高倉天皇が、鳥羽殿に幽閉された後白河院のことを思う描写「明ても暮ても法皇の御事をのみそ御こゝろくるしくいさましくおほしめされける」の「いさましく」は、諸本の「いたましく」が妥当な本文であることは明らかである。

三田葆光写長門本と黒川家旧蔵長門本について

大谷貞徳

一　はじめに

令和四年に新たに長門本『平家物語』が発見され、赤間神宮の所蔵するところとなった。本書は、奥書に、

「右長門本平家物語二十巻以黒川／真頼大人所蔵古写本摹寫訖／明治三十四季辛丑九月／三田葆光
　時年七十七（花押）」

とある。これによると、本書（以下、三田本と呼ぶ）は明治三十四年に三田葆光《さんだかねみつ》が黒川真頼が所蔵していた本を書写したものであり、黒川家旧蔵本の姿を伝える本といえよう。

三田葆光は、函館奉行支配組頭として蝦夷開拓に従事した人物であり、その後向山黄村《むこうやまこうそん》に随行して

欧米を廻った。帰国後は、小林歌城・黒川真頼に師事し、和歌や茶道に余生を送った人物として知られる。[1]葆光は、黒川真頼に師事していたことから、真頼が所蔵していた長門本を書写することができる環境にあったことがわかる。

本稿は、三田本がいかなる本文であるのか、その書写の経緯も含め検討し、黒川家旧蔵本についても言及する。[2]

二　三田本について

三田本の詳細な書誌については、本書の伝本一覧に掲出した（本書110頁）。長門本とともに慳貪箱内に収められている附録（以下、附録とする）について触れておく。この附録は青い罫線が入った用紙の小型の冊子（縦二二・六糎×横一五・〇糎）で、表紙に直接「長門本平家物語附録」と墨書きされている。表紙に蔵書印が押されていたようだが、判読はできない。

附録の内容は、「松浦伯蔵本長門本平家語《ママ》巻首に云」と書き出され、①宮書弘化二年本にある識語、次いで「又巻頭に云」として②序文Aが書かれ、[3]③平家物語の総目録が続く。総目録の後には、④宮書弘化二年本にある奥書があり、最後に⑤黒川本に関する書誌情報が書かれている。①と④は佐々木弘綱が書いた識語と奥書であり、これは宮書弘化二年本にあるものと一致している。このことと合わせて考えてみると、③も宮書弘化二年本の巻頭に付されている総目録を写したものだと推察され、宮書弘化二年本と比較してみると実際に内容は一致していることがわかった。

葆光が宮書弘化二年本の識語や奥書、総目録を写すことができたことは宮書弘化二年本の伝来により了解される。宮書弘化二年本には各冊表紙に「松浦氏印」と蔵書印が押されている。「松浦氏」については、葆光と親交のあった者の中に平戸藩十二代藩主松浦詮（一八四〇～一九〇八）がおり、葆光は詮が中心となって興した「和敬会」[4]のメンバーの一人で、茶人としての交流があった。二人はともに旅行をする仲でもあったらしい。[5]三田本の附録が「松浦伯蔵本長門本平家語巻首に云(ママ)」という書き出しで始まり、以下の内容と宮書弘化二年本の内容が一致することを踏まえるならば、宮書弘化二年本は松浦伯爵家で所蔵されていたものであり、松浦詮と親しかった葆光が宮書弘化二年本を書写することは可能であったと思われる。

また、附録の総目録には朱の書き入れがあり、黒川本との異同を書き入れたもののようである（図1）。実際に三田本の目録と付録の目録と比べてみると、朱の書き入れと三田本の目録は一致する。

黒川本に関しては、⑤の情報も重要である。

「〇黒川本の古写本大サ竪九寸四分横六寸弐分余世に灰汁打《アクウチ》トいへる／紙にて表紙ハ茶褐色の紋唐紙といへる物の類にて菊唐草の摺出し／模様あり凡三百年餘の古写本なり」

葆光が黒川本を実見した際の書誌情報なのだろう。黒川本は関東大震災で焼失してしまい、現在はその姿を知ることができないため、貴重な情報だといえよう。

三　三田本の成立の過程

三田葆光は、黒川家が所蔵していた長門本『平家物語』を書写したわけだが、書写するに至った経緯が、黒川真頼による識語からわかる（／は行替、」は半丁替を示す）。

三田のをちはものまなひニまめやか／なるをちなりをちハものまなひ／にまめやかなるのミならす

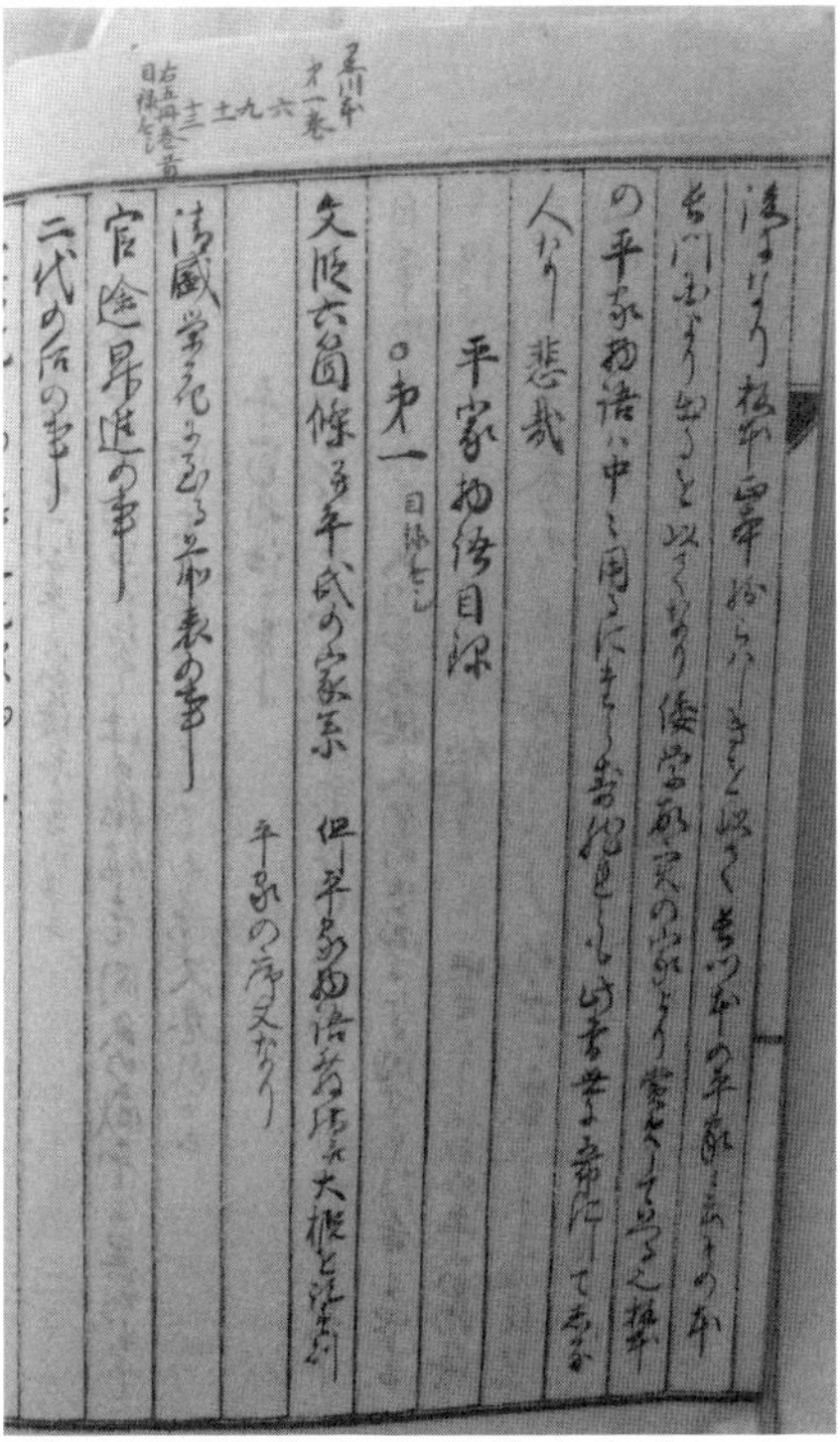

図１　附録

宮書弘化二年本総目録該当箇所

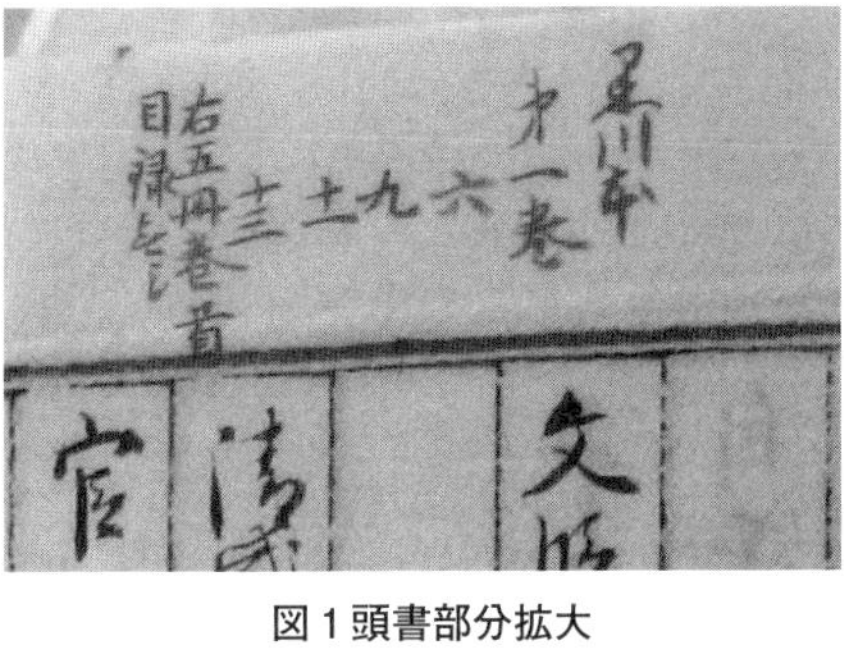

図１頭書部分拡大

もの／かくことニもまためやかなり／ものかくことにまめやかなるのミ／ならすものかくニ筆とりてうむ」ことなしさるはひと日おのれ真頼か／もとニとひ来てつくゑのうへにツみ／おける平家物語の長門本といふを／とり見てこゝろニかまくることや／ありけむいへらくこハうち見るニ／およそ二百年ハか《あま》りもむかしの」写本と見ゆるのみならす長門国／安徳天皇像ニ奉納信濃前司行／長自筆本書をもて写し早る／とあるハいとめツらしけれハ願ハく／は文字の躰をはしめすこ／しもたかへすすきうつしに」せまほしとていとまのひまことニ／筆とられしかつひに成ぬ／るそこのふみなるをちかも／のまなひニものかくことに／かくもまめやかなるを世人も／しりねかしとこのふミのなり」ぬるすなハち筆とりて黒川／真頼かそのかたはしにか／きつく時ハ明治三十四年／五月

こゝぬかのひなり

ある日、葆光が黒川真頼の家を訪問し、真頼の机の上に置かれていた長門本『平家物語』を手に取り、二百年余りも昔の写本というだけではなく、「長門国／安徳天皇像ニ奉納信濃前司行／長自筆本書をもて写し早る」とあるのは珍しいので、透き写しにしたいと願い出た。その後、暇を見ては筆を執り、ついに完成したというのである。

黒川家は、蔵書家として著名であり、その蔵書数は膨大なものであったが、関東大震災で多くを焼失した。黒川文庫そのものは無くなってしまったが、その全容については、蔵書目録によってうかがい知ることができる。「書籍目録（天・地・人）」（八冊）と「色葉書目」（七冊）と「金石図書目録」（二冊）は実践女子大学図書館に、「書籍目録」（三十一冊）は一誠堂店主酒井氏の蔵するところとなっている。これ

らの目録については城田秀雄氏によって次のような指摘がされている。(6)

こうして見てくると、「書籍目録（天・地・人）」にはもともと分類的な意図はなく、資料の入手時における収蔵管理簿であり、大綱目とみなされる蔵ごとの架蔵目録であると思われる。これを検索の手段から補うために「色葉書目」（全七冊）の書名検索目録、また主題から辿ることのできる三十一冊の「書籍目録」が編纂されたとみるべきであろう。

そこで、蔵書目録を参照してみると、確かに黒川家では長門本『平家物語』を所蔵していたことがわかる。(7)長門本に関する箇所を引用してみると次の通りである。

八冊本『書籍目録』	
平家物語	二〇
長門本平家物語欠本	十九

三十一冊本『書籍目録』	
平家物語 長門本〈平カナ本〉	二十
○平家物語 長門本二、十、六、欠〈平カナ本〉	十九
平家物語 片カナ長門本〈本浜田使本元本〉	二十

八冊本『書籍目録（天・地・人）』には二種の長門本が確認でき、三十一冊本『書籍目録』には三種の長門本が確認できる。柴田光彦氏によると、三十一冊本『書籍目録』には各冊の項目の頭に朱の筆印があり、それは真道が父の真頼から明治三十年頃に蔵書を引き継いだ頃の照合確認のために押されたものではないかと指摘されている。(8)そして朱の筆印がないものは真道の時代の増加分ではないかとされる。

柴田氏の指摘の通りならば、三十一冊本掲載の長門本二種は真道の時代になってから入手したものということになろうか。いずれにしても黒川家には三種の長門本が蔵されていたことは確認できる。

さて、そうなると三田本はその中のいずれかの写しということになるのだろうが、三田本が完本であり平仮名で書写されていることを考え合わせるならば、三十一冊本『書籍目録』に記載されている「平家物語 長門本〈平カナ本〉 二十」の可能性が高いように思われる。(9) すなわち、三田本は現在は焼失してしまった黒川本の姿を知ることのできる貴重な伝本といえよう。

四　三田本の本文系統

以上から三田本は黒川本と同じ本文をもつ伝本として扱ってよさそうである。では、三田本（黒川家本透写）は、長門本伝本の中においてどのような特徴を有している本文なのであろうか。本節は、そのことについて明らかにしていきたい。

三田本は、巻六の末尾に「前右大将の」という本文がないことから、私的写本に分類できる。(10) 私的写本のグループは、序文の有無や欠脱等からいくつかのグループに分けられるようだが、三田本は私的本文の中でもC系序文を有した伝本である。C系序文とは、「長門国安徳天皇像ニ奉納信濃前司行長以自筆本書写畢」という書き入れのことをいう。この有序C系本は現在のところ、19九大本、41伊達本、45鶴舞本、53穂久邇二〇冊本、67ソウル大九行本、79鶴舞三輪本が知られている。但し、長門本の伝本は漢字や仮名の宛て方などからグループ分けできるが、有序C系本は、「書写の上では同じグループには括れない」と指摘されている。(11)

まず、すでに知られている有序C系本の九大本と三田本を比較してみたところ、近い関係にあることがわかった。例えば、C系序文が三田本は巻第一・二巻頭にあるが、九大本も同様であり、半丁行数も八行（巻二のみ九行）である。(12) 両本はその字配りについてもほぼ一致しており、ずれていたとしてもその丁面内で調整をしている。

さらに、巻第一の願立論に関する箇所からも本文の近さがうかがえる。三田本は本文が続いているにもかかわらず、本文の途中で改行しているのである。これは、傍書に「願立論」とあるところで章が変わるという意識に基づいた改行なのだと思われる。この点も九大本が三田本に近いと思われる例である（次頁の写真参照）。なお、九大本については、巻第十四に、虫食いのため親本が欠損している箇所がわかるように、虫食い箇所を墨で輪郭を書いて写している箇所があることから、親本を忠実に書写しようとしていたことがうかがえる。(13)

松尾葦江氏は、巻第一と巻第六の巻頭を例に挙げ、伝本間の異同の幅がどの程度のものかを示されており、それをふまえて①～⑥のグループに分けている。さらに伝本どうしを比較してみると「③のグループ（大谷注：4内閣長府本と54陽明本）から出たかと思われる本はかなり多」いと指摘されている。(14) 三田本も九大本も、漢字や仮名の宛て方以外にも、このグループから出たと思われる証跡が指摘できる。

〈三田本〉日影も見えぬ木の下の道心ほそくもうち過る。／○不破の関屋の板ひさし年ふりにけりとうちながめ△ィ △くいせ河へそつき給ふ

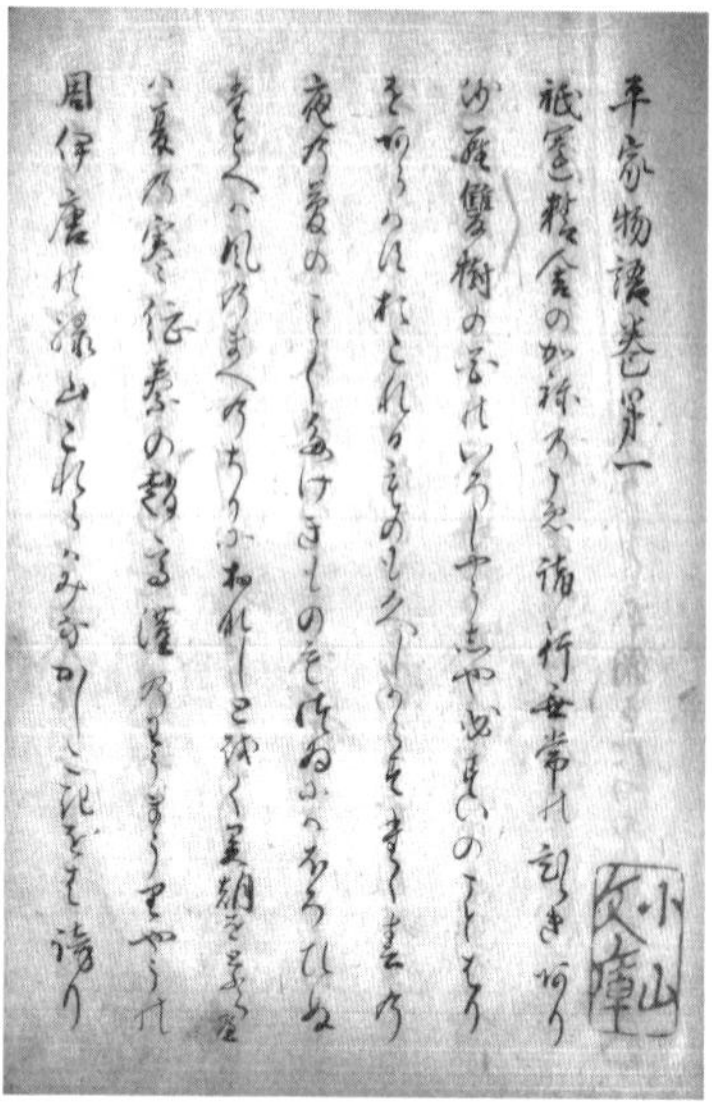

九大本　巻第一冒頭
（九州大学附属図書館蔵）

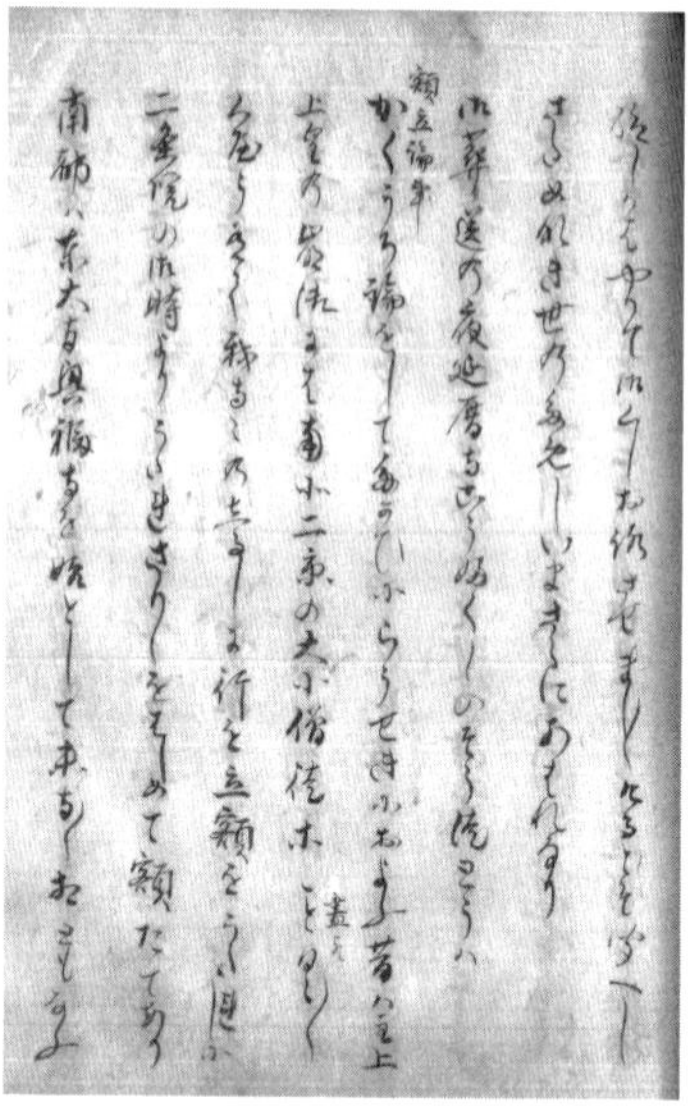

九大本　巻第一 願立論
（九州大学附属図書館蔵）

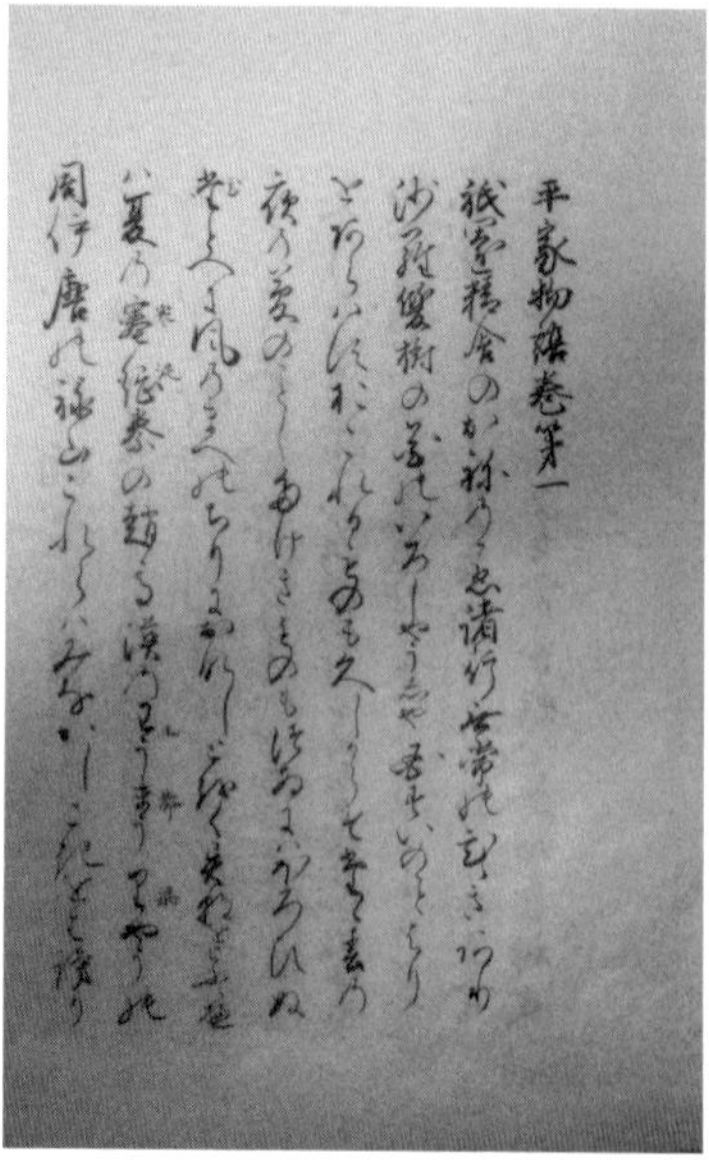

三田本　巻第一冒頭（赤間神宮蔵）

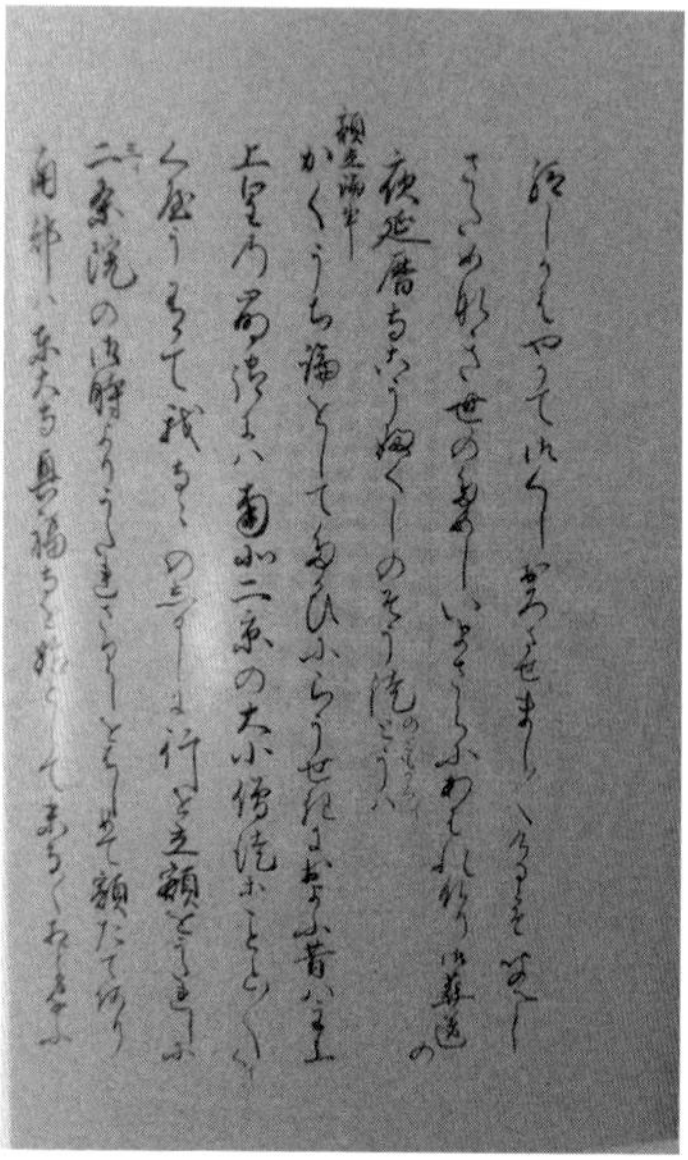

三田本　巻第一 願立論（赤間神宮蔵）

〈内閣長府本〉日影も見えぬ木の下の道心ほそくも／うち過るく井瀬河へそ着給ふ

右に挙げたのは、長門本巻第七の師長配流の道行文の一部分である。この箇所は内閣長府本・澤本が脱文を共有している箇所でもある。九大本も「うち過るくいせ河」となっている。こうした例を見ると、九大本はこのグループから派生したようであり、また三田本も、イ本注記は付されているがともに同じグループから派生した本文だといえよう。

次に、三田本の書き入れについて触れておく。三田本は朱や墨による書き入れがあり、本文の書写と同時代のように見えるものもあるが、朱は二種類あるようにも思われ、伝来の過程で書き込まれた可能性もある。現段階では全てが同時代のものであるかどうかの判断が困難である。また、朱の書き入れは、三田本の親本である黒川本に当初から付されていたものをそのまま写したのか、それとも葆光が別の伝本を用いて書き入れを行ったのか、という点についても判断に窮するところである。

ひとまず、イ本注記に注目し、そこから見えてくることを指摘しておくことにする。比較的長い墨書によるイ本注記として、先に挙げた巻第七の師長配流の道行文の箇所の他に、巻第十五の巻末に当たる箇所が挙げられる。

〈三田本〉すこしき魚の水にあつまれる《○水に魚のあつまれるイ》か

長門本の伝本の中には巻十五の巻末が欠落しているものがある。巻十五の巻末にイ本注記があるということは、イ本は巻十五の巻末に欠落がなかった本文だったと指摘できる。三田本のイ本注記にあるような本文を有する伝本として例えば、早大二〇冊本と宮書弘化二年本が挙げられる。

〈早大二〇冊本〉少き水に魚のあつ／まるかことくほしあけられて
〈宮書弘化二年本〉少き水に魚のあつまるか／ことくほしあけられて

完全に一致はしないが、巻第十五の巻末が欠落しておらず、この他の箇所でも、三田本の墨書のイ本注記と一致する例が多い伝本としてこの二本が挙げられるのだ。

朱によるイ本注記はどうであろうか。墨書きによるイ本注記と同様に比較的長い注記を有する箇所として、鹿ヶ谷に集まった者たちの中で、康頼に関しての記述の一部が挙げられる。

〈三田本〉阿波国住人。○信濃守中原頼季か男なりイ／人しなさしもなき者也けれ共
〈早大二〇冊本〉阿波国住人信濃守中原頼季か男也人しなさしもなき者なりけれ共
〈宮書弘化二年本〉阿波国住人信濃守中原頼季か男也人《品》しなさしもなき者なりけれ共

漢字の宛て方などに違いはあるが本文の内容は一致していることがわかる。さらに、三田本には巻第一、巻第十五とに、異本との異同に関して触れている箇所が複数確認できる。例を挙げる。

①仰あはせられけるにの下脱文あるへし但しイ本も同し（巻第一）
②なと迄ハの下落字あるへし但イ本も同し（巻第一）
③異本書入に云昔武蔵権守已下不審脱簡あらんか（巻第十五）
④此処原文脱文あるへしイ本も同し（巻第十五）

①・②・④の箇所を早大二〇冊本と宮書弘化二年本で確認してみると、三田本の書き入れにある「イ本も同し」とある通り、三田本の本文と同様になっている。特に注目したいのは③の箇所である。早大二

〇冊本と宮書弘化二年本で当該箇所を確認してみると、

〈早大二〇冊本〉以下事実不審尚有脱簡か

〈宮書弘化二年本〉以下事実不審尚有脱簡

とあり、三田本の③「異本書入に云」以下の記述内容と一致する。

以上、三田本のイ注として用いられている本文は早大二〇冊本や宮書弘化二年本のような伝本であった可能性が高いといえそうだ。この二本は有序A系本の中で文段六箇条本に分類できる伝本である。三田本が校訂のために用いた伝本はこれに分類される伝本だったのだと思われる。

五　おわりに

三田本の出現により、黒川家が所蔵していた長門本『平家物語』の姿を知ることができるようになった。ただし、黒川家は少なくともこの他に二種類の長門本を所蔵していたようで、それらについてはわからない。

黒川家が所蔵していた長門本についてはすでに山田孝雄氏が『平家物語考』の中で、

黒川本には目録を集めて首巻とせりこの本大体彰考館本に似たれど彰考館本よりも完全せる点あり。

と紹介されている。[15] 三田本は巻首に目録を集めてはいないため、これとは異なる長門本なのだと思われる。国書刊行会本に黒川家所蔵の本が対校本として、さらに句読点や返り点を付すためにも用いられたことは、国書刊行会刊行の『平家物語　長門本』（国書刊行会　明治39年）の凡例にある。(16) 三田本本文の全体に亘って読点や返り点は付されていないのでそれに使用された本もまた三田本とは異なる伝本であったのかもしれない。黒川家では三種の、性格の異なる長門本の伝本を有していたのではないかと推測されていた（一四四頁）。

三田本の本文は巻六巻末に「前右大将の」の語句が無いため私的写本に分類されるが、同じく巻六の巻末近くにある重盛が亡くなったことに対する人々の言葉の一部「世のため人のためあ《あしかるイ》るべし」とある箇所が注目される。この箇所は、内閣長府本では「世のため人のため　あるへし」となっており、旧国宝本でも「世のため人のため　あるへし」となっている。要するに、旧国宝本以来の本文の姿が残っているのだ。なお、名寄せに関しては、時代が下るにつれ人名と人名の間は詰めて書写されることが多くなるようだが、例えば巻七で頼政が各地にいる源氏の名を挙げる箇所を三田本では整然と三列になるように書写されていた。

こうした実態を見ると、本文そのものはいわゆる公的写本と比べた時に誤写や誤読、脱字等によって生じたと思われる本文が指摘できるが、一方では公的写本の特色を残している箇所も確かに存在している。三田本は公的写本から私的写本へ移り変わっていくその中間的位置づけを示す伝本なのかもしれない。(17)

注

（1）『国書人名辞典』（岩波書店　一九九五年）。

（2）長門本の伝本の呼称は松尾葦江『平家物語論究』（明治書院　一九八五年）に依った。

（3）松尾葦江氏は前掲注（2）著書において、長門本の序としてA・B・Cの三種があると指摘している。

（4）関東の実業家茶人で組織された近代の茶会（『新版 茶道大辞典』淡交社　二〇一〇年）。

（5）三田葆光による『櫨園文稿』という上・中・下の三冊本がある。葆光がこれまで記した序文や跋文などをはじめ、随想のような文章まで集めたものである。その中に「冨士丸の記」と題する章があり、そこには「明治二十三年四月はかり松浦三位君にともなハれて肥前国平戸にあそひて二十日あまりありけるに」と書かれていて、松浦三位つまり松浦詮とともに平戸へ行ったことがわかる。なお、『櫨園文稿』で用いられている紙と三田本の附録で用いられている紙は同一のもののようである。

（6）城田秀雄「黒川真頼家蔵書目録影印（八）『書籍目録人下』」『実践女子大学文芸資料研究所年報』15号　一九九六年三月。なお、本稿では、「書籍目録（天・地・人）」八冊を八冊本『書籍目録』、『書籍目録』（三十一冊）を、三十一冊本『書籍目録』と呼ぶことにする。

（7）八冊本『書籍目録（天・地・人）』は城田秀雄「黒川真頼家蔵書目録影印（三）」『書籍目録地上』『実践女子大学文芸資料研究所年報』10号（一九九一年三月）により、三十一冊本『書籍目録』は『黒川文庫目録　日本書誌学大系86』（青裳堂　二〇〇一年）によった。

（8）『黒川文庫目録　索引　日本書誌学大系86（2）』（青裳堂　二〇〇一年）。

（9）三十一冊本『書籍目録』に記載のある「平家物語片カナ長門本〈本浜田使本元本〉二十」の「本浜田使本元本」については、『中央史壇』（一九二四年九月号）に黒川真道が関東大震災によって失われた書物を挙げた中に、「平家物語写本濱田侯本ノ元本」とあるものだろう。なお、濱田侯が所蔵していた長門本については『那須家所蔵平家物語目録』

（尊経閣蔵）に「長門本　十二冊十行眞片假字无題目先濱田侯之所持」とある（山田孝雄『平家物語考』国定教科書共同販売所　一九一一年に依った）。片仮名で書かれている長門本の伝本は、34東大零本、51天理二〇冊本、61平戸本の三種類が知られており、東大零本には「石原文庫」の印が押されていることから、那須家二十八代当主那須資礼の蔵書であったことがわかる。東大零本は濱田侯が所持していた長門本である可能性が高い。

(10) 松尾葦江『軍記物語原論』（笠間書院　二〇〇八年）。

(11) 前掲注（10）著書に同じ。

(12) ただし、九大本は巻二十の本文の後にもC系序文がある。また、巻二については7丁オから半丁行数が九行になっている。

(13) 三田本には虫損があったことを示すような箇所は確認できない。

(14) 前掲注（10）著書に同じ。

(15) 山田孝雄『平家物語考』（国定教科書共同販売所　一九一一年）。

(16) 早稲田大学図書館には、国書刊行会叢書の第一期分の草稿本や校正本が収められているが、長門本の草稿・校正本はない。

(17) 公的写本と私的写本という用語については、今後、検討の余地があると思われる。

※伝本調査にあたり閲覧および掲載に際して快く許可を下さった所蔵者・関係機関の方々に言い尽くせぬご厚意を受けました。ここに感謝の意を表します。

『長門本平家物語』流布の一形態
——山口県文書館所蔵毛利家文書の場合——

村上光徳

一

　普通『長門本』という名称で呼ばれている平家物語（二十巻）はおそらく七十組くらいの写本が現存するのではないだろうか。[*1] そしてこれら写本の大部分は江戸時代に書写されたもののようである。長門本以外の平家物語——例えば十二巻仕立の本や、源平盛衰記等——は中世末期から近世にかけて古活字本や片仮名・平仮名の整版本が作成されたが、どういうわけかこの長門本だけは開版されたということを聞いていない。版本がないからしたがって入手するのはそう簡単ではなかったはずである。それにもかかわらず現存する写本が七十組くらいもあるという。たぶん写本の数はほかのどの平家物語よりも多いと思われるが、それはなぜなのだろうか。

そもそも長門本平家物語は誰が書き、原本はどの本で、どんな過程を経て現在に至ったかといった基礎的な問題は何ひとつわかっていないように思う。最近になって長門本の原本善本を求めて松尾葦江氏[(1)]が精力的に調査されたが、その結果序文などから諸本を系統的に整理され、ようやくそのいとぐちが切り開かれたわけである。この松尾さんの調査によれば、現段階では赤間神宮所蔵の旧国宝本より以前に遡れる本はついに発見されなかったということである。しかし、だからといって赤間神宮の旧国宝本が長門本の原本であると断定することもできない。原本はほかにあったのではないかと思われる節もないわけではない。旧国宝本は赤間神宮（旧阿弥陀寺）にいつごろからあったのか、この点も必ずしもはっきりしていないが、阿弥陀寺で長門本を見たという人で古いのは林羅山のようである。羅山が下関へ行って見たのは慶長七年頃のようであるから、少なくともこの頃には阿弥陀寺にあったことになる。どうもこれ以前に遡れる資料はないようである。そうすると七十組も現存する長門本は赤間神宮の旧国宝本が写され写されして永い年月の間にこんなに多くなったのであろうか。

しかしながら阿弥陀寺の時代から旧国宝本は同寺の重物としてあったので、そう簡単には写させてもらえなかったのではないだろうか。例えば赤間神宮に現存する次のような書簡*2（五二号）の文面からも察せられるのである。[(2)]

……此平家物語之儀阿弥陀寺之重物之由御座候間*3むさと他見不仕増而自余へ差出写させ候儀手堅停止可仕候*4由従濃州様殿様へ御内証御座候間右之通手堅可被仰渡候……

この書簡は寛文六年長府藩の江戸家老格の三人が連名で国元長府の当職（家老の中から選ぶ）へ宛てた

手紙の一部である。文中「濃州様」というのは幕府の老中稲葉美濃守正則で長府の毛利家とは親戚関係にある人物である。「殿様」というのは長府藩の殿様毛利綱元のことである。老中から「むさと他見不仕」とか「自余へ差出写させ候儀手堅停止可仕」などと内々に指示があったから「手堅可被仰渡候」と伝えて来たわけで、国元の長府では指示通り阿弥陀寺に伝えたであろうことは想像に難くない。以後阿弥陀寺では老中の指示通り門外不出の重物として大切にしたと思われる。おそらく閲覧もそう自由には出来なかったのではないだろうか。

一方またこの時代は阿弥陀寺の平家物語のような二十巻本はほかにはなかったと見えて、林春斎の『国史館日録』を見ると、この阿弥陀寺の本を『本朝通鑑』編纂の資料とするためらしく、わざわざ下関から江戸まで運び、当時林家別邸内にあった『本朝通鑑』の編纂所である「国史館」で書写したらしい。この本が国史館に届いたとき林春斎は

……先考少年時。西遊過二彼堂一所レ見也。与二世上流行平家一稍異而詳也。余聞二其所一レ談欲レ見レ之然在二遠方一不レ能レ借レ之。今因二官事一到二于此一可二以喜一……（寛文五年十二月二十一日の条）

と記している。この記事から推察すると、江戸では二十巻の平家は見ることができなかったのであろう。書写が終り、しばらく老中稲葉美濃守のところに持って行ってあったが、その後下関へ返送されたと思われる。私はそのとき平家物語に添えて上掲五十二号の書簡も長府へ送られたと考えるのである。

以後この阿弥陀寺の平家物語はしだいに有名になって行ったと思われる。それは平家滅亡の地のしかも阿弥陀寺という安徳天皇ゆかりの寺に普通の十二巻本の平家とはちがう二十巻のめずらしい平家物語

があるということで、識者の間で話題になり、しだいに広まっていった。五十巻説や八十六巻説などとても信じられないような説があったりしたのは、めずらしい本だという噂からしだいに大きくなったとは考えられないだろうか。じっさいに見ていればそんなに誇張した言いかたはできないはずである。地理的限界もあったろうから意外に見た人は少なかったのではないだろうか。

しかし、また阿弥陀寺へ「平家を見たい」「写しがほしい」と所望してもそう簡単には見せてもらえなかったろうし、まして書写はゆるされなかったのではないだろうか。それでも見たいとか書写したいと思う者はわずかな縁をたよって長州藩や長府藩、または両毛利家にと頼み込んだとは考えられないか。藩や毛利家では誰彼となく申出を受入れたということはないだろうが、長州藩や長府藩では阿弥陀寺本の写しを揃えていて所望して来た者の何人かには便宜をはかったと思われる。次の記事はそのことを示す一例と考える。

平家物語一部二十冊所在長門国下関阿弥陀寺也世謂長門本又赤間本享保之頃故長州刺吏可寛得讃岐守大江匡広所持之正本而命筆工等写之令為家蔵者也

為後証記之干旹寛保壬戌晩夏念二

源　臺近

——内閣文庫本奥書——*5

この奥書は渥美かをる氏のご調査(3)によると長府藩第六世の毛利（大江）匡広所持の本を長州守金森可寛が筆工らに命じて写させ家蔵にしたということを後証のため息子の源台近が寛保二年に記したという

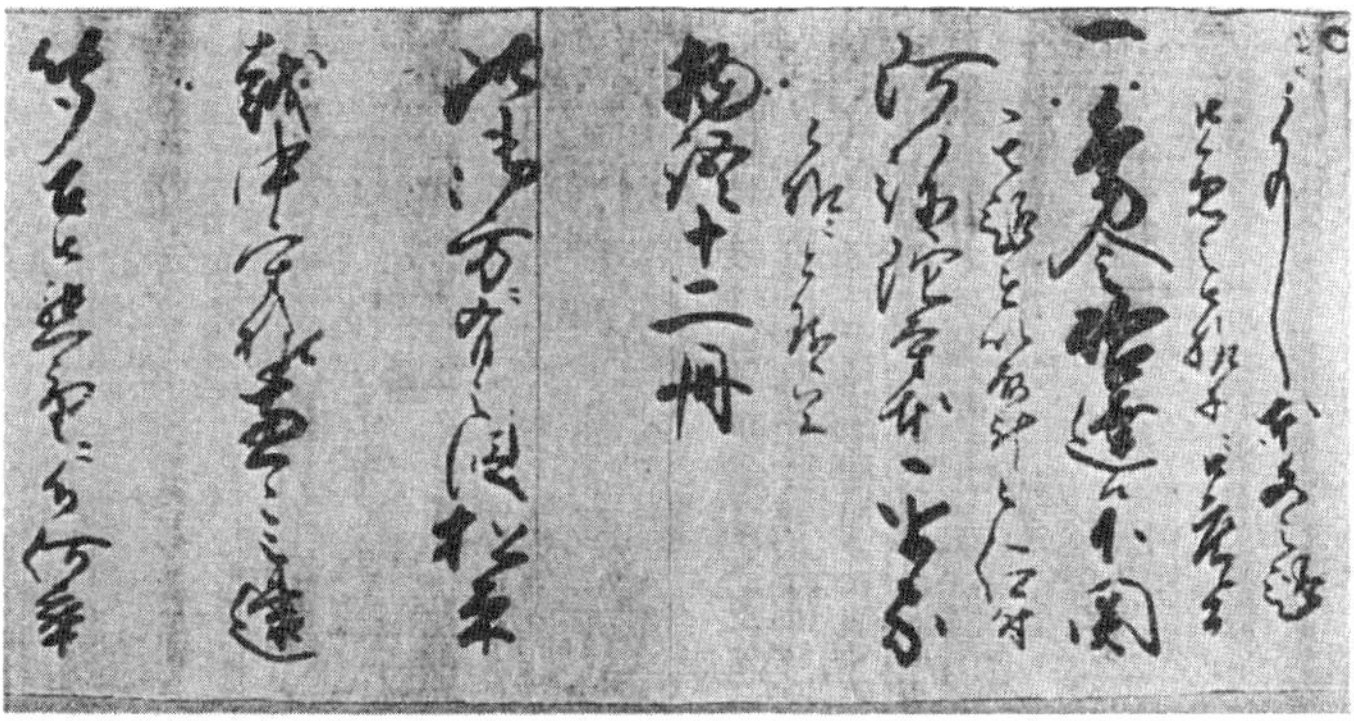

（書簡一の冒頭）山口県文書館蔵

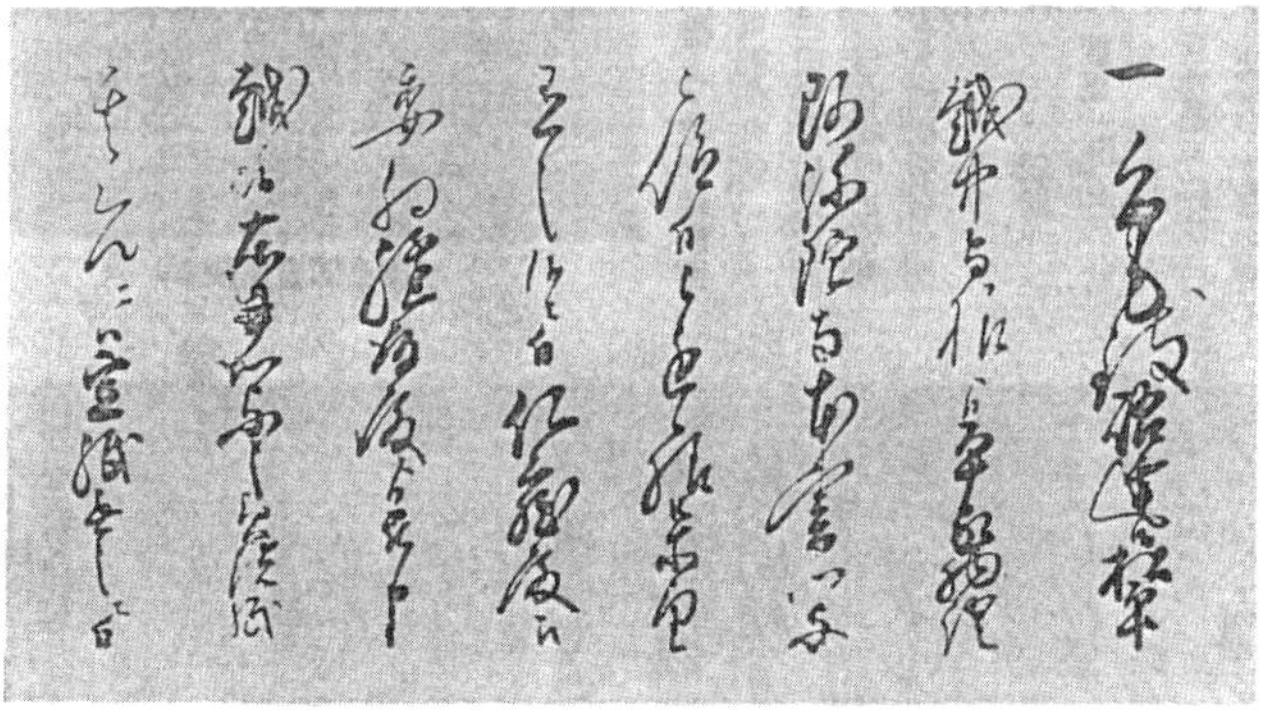

（書簡　三の冒頭）山口県文書館蔵

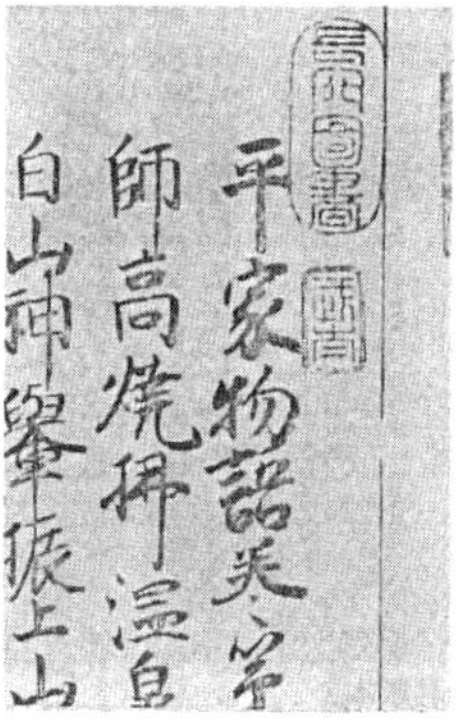

（国会図書館本の「長門図書」の印）

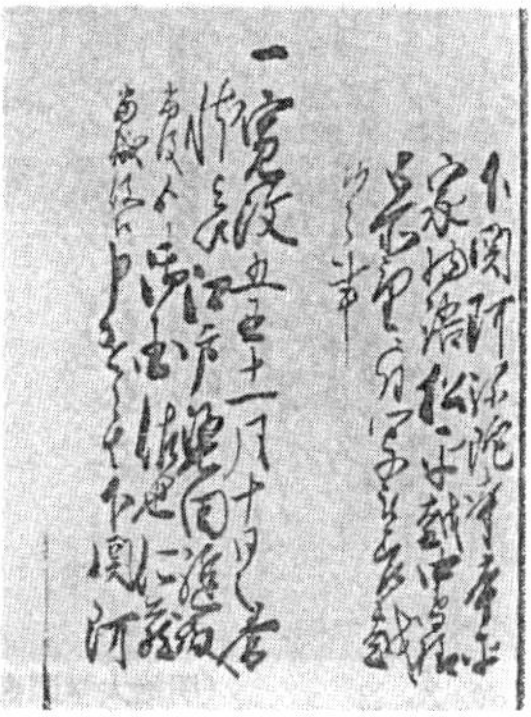

（「諸事小々控」のはじめ）山口県文書館蔵

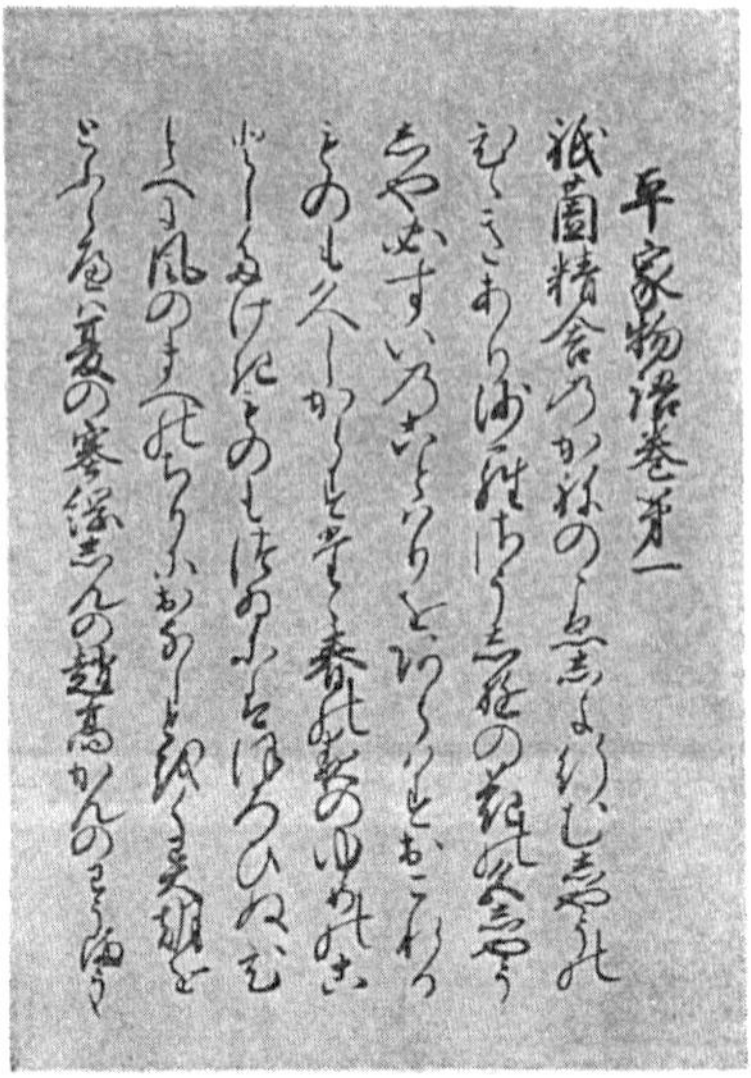
平家物語巻第一

（国会図書館蔵本）

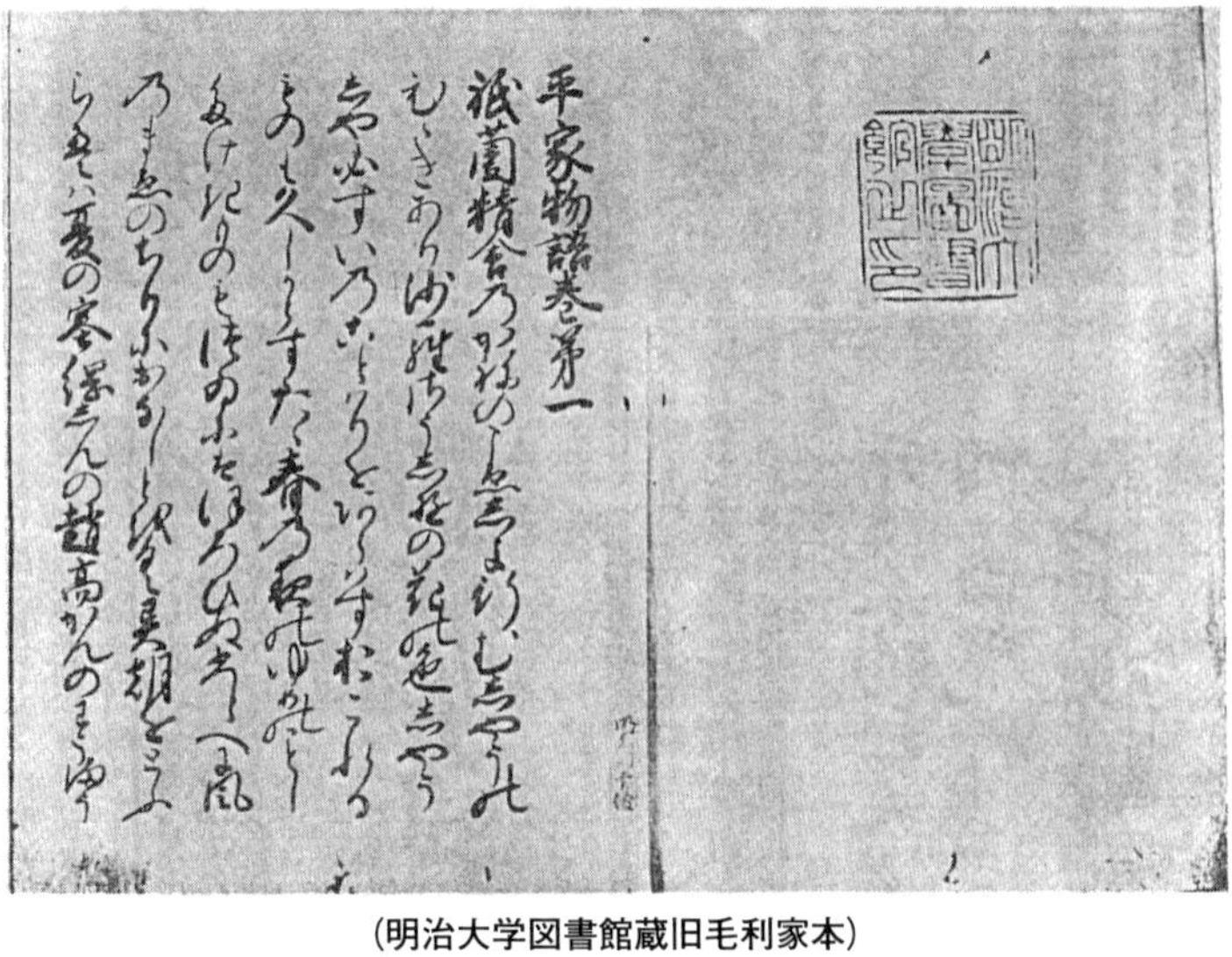
平家物語巻第一

（明治大学図書館蔵旧毛利家本）

のである。この記事では「……大江匡広所持之正本……」という点に注目したいのである。つまり長府毛利家にも写しがあったことを物語っていることになる。

また橋本経亮の随筆『橘窓自語』の巻二にも注目される記事がある。

世に長門本の平家物語を、長州侯の家につたへられしやうにおもふ人あれどもしからず。長州侯にうつし有。元本は、長州赤間関阿弥陀寺の什物にて、ひらがな書にせしもののよし也。我門人長州萩府家士吉武多態、命をうけてうつしたりと語れり。元本も冊子にて、蒔絵の箱二合にをさめたりといへり。

こちらは長府藩ではなく長州藩の話である。この記事でも「元本は長州赤間関阿弥陀寺の什物にて……」とあって、その写しが毛利にあるというのである。長府の毛利と同様、写しは持っていたのである。そして長府藩や長州藩ではたのまれれば場合によって貸出して写させたり、注文された相手によっては藩で書写して献上したのであろう。こうして写してやった本がさらに写され写されして、だんだん流布して行ったものだろう。

二

次に紹介する書簡は萩の長州藩のものである。松平越中守に阿弥陀寺本平家物語を所望されて江戸から国元の家老へ知らせが行き、国元からの返事、更にはその下役と下役との細かい打合わせ、書写が完了してから江戸への発送の知らせ、江戸からは到着したので届けた旨の返信等、実に細々としたやりとりが行なわれたことを示す書状である。平家物語が書写される過程がこれほどはっきり記されているものはあまりないと思う。

[*6]前赤間神宮宮司中島正国氏が書かれた「長門本平家物語の原本について」（国学院雑誌・昭和六年一月）という論文によれば、『毛利十一代史』の寛政六年九月二十日の条に

赤間関阿弥陀寺本平家物語全部二十冊松平越中守希望アリ謄写シテ贈ラル

とあって、この本は今どこにあるのだろうか、と記されている。

『毛利十一代史』にこの一行程の記事を入れるについては何か確たる資料があってのことだろう。長州藩関係の資料を所蔵している山口県文書館に上記の一行程の記事を書かせたと思われる資料が所蔵されていたのである。いま順に紹介してみることにする。

〔書簡一〕（157頁写真参照）

一筆令啓達候下関阿弥陀寺本平家物語十二冊
此御方ニ有之段松平越中守様兼々之[*7]逮聞召御懇望ニ付何卒写被仰付被下候様此内被仰越候付及御聞
候処御間柄其上兼而万端御世話御頼被成候事ニ付御理も相成間敷[*8]候間写被仰付可被進との御事ニ候右
之本御宝蔵又[*9]御納戸間ニ可有之様ニ相聞候若両御蔵ニ無之候ハヽ[*10]国司市正方ニも有之由ニ[*11]候間借上ヶ被
仰付候而成共写可被仰付候尤美濃紙から打にして書写可被仰付候

御先代之内松平弾正大弼様ゟ御所望之書物三田尻中船頭吉武多熊江写被仰付候処宣敷致出来候間此度も多熊儀萩御呼出写被仰付候様ニと存候尤出来之上随分校合等ニ念を入候様旁可*12成御沙汰候恐惶謹言

十一月十日　　就正　黒印

堅　縫殿

佐　仁蔵様

尚々本文之趣御急之御様子ニ御座候間其趣を以取計被仰付候様ニと存候　以上

——書簡一の裏に——

〔書簡二〕
*13御面之趣御端書旁委曲令承知候平家物語之写御宝蔵ニ有之候付多熊儀爰元呼出此内ゟ調掛り候出来次第差登可申候　以上

十二月廿日　　佐　仁蔵　黒印

堅　縫殿様

〔書簡三〕（157頁写真参照）
一筆致啓達候松平越中守様ゟ平家物語阿弥陀寺本書写被仰付被進候様御所望有之候ニ付仁蔵殿江委

細縫殿殿ゟ被申越候右書写之美濃紙其元ニハ宜紙無之ニ付爰元ニて御買上被仰付一束箱入ニして差下申候間書写之人柄江御渡可被成候尤から打にして*[14]書写被仰付候様ニと存候恐惶謹言

柿並多一郎*[15] 花押

中川嘉右衛門 花押

十一月十八日

田中正左衛門様

井上物兵衛　様

〔書簡四〕

御面書之趣委細致承知美濃紙相達候付書写之人柄江相渡申候然処全部二十冊惣紙数弐千百三拾枚余有之今三束程不足之由御座候間急便を以御買下シ相成候様ニと存候　以上

――書簡三の裏に――

井上物兵衛 花押

田中庄左衛門 花押

十二月廿一日

中川嘉右衛門様

柿並多一郎　様

以上の四本の書簡は「一」の裏に「二」が「三」の裏に「四」が書かれている。つまり表に往信、裏に返信が書かれているのである。これら書簡についての山口県文書館の整理番号は

毛利家文庫・遠用物史料「五〇一号」

という袋の中に入れられている。

体裁は左の通りである。

（ア）書簡一――全長一七三センチ。
　　　　　　　巾　一五センチ。
（イ）書簡三――全長　八三センチ。
　　　　　　　巾　一五センチ。
（ウ）紙　色――黄色。この色は長州藩の公用紙であったということである。

まず「書簡一」の「堅縫殿」から「佐仁蔵」に宛てたものから検討してみたい。

この手紙の要旨は「阿弥陀寺本平家物語を松平越中守が懇望されるので、御宝蔵か御納戸にあると思われる平家物語を三田尻の船頭吉武多熊に書写させてほしい」といったものであろうか。

差出人の「堅縫殿」は「堅田縫殿就正」のことで、長州藩の『役人帳』によれば

寛政二戊五月二十六日　副役
同　　十月二十四日　本役

同　十年六月十三日　　転

と記されている。つまり堅田就正は寛政二年十月から寛政十年六月まで江戸で「当役」（家老役）を務めていた人物である。したがってこの書簡は彼が当役在任期間中に書いたことになるわけである。

一方この手紙の受取人である「佐仁蔵」は「佐世仁蔵」のことで同じく『役人帳』によれば

寛政三亥八月晦日　　暫役
同　四子正月二十七日　本役
同　六寅十月九日　　免

と記されていて、彼は長州藩の国元「萩」にあって寛政四年正月から寛政六年十月まで「当職」（家老役）を務めた人物である。この手紙のやり取りされた「十一月十一日」はおそらく両人がそれぞれ役職についていた年であろうから、この点を注意して見ると、寛政四年と寛政五年とである。そこでこの両年のうちどちらであろうか、この点ははっきり決め難いが、山口県文書館にこれら書簡をもとにして長州藩で整理編集した『諸事小々控』(4)（157頁写真参照）という資料が別に所蔵されている。こちらの方では江戸の堅田就正から国元萩の佐世仁蔵に宛てて送ったいわゆる「書簡一」の年号を寛政五年十一月十日としている。五年ならば両者の役職在任期間に矛盾はないので、一応この『諸事小々控』に従っておくことにしたい。

次に寛政五年に長州藩に長門本平家物語を所望した「松平越中守」という人はいったい誰であるのか、長州藩の人たちがあれだけ大さわぎをしているところを見ると相当の人物であろうことが察せられるのである。それもそのはずでこの人は天明七年六月から寛政五年七月まで時の老中をつとめ、その上天明八年三月からは合わせて将軍家斉の補佐役をも命ぜられ、将軍を助けて改革に当り、世にいわゆる寛政の改革を推進した張本人である松平定信のことである。彼はちょうど前掲「書簡一」が江戸から国元へ発せられた寛政五年十一月の三か月前の八月に老中職を辞している。定信は老中としての手腕もさることながら、文武両道に通じていて、著述も多く文学者として歌人として考古学者として批評家として勝れた業績を残していることはあまりにも有名である。したがって定信が長門本の平家物語に興味を持つのはむしろ当然といわなければならないわけである。定信はこの長門本より後か前かわからぬが、十二巻本（流布本）を所蔵していたらしく、現在赤間神宮に松平定信旧蔵という十二冊の写本がある。この赤間神宮本は必ずしもはっきりと定信旧蔵本であるということは断言できないと思うが、あり得ることである。

定信が長州藩へ長門本を無心したのはいつのことかわからないが、あるいは老中在任中ではなかったか。書簡の文面でいそがせているのがちょっと気になるのである。

次に当役堅田就正が発した手紙「書簡一」に「……阿弥陀寺本平家物語十二冊」と書かれている。そしてこの本は「御宝蔵*[9]又御納戸間ニ可有之様ニ相聞候……」と記されているのであるが、ここに言う阿弥陀寺本はおそらく十二冊本ではなかったろう。なぜかというと、「書簡四」の井上・田中の両名が中川・柿並に宛てた手紙では「……全部二十冊惣紙数弐千百三拾余……」と書かれていて、この本は実は「書簡二」の江戸への返信に「……平家物語之写御宝蔵ニ有之候……」と書かれているのを見てもわかると思う。たぶん堅田就正は実際にはこの平家物語を見ていなかったのであろう。松平定信が欲しいのは二十巻本であるからで、十二巻本ならば長州藩に特別にたのまなくても寛政のころならばいくらでも入手できたはずである。長門本はこの頃でも松平定信の場合のように一本一本写されたのであろうと思う。

だがまた上記堅田就正の十二冊というのは彼のまちがいであったろうが、阿弥陀寺本の十二冊説はなかったわけではない。例えば岡山大学図書館に所蔵されている八坂流系統の十二冊本[*16]（この本は複製出版された）の巻一の表紙に「此長門本平家物語者長州赤間関阿弥陀寺所蔵本ヲ以謄写者也珍之宝之」[*17]と記されていたり、このほか『長崎行役日記』（長玄珠）、『西遊雑記』（古河辰）、『江漢西遊日記』（司馬江漢）、『群書一覧』などに見えるのである。

ここではっきりさせておきたいのは本稿で私が考えている長門本というのは二十巻本をいうのであり、他の冊数や巻数の本については長門本とは言わないのである。したがって十二冊とか十二巻本といっている長門本はおそらく間違いや記憶ちがいでそう書いたかと思う。前掲五十巻説や八十五巻説も同様と考えたい。林羅山が実際阿弥陀寺で見たのは十六冊であったと『徒然草野槌』に記しているが、この阿弥陀寺本を息子の林春斉が下関から江戸へ取寄せて写したときには二十冊であったことは彼の日記国史館日録に明らかなところである。あるいは羅山が見たときは何かの都合で十六冊しか見られなかったのかも知れぬが、そうでなければ羅山の記憶ちがいということになるであろう。林羅山のように実際に見た者でさえこのような記憶ちがいがあるとすればまして実際に見たこともない人は冊数をまちがえるくらいは十分あり得ることで、阿弥陀寺本が二十巻で外の平家物語と内容がちがうので皆注目しているのにこれらの人たちには十二冊であろうが、五十冊であろうが、そう重要な問題ではないのである。ただ阿弥陀寺の本だという点に興味があったのではないかと思う。

「書簡二」は「一」の返信である。国元の当職佐世仁蔵が江戸の堅田就正へ宛てたものである。「書面の趣」承知したこと。「御宝蔵」に件の平家物語があったこと。「多態」を呼び出し調べはじめたこと。[18]「出来次第」江戸へ送ることなどが簡潔に記されている。江戸からの手紙の日付より約四十日後の十二月廿日のことである。

この記事で注目されることは、「……平家物語之写御宝蔵ニ有之候……」の一文である。藩の御宝蔵にあった本は阿弥陀寺本の写しであった。この一文で長州藩でもやはり阿弥陀寺本を写して持っていたということを立証できたわけである。

「書簡三」・「書簡四」は当役堅田縫殿及び当職佐世仁蔵の下役同士のやりとりである。「書簡三」の差出人である柿並多一郎・中川嘉右衛門の両人は江戸に在りこのとき右筆をつとめていた。また受取人の田中正左衛門（庄左衛門が正しい）・井上惣兵衛の両人は国元萩にあって御用所役をつとめていた人物である。平家物語を写す紙のこと、それから「……から打にして書写被仰付候様ニと……」という注文をつけている。この「から打にして」[19]とはどういうことなのだろうか。『日本国語大辞典』の「からうち」〈唐打〉の項には唐糸で編むこと。またそのもの。

となっている。どうも要領を得ないが、表紙を唐糸で編んだものでも用いて綴じてほしいとでも言っているのであろうか。しかし堅田就正が佐世仁蔵に宛てた「書簡一」でも「……美濃紙から打にして書写可被仰付候……」といっていることから考えると、この方法で書写することが必須の条件となっているように思われる。ところが、山口県文書館所蔵毛利家文庫『諸事小々控』（巻二八六）所収の「下関阿弥陀寺本平家物語松平越中守様御所望ニ付写被差越候事」*[20]という上掲書簡の内容を整理編集した記録がある。これは四つの箇条書になっていて、前の二項は上掲書簡の内容である。後の二項に相当する内容の書簡はいまだ管見に入っていないが、あったものと思う。いまその後の二項の部分を抄出してみる。

一寛政六寅七月五日之書状を以御国佐世仁蔵ゟ江戸堅田縫殿江申来候は*[21]赤間関阿弥陀寺本平家物語之写此御方有之候段松平越中守様兼々被及聞召御懇望ニ付写被仰付被下候様ニ被仰越候付被及御聞候処写被仰付可被為進との御事之由ニ而旧臘委細被仰下致承知候ニ田尻中船頭吉武多熊儀早速萩呼出於御蔵元写調申付候処此内出来読合迄相済候付全部二十冊箱入ニ〆此度差登申候表紙之儀は*[21]於其元御好も可有之事ニ付書調之儘差登候間猶又御見分綴調等之儀御沙汰可被成候*[22]端書ニ題紙之儀は於爰元調申候ニ付差登申候由申来候事*[23]

一右之通申来候付九月廿日之返を以致承知平家物語無別状相達於爰元綴調申付箱入ニ〆此内公儀人を以被進御挨拶をも被仰越候多熊儀出精見事ニ出来可然儀ニ存候之段申遣候事

以上の二項である。はじめは本文にもある通り国元の佐世仁蔵から江戸の堅田縫殿に宛てたものだが、前の「書簡一」・「二」から六ヶ月以上経過してようやく平家物語の書写が終ったため、江戸へ送ったときの書状であろうかと思う。

次のは江戸の堅田縫殿から国元へ平家が無事に到着したので綴じて松平越中守に届けたという報告であろう。この二ヶ条は上掲書簡と少し日時がはなれているので別に保管してあるらしく、まだ私は見ていないが、山口県文書館の毛利家文庫遠用物の袋のいずれかに入っているのではないかと思われる。

ここで上記「から打にして」の問題にもどると、寛政六年七月五日の記事中に平家物語の書写が終ったから「……読合迄相済候付全部二十冊箱入ニメ此度差登申候表紙之儀*21は於其元御好も可有之事ニ付書調之儘……」送るというのである。表紙之儀は好みもあることだから、おそらくつけないで江戸へ送ったのである。もしかしたら「から打」の表紙のよいのがなかったのではないか。綴じないで送られて来た平家物語は江戸で綴じて箱入にして届けたのであろう。

平家物語はいろいろな形で書写が行なわれたと思うが、その過程まではっきりしているものは私は知らない。ところが上掲して紹介した山口県文書館所蔵の書簡、記録は実にみごとに保存されている。注文して来た松平定信が老中であったため藩でも特別に注意をはらったのかも知れぬが、このような記録は他にはまずないのではないだろうか。

まず寛政五年十一月十日の江戸の当役堅田縫殿から国元へ手紙で知らせて来たわけである。頼まれたいきさつから本のある場所、書写をさせる人等々にいたるまで注文をつけて来ている。国元では注文通り準備をして仕事にかかったわけである。約半年間かかって書写が完了し、校合が終ったので江戸へ送ったわけである。そのときも実によく念を入れているのである。国元では大さわぎであったかと思う。こうして書写された平家物語は松平定信のところにあったはずであるが、現在までのところこの本の消息を知らない。

長門本は開版されなかったからいずれこのような形で書写され、流布していったものと考えられるが、山口県文書館の毛利家文庫のこれらの資料は長門本の流布の一過程を示す資料とはなり得ないであろうか。

またこの長門本が開版されなかった理由はいろいろあろうかと思うが、私の想像では、この本が安徳天皇ゆかりの阿弥陀寺の重物であって、またこの本そのものも平家物語諸本の中でもめずらしい本だというので、直接見たり書写したりすることはなかなか許されなかった。そこでどうしても欲しい人は直接阿弥陀寺へ頼むというより人を介して長州藩とか長府藩とか毛利家とかへ頼んでいった。それぞれの藩でも長門本をもっていてそこで頼まれた藩ではごく限られた人に対してだけ書写してやったり、本を貸出したりした。つまり営利目的にこの本が使われることはなかったため、入手しにくく版本も作りにくかったのではないか。

三

次に阿弥陀寺本平家物語を松平越中守が懇望されているので、三田尻の中船頭吉武多熊に書写を命じてほしいと江戸当役堅田就正から名指しで知らせて来たのであるが、いったいこの吉武多熊という人物はどんな人物なのか、資料が少なくてはっきりつかみにくいが、以下わかる範囲で整理してみたい。

当時吉武多熊は「三田尻中船頭吉武多熊勝英」と呼ばれていたらしい。つまり船頭なのである。『防長風土注進案』（山口県文書館編・昭和四十一年刊）によれば、「船頭」は「船手組」の支配下にあった。船手組というのは船手衆・船手方とも言い、能島・因島などの海賊衆を改め、村上・栗屋・浦氏などによって統率された毛利藩の水軍である。船頭には大船頭・中船頭・小船頭と三段階あったという。船手組の主な職務は参勤・上洛・異国警固など、藩の海上交通の警固の他船舶に関係することであったようである。船手組は慶長年間に三田尻（現在の防府市）に集められ、家屋敷を与えられてここに定住するようになったという。防府市東三田尻一帯がその地域であったといわれる。現在も防府市には吉武姓が非常に多い。

上記書簡中の吉武多熊が本当に船頭であったとするとこうした組織の中の中船頭という地位にあったわけである。中船頭は配下の者が何人くらいいたかわからないが、せいぜい十人か十五人程度ではなかったろうか。このような船頭が松平定信から藩に注文された平家物語の書写を命ぜられた。私はこのことにたいへん興味があるのである。藩の名だたる役人が書写して差上げたとか、右筆が書写を命ぜられたとかいうのなら別に興味はないのである。多熊という男はどんな男なのだろうか。いろいろさがしてみたが、残念ながら多熊という人物についてわかるものは見当らなかった。ただ山口県文書館に吉武家の『略系並伝書御奉書写』と称する一書が所蔵されていた。これは吉武多熊の時代に藩で毛利藩配下の家臣に提出させたものの写しのようである。体裁は左の通りである。

譜録 略系並伝書御奉書写 吉武多熊勝英

たて――二七・六センチ
よこ――二〇・三センチ
墨付一四丁
系図つき

以上の通りの冊子である。この譜録により吉武家のおおよその家伝を知ることができる。その奥書には

右私家略系并伝書如此御座候已上
明和弐酉
六月　　　　　　吉武多熊　黒印　花押

と記されている。この譜録はおそらく多熊の直筆ではなく、藩で体裁を整えるため写しかえたものであろうから、多熊の筆跡をうかがうすべもないわけであるが、少なくとも彼が中船頭であったということだけは確認できるのである。「明和弐年」といえば、松平定信の所望で彼が平家物語を書写してから二十八年ほど後[*24]ということになる。

さてこの譜録ははじめに次のような系図がある。

其先不詳
吉武　治兵衛
勝慶
元禄七戌甲三月十八日
死行年七拾三歳

吉武　治兵衛
信久
享保十九甲寅七月十七日
死行年八拾四歳

吉武　正左衛門
信勝
宝暦二壬申九月廿七日
死行年七拾八歳

吉武　虎五郎　松左衛門
勝正

吉武　虎五郎・多熊
勝英
母梶取某女江

続いて代々の伝記が記されている。この記事によると吉武家は勝慶（系図参照）の代に「小船頭」として召しかかえられ、次代の信久のとき「中船頭」に昇格したらしい。以後信勝・勝正・勝英（多熊）と代々中船頭として召しかかえられて来た。この譜録の記事は非常に事務的に記されている。したがって多熊が確かに藩の命令で松平定信所望の平家物語を何時書写したなどという記事はこの家系、家伝の譜録にはどこにも記されていない。それどころか多熊の人となりを紹介するようなことはいっさいないのである。

しかしながらこの譜録によって多熊が確かに「中船頭」であったということだけは確認できたのである。それに三田尻に住んでいたらしいこともその記事の中に三田尻が出て来たりしておおよその察しはつくのである。つまり多熊に関してはこの譜録で中船頭であり三田尻にいたという二点だけは「書簡一」

の

御先代之内松平弾正大弼様ゟ御所望之書物三田尻中船頭吉武多熊江写被仰付候……此度も多熊儀萩御呼出……

とある記事や、その返事、更にまた『諸事小々之控』の記事などと矛盾しないのである。したがって私は上記書簡中の吉武多熊と『譜録』の吉武多熊勝英とは同一人物と見てよいと思うのである。

それにしても私が特に興味をもったのは長州藩の水軍の、しかも一船頭にすぎない――いままでの資料では少なくともそう思う――多熊に老中（あるいはもうやめていたかも知れない）から所望され、ある意味では藩の仕事である平家物語の書写という大仕事を、江戸当役から名指しで命令されているということは、おそらく多熊という人物は上記譜録には記されていない一面を持った、ある意味では風変わりな船頭であったのかも知れない。なぜかと言えば藩には右筆もいたであろうし、右筆でなくても書写する人はいくらもいたはずであるのに、わざわざ多態を指名して来ている。長州藩の水軍の船頭が皆多熊のような人物であったとは限らないだろうが、かなりの学識者がいたのかも知れない。多熊は上記「書簡一」の記事でもわかるように以前にも書写を命ぜられている。その時の出来がよかったので、この度も指名して来たわけである。よくよくこの男は人望があったと見える。やはり船頭とは言ってもただ者ではなさそうである。

さて吉武多熊について上掲以外にその名前が見出せないかというと、「一」でふれたように橋本経亮の書いた『橘窓自語』（巻二）（159頁参照）の長門本平家にふれたところで出てくるのである。この記事は長門本平家物語の調査研究を志す者ならば一度は目に止まる記事である。件の記事というのは「……我門人長州萩府家士吉武多熊、命をうけてうつしたりと語れり……」と記されている。この記事は上掲紹介した松平定信注文の平家物語を多熊が命をうけて書写したことを記しているかと思われるのであるが、この記事中私が特に注目したことは橋本経亮が「……我門人長州萩府家士……」と記している点である。吉武多熊に対して橋本経亮が「我門人」と記すからには多熊は橋本経亮に何か教えを受けていたのであろう。長州藩水軍の一船頭がいったい橋本経亮から何を学んだのであろう。経亮という人物は当時かなり風変りな人で、珍談・奇談が多かったように言われているが、一方では国学・和歌・故実等々の方面に通じていて、京都ではこの方面の第一者としての呼び声が高く、京都に学ぶ学者たちは皆一度は経亮を訪ねたという。多熊もそうした一人であったのであろうか。経亮が「我門人」といっているから、あるいはもっと近い関係にあったのかも知れない。そういうことになると、吉武多熊という人物はかなりの学者であったと考えてもよさそうである。経亮から何を学んだかわからないが、わざわざ京都まで行って学んでいるとすれば当時としては相当の人物と見てもよいように思われる。平家物語を書写するなどということは水軍の一船頭という認識では理解できないことであったが、多熊がこのような人物であるとすると、平家物語にも通じていたであろうことは十分察しがつくのである。松平定信注文の平家物語を藩が彼に命令してくるのはむしろ当然かも知れないのである。

だが吉武多熊は本当に船頭であったのであろうか。私はこの疑問がまだ完全に解けたわけではない。

もう少しこの疑問を解くような多熊に関する資料はないのであろうか。また逆に長州藩の水軍の船頭は皆多熊のような知識人だったのであろうか。かぎりなく興味をおぼえるのである。

ところで経亮が『橘窓自語』に多熊から聞いて件の記事を書いたのはいつ頃のことであろうか。『橘窓自語』の巻三に「享和元年」の記事が出て来るから、おそらくこのころ書かれたものであろう。そうすると多熊が平家物語を書写してから六年後のことになる。多熊は定信注文の平家物語の書写が終ってから何年か後に京都へ上って経亮に会っているのである。そのときに件の平家物語を命により写した話をしたものと思われる。『橘窓自語』の記事から判断できることは、長門本平家物語の原本は長州の毛利にあるというような風聞があったのであろう。ところが多熊の話を聞くとそうではなく、長州毛利にある本は阿弥陀寺本の写しであるということがわかったとする記事である。

さてこの『橘窓自語』の記事で推察されることは、長門本の平家は定信の場合のように長州藩で書写してやったことが何度かあったのであろう。写された原本は長州藩のものであるから長門本平家の原本は長州藩にあるのだという理解で世間に広がっていったのではないか。加えて阿弥陀寺では重物であるから見せなかったということも影響していたかも知れない。このように書写は長府藩でも行なったであろうから、長門本平家物語が各藩の旧藩主級の家に残っているという事実から考えて、一つの流行みたいにこの平家を各藩でこぞって入手したというようなことは考えられないだろうか。そして、その手助けをしたのが長州藩であり、長府藩であり、入手した藩ではまた別の藩へといった具合に次々と伝わって行った。あるいは殿様たちは自ら教養書としてこぞって入手して読んだかも知れないが、入手するのに大変だったのでいっそう大切に保存された。したがって保存がよかったため今日に多く伝わった。

このように考えると長州藩や長府藩又は各毛利家が長門本平家物語の流布に大きくかかわったとは言えないだろうか。

四

松平定信の注文によって多態が長州藩御宝蔵本の書写を命ぜられ、書写完了とともに藩ではただちに定信の所へ届けたわけであるが、この定信のところに行った多態書写の本はその後どこへ行ってしまったのであろうか、その消息を聞かないのである。それと同時に長州藩御宝蔵本はその後どうなっているのであろうかと思い山口市を中心に調べてみたのである。ところが山口県文書館にも県立山口図書館にもそれらしい本は見当らなかったのである。そうしたあるとき、国立国会図書館で貴重書（158頁写真参照）にしている長門本平家物語を見る機会を得たのである。この本には別紙で「筆者覚」（184頁写真参照）が附されていて、各巻の書写を担当した者の名前が記されている。この本について国会図書館の目録には

平家物語　　貴二〇　貴七　五七

附筆者覚（二丁）

長門本　長門図書ノ印記アリ

と記されている。そして昭和二十二年三月二十五日購入した旨の購入印。それに並んで「月明荘」の印

があるのである。つまりこの本は戦後国会図書館で購入した本なのである。

この貴重本で私が特に注目したのは「筆者覚」と蔵書印の「長門図書」であった。蔵書印は巾一・九センチ、長さ四・二センチの縦長の小判形（157頁写真参照）である。押されているところは各冊とも一丁の表右上である。まずこの蔵書印について知りたいと思い、東京であちこち聞いたり調べたりしてみたがまったくわからなかった。そこで「長門図書」であるから長州に関係あるかも知れぬと思い、山口県文書館や県立図書館、山口大学附属図書館などに尋ねてみた。合わせて山口市の石川卓美先生にもお尋ねしてみたのである。石川先生も八方手をつくして調べて下さったが、それでもどこで、誰が使った蔵書印なのかわからなかったのである。ただこの蔵書印と同じ印が押されている本が山口県立図書館に三点、山口大学附属図書館に十点ほどあることがわかったのである。中でも特に山口大学にはこの十点の中に長門本平家物語が入っていたのである。この長門本は美本であるが、いたんでいたらしく昭和三十九年に補修している。この本には長門図書以外の印は「周防国明倫館図書之印」と「山口県師範学校」の印がある。察するところまず「長門図書」が押され、次は「周防国明倫館図書之印」それから「山口県師範学校」さらに山口大学へと受継がれて来たようである。国会図書館本は「長門図書」ともう一つよくわからないが「武本」と読めそうな印が「長門図書」の印のすぐ下と、表表紙裏の左上に押されているのみである。この両本とも「長門図書」が一番はじめに押されたようである。また山口大学の「長門図書」印のある本もすべて「長門図書」がいちばんはじめに押されたようである。そうするとこの印は山口（周防とも）明倫館以前に押されたことになるわけである。ちなみに山口明倫館は文化十二年（一八一五）に上田纘明の発起により明倫館の前身である山口講堂が設立されたが、この頃は明倫館とは呼ばなかった。明倫館と改名するのは文久三年（一八六三）十四代藩主敬親が山口へ転居してからのことであるから、先の両長門本は文久三年以前ということになる。

それではその前、つまり藩が萩にあった頃「長門明倫館」という印を用いていて、「長門明倫館」ではどうかと思って山口大学の本を中心に調べてみると「長門明倫館」という印を用いていて、「長門図書」ではないのである。ここまでで「長門図書」については手懸りを失ってしまったわけで、これ以上のことは今のところどなたにうかがってもわからないのである。

また山口大学の本でもう一つ注意したいのは『四書朱本義匯参』という本には「長門内庫図書」・「長門図書」の二つの印がある。この本のみであるがこれは「長門内庫図書」の印の方が先に押されたらしい。「内庫」とは何を意味するのかわからないが、時代から考えて、「長門図書」と同様におそらく藩が萩にある頃押されたことは確実である。しかしながら長州藩は文久三年に本拠を萩から山口へ移したとき藩の図書・資料のたぐいがどの程度山口へ運ばれ、何冊くらい明倫館に入れられ、その他の本はどこへ入れられたのかといった細かいことは現在のところはっきりしていないようである。したがって萩のころ藩にあった図書等はどの程度であったか、また長門明倫館の図書はどうであったかといった点は十分わかっていないらしい。山口大学の本を見ても山口明倫館の印ばかりでなく長門明倫館の印もあるので、これらの本がどういう径路で山口大学へ入ったのかはっきりしない面もあり、なかなか複雑であるようである。

蔵書印の方は以上のような具合で暗礁に乗り上げてしまったので、次は国会図書館本の*25「筆者覚」に記されている人物を探ってみたのである。その筆者覚には次のように記されている。

一　平田庄左衛門
二　木原　市進
三　同　　人
四　中嶋　勘平
五　福井六右衛門
六　兼重小七郎
七　福井六右衛門
八　中村源右衛門
九　田中　喜助
十　兼重小七郎
十一　田北太右衛門

十二　中村源右衛門
十三　平田庄左衛門
十四　平田庄左衛門
　　　兼重小七郎
十五　田北太右衛門
十六　中嶋　勘平
十七　田中　喜助
　　　長井小左衛門
十八　田中　喜助
十九　長井小左衛門
二十　同　　人

以上の通りである。上記筆者別に整理すると、平田巻一・巻十三・巻十四、木原巻二・巻三、中嶋巻四・巻十六、福井巻五・巻七、兼重巻六・巻十・巻十四、中村巻八・巻十二、田中巻九・巻十七・巻十八、田北巻十一・巻十五、長井巻十七・巻十九・巻二十という具合に写していることがわかる。そこでこの九人はいったい何者であろうかと考えたわけである。「長門図書」という印があるから、何か長州に関係ある者たちではないかと思って、これも各方面に問い合わせたり、調べてみたのであるがあまり有名な人物ではないのでわからなかったわけである。そこで再度山口県文書館に行き長州藩の『役人帳』を拝見したのである。平家物語を書写するような者たちであるから右筆クラスの人たちではないかと見当をつけて、『役人帳』も右筆の部分を見たのである。そうすると、平田庄左衛門、中嶋勘平、中村源右衛門、田北太衛門、長井小左衛門の五名はだいたい寛文から宝永頃にかけて右筆をつとめた人たちであることがわかった。他の四名は右筆にはならなかったようで、右筆の部分には見出せなかったけれど、いずれこの人たちも長州藩に関係ある人たちであろうと思うのである。九名のうち五名右筆だったわけであるから、他の四人もまず長州藩の者だろうと考えたわけである。

上記の通りだとすると、国会図書館本は長州藩で書写した本ではないか。だからわざわざ別紙に「筆者覚」などを書いて保管したのではないだろうかと思われて来た。この「筆者覚」に従って国会図書館本の筆跡を見ると同人が書写した巻は合うのである。そしてこの本は非常に誤写の少ない本で、その上美本である。私は想像を逞しゅうして、あるいはこの本が長州藩の御宝蔵本で、吉武多熊が寛政五年に松平定信注文の本を写したときのお手本ではなかったかと思うのである。さらに「長門図書」の蔵書印はこれも藩で使用していたものではないだろうか。そうすると藩にはもう一本山口大学附属図書館にある本もあったのではないか。ただこの山口大学本と国会図書館本との本文的な関係についてはまだ十分調査していないが、山口大学の本もかなり良い本であると思う。装幀はむしろ国会図書館本よりよかった本であったと思われる。この本も藩のお宝蔵本にふさわしいように思う。ただこの本は近年になって巻一と巻二が紛失したらしく欠け*[26]ていて残念である。

また明治大学附属図書館に毛利公爵家旧蔵本（158頁写真参照）がある。この本も装幀は国会図書館本と同程度の本で国会本と同じく一頁八行書きである。またこの旧毛利家本は明治大学図書館の印の他はない。私は国会図書館本と旧毛利家本はあるいは親子関係にある本ではないかと思うのである。それは持主が長州藩の殿様というだけでなく、この両本を比較すると筆蹟、字くばりが非常によく似ている。そして旧毛利家本はところどころ訂正しているが、私が見た訂正箇所はすべて国会図書館本のように訂正しているのである。この点いまだ完全に調査していないが、筆跡、本の体裁などから比べてどちらが親でどちらが子であるかということは断定しにくいが、強いて言えば国会図書館本の方が親になるであろうか。それは旧毛利家本の訂正箇所からそう感じるのである。

もし私のこの憶測が正しいとすると、もしかすると国会図書館本は長州藩で藩の本として書写した本であるかも知れないとは考えられないか。右筆級の者たちを使ってしかも各巻誰が写したかはっきりわかるように記録を取り、同時に保管しておいたといったような本はほかにあるだろうか。私はますます長州藩の本であったような気がするのである。

また明治大学の旧毛利家本は明らかに藩主個人の本であったと思われる。しかもこの本は毛利家以外の人の手を経ていないで、書写されたときから毛利家にあった本であろう。訂正以外の書込みはなく、蔵書印もないのである。しかも筆跡は国会図書館本とかなり近い。（158頁写真参照）これも勝手な考え方をすれば、藩で書写した国会図書館本をお手本にして、国会図書館本を書写した人たちの手で藩主のためにさらに書写したものではないだろうか。もちろんこの点はもっと詳細に調査しなければならないが、私が一見した限りではよく似ている本であるという印象が強い。

注

（1）長門本平家物語の伝本に関する基礎的研究『軍記と語り物』（十号）
（2）拙稿　赤間神宮所蔵五十二号文書の意味『駒沢短大国文』（六号）
（3）渥美かをる氏影印版長門本平家物語（芸林社刊）解題
（4）目録九冊、本文四四三冊。本書は藩主近辺の動静から百姓町人の動向まで、あらゆる事柄を記録したものである。年代は万治元年から天保三年に至る約百七十年間のものをほぼ年代順に収めている。編纂された年代ははっきりしないがかなり長期にわたり継続的に編修されたものと思われる。

後記

本稿において紹介した毛利家文庫の〔一〕～〔四〕までの書簡と『諸事小々控』の探索及び翻刻にあたっては山口市の石川卓美先生のお力にお縋りいたしました。さらに書簡の内容、長州藩関係のことに関しても多大のご教授ご指導をいただきました。記して深謝申し上げます。

また山口県文書館・山口大学附属図書館・明治大学附属図書館の方々には私の勝手な調査でご迷惑をおかけしたにもかかわらず、ご親切に協力下さり、有難く、心から御礼申し上げます。

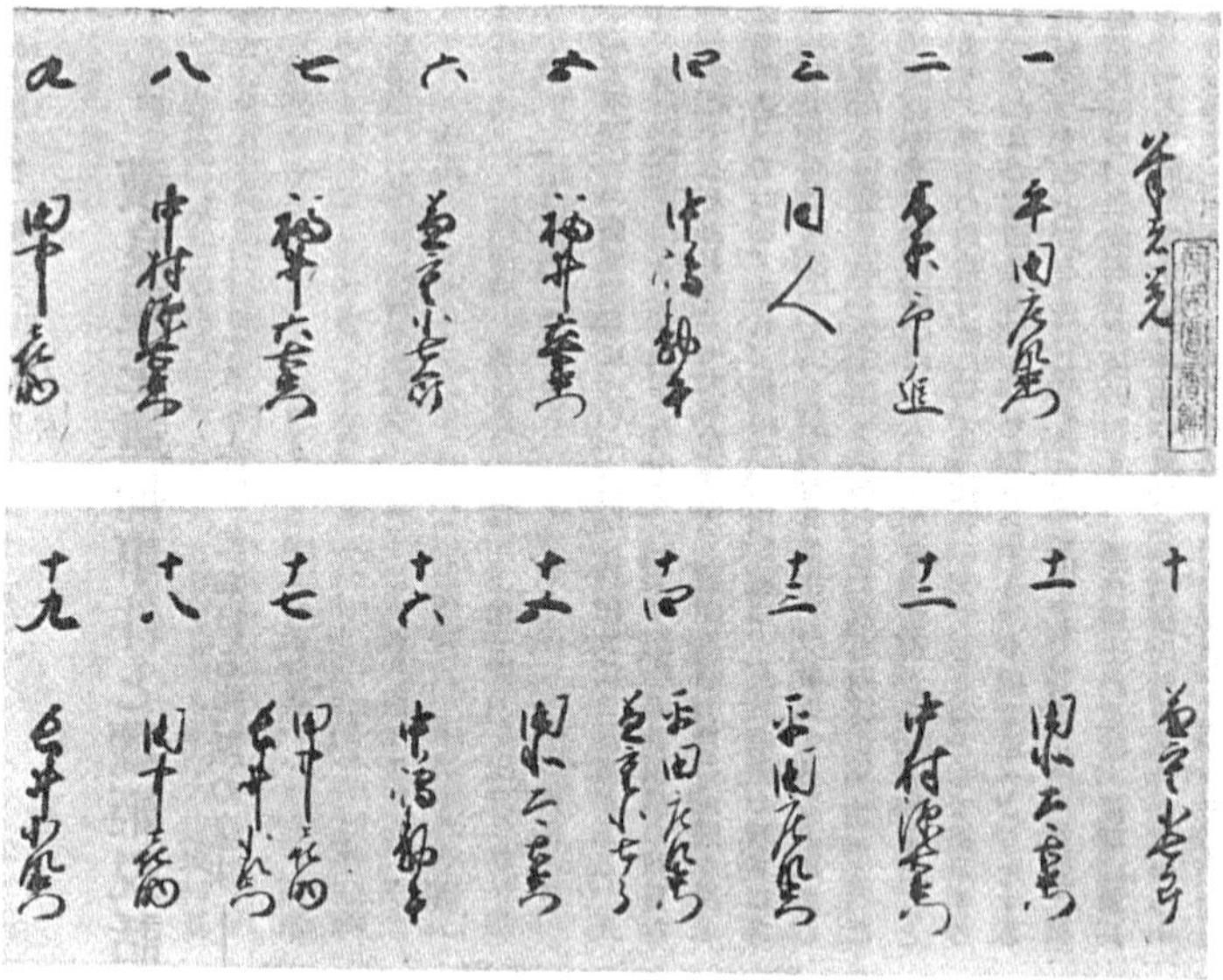

(筆者覚)

編者付記

本論文は、故村上光徳氏が雑誌「軍記と語り物」十三号（一九七六年十二月刊）に寄稿されたものである。長門本平家物語伝本の素性や近世の流布について考える際の最も基本的な論考であるが、この度塩村耕氏所蔵にかかる松平定信の書簡が、論中で言及されている書簡である可能性が高いことが判明した。急遽塩村氏に当該書簡の紹介をお願いし、村上氏の論文を読んで貰ったところ、自分でも追跡調査をしたいということで、山口県文書館と赤間神宮に足を運び、調査報告をも併せて寄稿して頂いた（本書188頁）。村上論文の掲載誌も今では入手しにくくなっていることを考え、御遺族にお許しを頂いて、本書に再掲させて頂くことにしたのである。両論文を併せて読むことで、長門本が何故多くの伝本を残すことになったか、近世における平家物語の流布と武家社会での位置づけなどが具体的に判ってくると思う。

再掲に当たって、明らかな誤植は訂したが、なるべくもとの形のまま、現在の論文形式とは異なる場合（記号の用法など）も直さないことにした。歳月の経過もあり、現在の読者が疑問を抱きそうな点には、編者注＊1、＊2…を施した。文書の訓みについては、塩村氏の訓みと食い違う箇所もあるので、該当箇所の右側に傍線を引いて、編者注を付した。

なお村上氏には長門本に関連して左記のような論考もある。参照されたい。

1　「長門本平家物語の伝本に関する基礎的研究」（『駒沢短大国文』六号　一九七五・一二）。本誌は駒澤大学学術機関のリポジトリで見ることができる。

2　「国立国会図書館所蔵『長門本平家物語』（貴重書）について―長州藩宝蔵本か―」（『長門本平家物語の総合研究　第三巻論究篇』勉誠出版　二〇〇〇）

3　「五十二号書簡をめぐって―長門本平家物語研究の問題点を探る―」（『海王宮―壇之浦と平家物語』三弥井書店　二〇〇五）

編者注

＊1　本書刊行の時点で七十九点の伝本の書誌が調査されている（本書97頁以下参照）。

＊2　赤間神宮編『重要文化財赤間神宮文書』（吉川弘文館　一九九〇）所収。

＊3　「御座候間」は「候之間」か（以下、赤間神宮五十二号文書については、＊2所収の今江弘道氏の翻刻による翻字を参照して、別解を注記した）。

＊4　「候」は「之」か。

＊5　本書の伝本一覧では6内閣寛保二年本に当たる。

＊6　中島正国氏（一八九六―一九五四）は島根県出身、寒川神社、鶴岡八幡宮、諏訪大社、美保神社、赤間神宮の宮司などを務めたが、赤間神宮では戦災で社務記録を失ったため、正確な在任期間は不明とのことである。

＊7　「之」は「被」か。塩村耕氏論文（本書194頁一行目）参照。

＊8　「敷」は「舗」か。塩村耕氏論文（194頁八行目）参照。

＊9　「又」は「大」か。塩村耕氏論文（194頁十一行目）参照。

＊10　「ハ、」とあるべきか。塩村耕氏論文（194頁十三行目）参照。

＊11　「二」の次に「而」脱か。塩村耕氏論文（194頁十五行目）参照。

＊12　「可成」は「可被成」とあるべき。塩村耕氏論文（本書195頁十一行目）参照。

＊13　「御面」は「御面書」とあるべき。塩村耕氏論文（本書196頁五行目）参照。

＊14　「にして」は原文「ニして」（小字右ヨセ）。「して」は異体字。なお前行の「して」も異体字）。同じく塩村論文による。

＊15　花押の上に「正長」脱。塩村耕氏論文（本書198頁四行目）参照。

＊16　小野文庫旧蔵本。八坂系・一方系本文の取り合わせ。影印『平家物語』（福武書店　一九七三）。

＊17　実際には「陀」は脱字になっている。

＊18　「調」は「ととのへ」と訓み、作業にとりかかった、つまり書写し始めた意。

＊19　空打。紙を重ねて叩き、墨が乗りやすくすること。表紙ではなく本文の料紙であろう。塩村耕氏論文（本書195頁）参照。

＊20　「候事」は「候之事」とあるべき。塩村耕氏論文（本書199頁）参照。

＊21　原文は「者」。「は」と訓む。

＊22　「分」は「合」か。塩村耕氏論文（本書201頁一行目）参照。

＊23　「候」は「候由」とあるべき。塩村耕氏論文（201頁二行目）参照。

＊24　明和二（一七六五）年は、寛政六（一七九四）年の二十八年前。

＊25　国会図書館には長門本平家物語が二点あるので、本書の寄稿論文では呼称を「国会貴重書本」で統一した。

＊26　この山口大学本の僚本（巻一・二）は現在鶴見大学図書館に所蔵されている（本書112頁以下及び平藤幸氏論文120頁以下参照）。

（松尾葦江）

松平定信と長門本『平家物語』

附、赤間神宮、山口県文書館、石水博物館蔵諸本の略書誌

塩村　耕

長門本はもとより『平家物語』の門外漢である自分のような者が、小稿を寄せるに至ったことは余りにも唐突なので、最初にその経緯についてことわっておきたい。二〇二三年三月、大学院の先輩で、嘗て勤めていた椙山女学園大学で同僚でもあった松尾葦江さんより、長門本の書誌に関わる簡単な下問を賜った。その答えを返す際に、「そういえば、こんなものがある」と長門本に言及する松平定信の書簡を所持している旨を告げた。するとそれに松尾さんが俄然興味を示され、そこからとんとん拍子で話が進み、というか話に乗せられ、折から名古屋大学を定年退職したばかりで閑な体になっていたこともあり、山口県文書館に蔵される関係文書と、下関の赤間神宮に蔵される『平家物語』諸本の書誌についての再調査を行うこととなった。併せて赤間神宮蔵の一本に関連して、津の石水博物館にも長門本が存在することがわかり、それについても調査を行った。小稿はそのささやかな報告に過ぎない。

一　松平定信書簡

まず家蔵の松平定信書簡について全文を写真とともに紹介する（＊を付して略注を施した。以下同前）。

署名も宛名もないが、特徴ある筆蹟は、『類聚名家書簡』や都立中央図書館刀水文庫蔵の書簡を参照するまでもなく、松平定信の自筆と見てよいと思われる。宛名は不明ながら、内容と定信との関係より見て、幕臣で和学者の屋代弘賢（天保十二〈一八四一〉年閏正月没八十四歳）あたりを想定することが可能であろう。冒頭部分、通常の書簡の文体と異なり、欠落があるようにも見えるが、或いは密なやりとりの中では、このような文面もあり得たかもしれない。冒頭の『年中行事絵巻』の話以下、古器古物に対する関心に終始した内容となっており、定信の人となりの本質を物語っている。

「下ノ関あミだ寺」以下が長門本に触れる問題の一条である。下関にあった真言宗、聖衆山阿弥陀寺は安徳天皇廟を祀る寺で、明治以降廃され、赤間宮、のち赤間神宮と改められて現在に至る。そこに所蔵される『平家物語』とは、旧国宝、現重要文化財の古写本長門本二十冊を指すに相違ないが、それを「平家之日記ニて、今いふ平家物がたりと申類ニハ無之と申説有之候」と言っており、この時点で定信は長門本の内容について全く承知していなかった。そして、「うつし之義、頼ミ可遣つもりニ御座候」とあり、次節で確認する通り、長州藩を通してこの書写の依頼は実行されるのであり、それは寛政五（一七九三）年のことであった。つまり右の書簡は定信三十六歳の寛政五年ないし、それをさほど遡らぬ頃

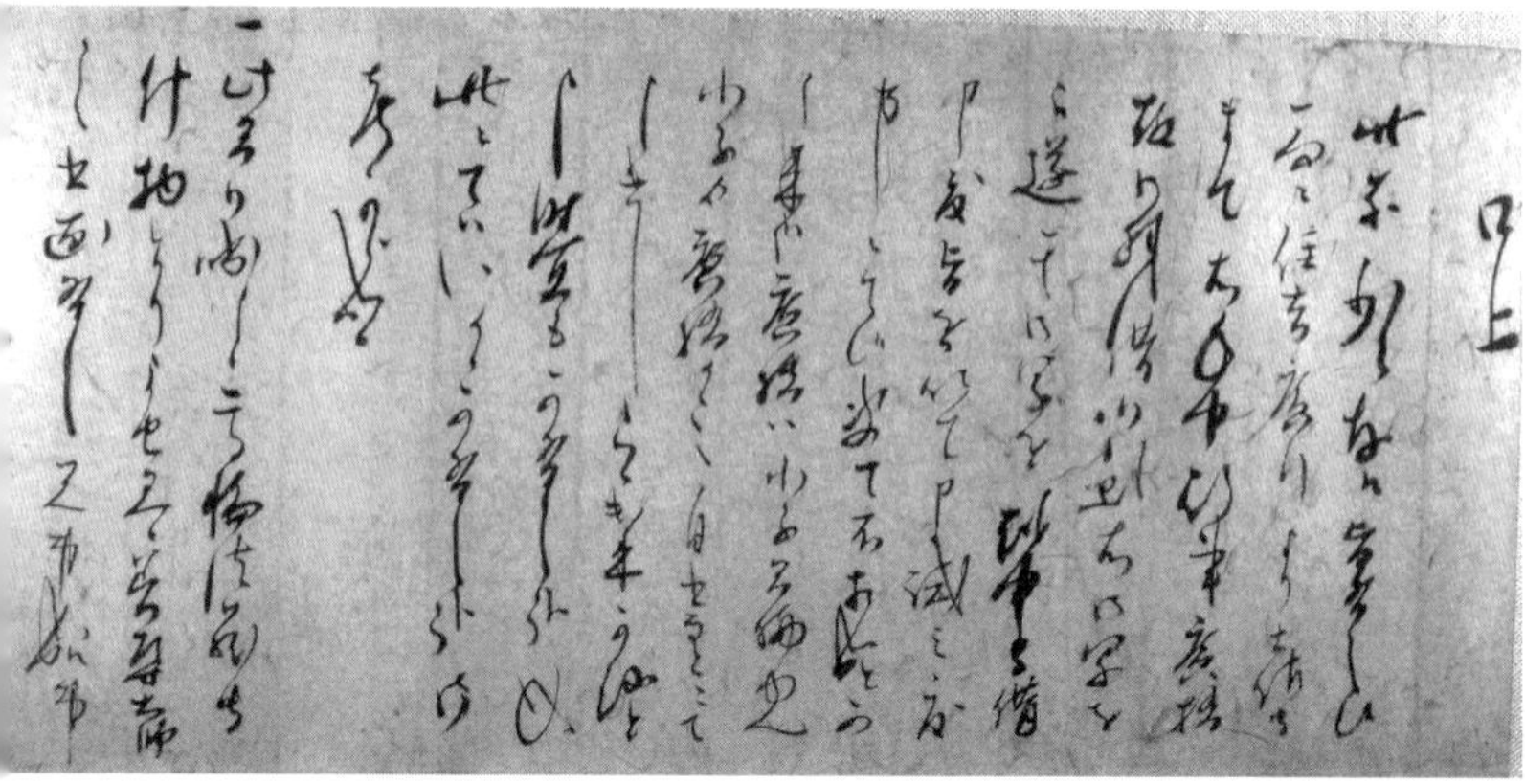

口上

此義少々存候旨有之候。
一向ニ住吉*広行*より土佐守*
まで、右年中行事*、広橋*
殿御拝借御願、右御写を
被遂、其御写を越中守*借
申度旨を以て申試ミ度
事ニて候。決て不相成と可
申来哉。広橋ハ小子*間柄ゆへ、
小子より広橋かたへ自書などニて
申遣し候ハヾ、出来可致と
申時宜も可有之哉。如
此ニてハ、いかゞ可有之哉、御
考可被成候。
一、此間御咄申候、高輪法蔵寺*
什物、とりよせ見候。善導大師
之書画有之、見事成ル事
ニて、よくハ伝ハり候と不審ニ存候

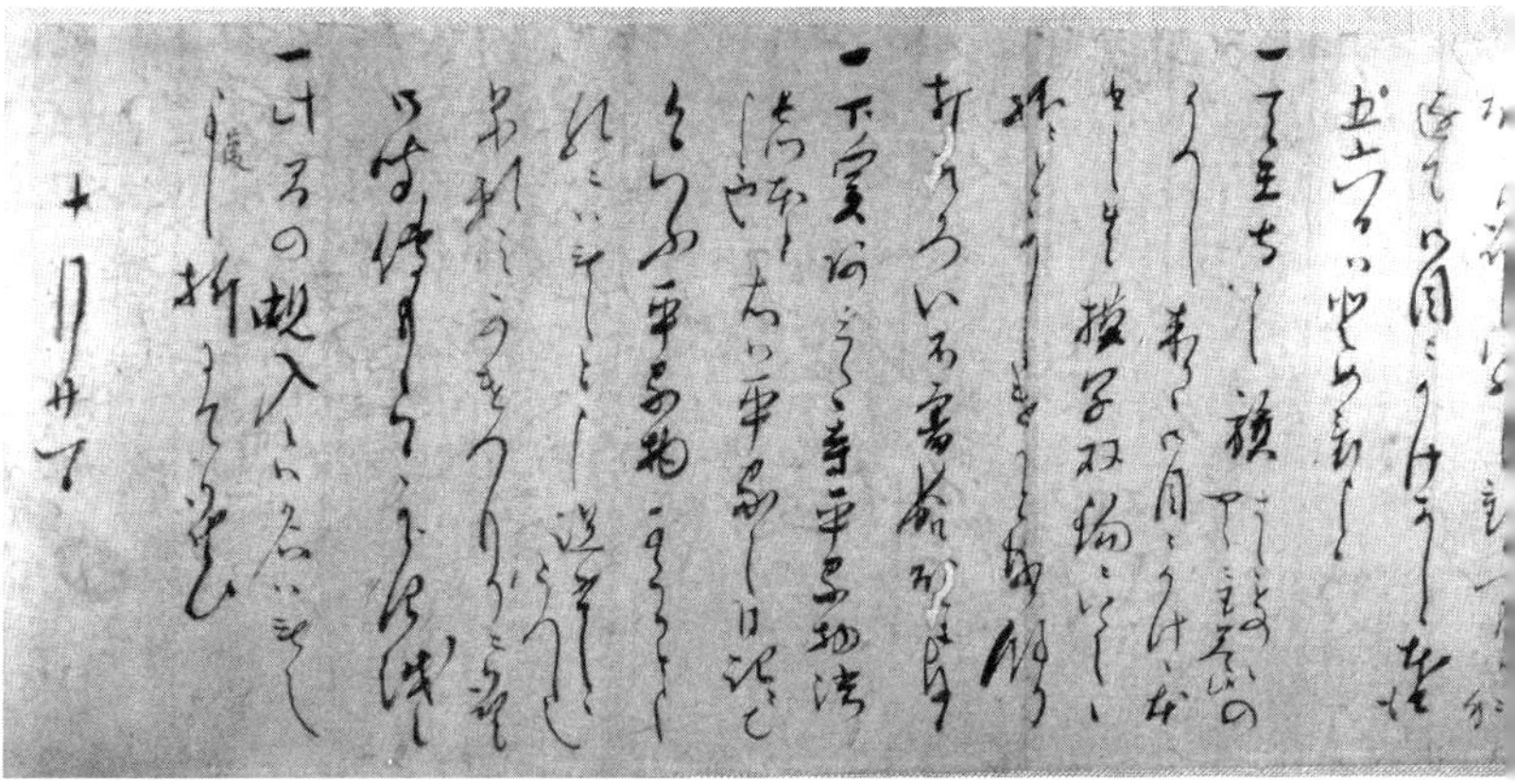

ほどニ御座候。写し置候つもりニ付、
逐て御目ニかけ可申候。本書も
五六日ハとめ置申候。
一、＊天王寺之旗〈さしもの、やうニも見え候〉の
うつし、来り候。御目ニかけ候。本
書之まゝ、摸写双鉤ニいたし候
様ニと可申遣かと存候。餘り
打そろい、不審成ルほどニ存候。
一、下ノ関あミだ寺、平家物語
〈長門本と申候也〉、右ハ平家之日記ニて、
今いふ平家物がたりと申
類ニハ無之と申説有之候。うつし之
義、頼ミ可遣つもりニ御座候。
御聞伝も候ハヾ、可被仰越候。
一、此間の蜆入候ハ、名ハ無之、
＊よし《葭》折にて御座候。
十月廿一日

*土佐守　土佐光貞。土佐家別家初代で宮中絵所預。文化三年二月没六十九歳。*年中行事　『年中行事絵巻』。平安末期に後白河法皇の命で制作され、原本は散佚したが、数々の模本で伝えられる。*広橋殿　公家の広橋家。寛政期の当主は広橋伊光。文政六（一八二三）年四月没七十九歳。*越中守　定信の自称。*間柄　親しい関係。*法蔵寺　下高輪、浄土宗珠王山清行院法蔵寺。現在は廃寺。『寺社書上』によれば、善導大師真筆という一字円相の弥陀名号等を蔵した。定信編『集古十種　印章』に「武蔵国高輪法蔵寺蔵六字名号所印」として「善導大師印」印影を収める。*天王寺之旗　『集古十種　旌旗』に「摂津国天王寺蔵」として貞固親王旗図等の旗図九種を収める。*よし折　未詳。蜆を入れた容器らしい。民俗や民具に対する定信の興味による発言と思われる。*住吉広行　幕府絵所住吉家第五代。通称内記。文化八（一八一一）年八月没五十七歳。

のものとなろう。もしも、その中で最も可能性の高い寛政五年十月とするならば、同年七月の定信の老中失脚直後の書簡となり、その内容に相応することであるように思われる。

二　松平定信による長門本書写依頼の一件

以下は、村上光徳氏による新見に満ちた労作論文「『長門本平家物語』流布の一形態――山口県文書館所蔵毛利家文書の場合――」（『軍記と語り物』第十三号、一九七六年十二月）の再確認に過ぎず、そこに付け加えるものとては、誤植の訂正と纔かな補訂しかないことを予めことわっておきたい。

まず村上論文に導かれて、山口県文書館に所蔵される関係文書を実見調査したので、順に掲げておく。

①「十一月十日堅田縫殿書状并十二月廿日佐世仁蔵返書」（平家物語阿弥陀寺本の事）

▼整理番号、近世後期523。表裏の両面書（往復書簡）。

▼表面《おもてめん》用の端裏書

平家物語阿弥陀寺本写懸*之事

*寛政三年ヨリ六年迄ノ間

*懸　この一字は難読。*寛政…　この一行は後筆。

▼表面

尚々、本文之趣、

御急之御様子ニ御座候間、

一筆令啓達候。下関

其趣を以、取計被仰付

阿弥陀寺本平家

候様ニと存候。以上

物語十二冊、

此御方ニ有之段、松平

越中守様兼々被*逮
聞召、御懇望ニ付、何卒
写被仰付被下候様、
此内被仰越候付、及
御聞候処、御間柄、其上
兼而万端御世話
御頼被成候御事ニ付、
御理も相成間鋪候間、
写被仰付、可被進との
御事ニ候。右之本、御
宝蔵大御納戸間ニ
可有之様ニ相聞候。若
両御蔵ニ無之候ハヾ、
国司市正方ニも有之由ニ
而候間、借上ゲ被仰付候
而成共、写可被仰付候。
尤美濃紙*から打にして

書写可被仰付候。
御先代*之内、松平*
弾正大弼様より御所望之
書物、三田尻中船頭、
吉武多熊江写被仰付
候処、宜敷致出来候間、
此度も多熊儀、萩御
呼出、写被仰付候様ニ与
存候。尤出来之上、随分
校合等念を入候様、
旁可被成御沙汰候。恐惶
謹言

堅縫殿

十一月十日　就正（墨印）

佐仁蔵様

*被逮聞召　「聞こし召しに逮《およ》ばれ」。*から打　紙を平滑にして墨を乗りやすくするために、経師が行った下作業。天井から竹の棒で吊り下げた大きな槌（下げ槌）で、重ねた紙を打つ。*御先代　寛政五（一七九三）

年当時の長州藩主は第九代毛利維房（斉房）。先代はその父で第七代毛利治親。在任は天明二（一七八二）年より寛政三年まで。＊松平弾正大弼　寛政初年頃のこととすると、松平弾正大弼は当時の尾張藩主尾張大納言宗睦の舎弟で後の美濃高須藩主、松平勝当となる。

▼裏面《うらめん》

御面書之趣、御端書*

旁委曲令承知候。

平家物語之写、御

宝蔵ニ有之候付、多熊儀、

爰元呼出、此内より

調掛り候。*出来次第、

差登可申候。以上

十二月廿日　佐仁蔵（墨印）

堅縫殿様

＊御端書　端書は、表面の書面の尚々書のこと。＊調掛り候「調《ととの》へ掛かり候」。書写作業を始めたと言っている。

表面は、江戸詰の長州藩家臣堅田縫殿より国許の家臣佐世仁蔵に、藩の宝蔵に所蔵する、阿弥陀寺蔵本を転写した長門本の書写を指令した内容で、裏面はそれに対する返書である。村上氏による考証の通り、寛政五（一七九九三）年の十一月と十二月に記された。同年七月に老中を免ぜられたとはいえ、なお溜間詰にあって幕政に関与した定信に対する敬意の表れた、懇切を極めた指示となっている。

②十一月十八日柿並多一郎・中川喜右衛門連署状并十二月廿一日井上惣兵衛・田中庄左衛門連署返書

▼整理番号、近世後期524。表裏の両面書（往復書簡）。

▼表面

一筆致啓達候。松平
越中守様より平家物語
阿弥陀寺本書写
被仰付、被進候様御所望
有之候ニ付、仁蔵殿江
委細、縫殿殿より被申
越候。右書写之美濃紙、
其元ニハ宜紙無之ニ付、
爰元ニて御買上被仰付、
二束箱入ニ〆差下申候間、
書写之人柄江御渡
可被成候。尤から打ニ〆

書調被仰付候様ニ与
存候。恐惶謹言
柿並多一郎
十一月十八日　正長（花押）
中川嘉右衛門
（花押）
田中正左衛門様
井上惣兵衛様

▼裏面

御面書之趣、委細
致承知、美濃紙相達
候付、書写之人柄江相渡
申候。然処、全部二十冊、
惣紙数弐千百三拾枚余
有之、今三束程不足
之由御座候間、急便を以
御買下シ相成候様ニと存候。

以上

十二月廿一日　井上惣兵衛（花押）

田中庄左衛門（花押）

中川嘉右衛門様

柿並多一郎様

▼裏面用の包紙の上書

中川嘉右衛門様　田中庄左衛門

柿並多一郎様　井上惣兵衛

平家物語書写美濃帋相達候事

これも両面書で、表面は①の表面の後を追うように出されたもので、江戸詰藩士の柿並と中川の連名で、国許に宛てて書写用の美濃紙二束を送る旨を記し、裏面は国許の田中と井上の連名で、それに対する請取と、なお紙が不足するので三束を追加で急ぎ送って貰いたいと指示している。ここからも定信に進呈するために、急いで写本が作成された様子が伝わってくる。

③『**諸事小々控**』（巻二百八十六）**所収**

▼整理番号、毛利家文庫　小々扣17。

下関阿弥陀寺本平家物語、松平越中守様御所望ニ付、写被差越候之事

一、寛政五丑十一月十日之書状を以、江戸堅田縫殿当役より、御国佐世仁蔵当職役江申遣候者、下関阿弥陀寺本平家物語十二冊、此御方ニ有之段、松平越中守様兼々被及聞召、御懇望ニ付、何とぞ写被仰付被下候様ニ、此内被仰越候付、及
御聞候処、御間柄、其上兼而万端御世話被成御頼候御事ニ付、御断も相成間敷候間、写被仰付、可被進との御事ニ候。右之本、御宝蔵大御納戸間可有之候之様相聞候。若両御蔵ニ無之候ハヾ、国司市正方ニも有之由候間、借上被仰付候而成共、写可被仰付候。尤美濃紙から打にメ書写可被仰付候。御先代之内、松平弾正大弼様より御所望之書物、三田尻中船頭、吉武多熊江写被仰付候処、宜致出来候之間、此度も多熊儀、萩御呼出、写被仰付候様ニと存候。尤出来之上、随分校合等念を入候様、旁御沙汰可被成候。端書ニ本文之趣、御急之御様子ニ御座候間、其趣を以、取計被仰付候様ニと存候段申遣候事。

一、右之通申遣候処、十二月廿日之返を以、委曲令承知候。平家物語之写、御宝蔵ニ有之候付、多熊儀、爰元呼出、此内より調掛り候。出来次第ニ差登可申候由、申来候事。

一、寛政六寅七月五日之書状を以、御国佐世仁蔵より江戸堅田縫殿江申来候者、赤間関阿弥陀寺本平家物語之写、
此御方有之候段、松平越中守様兼々被及聞召、御懇望ニ付、写被仰付被下候様ニ被仰越候付、被及
御聞候処、写被仰付可被為進与之御事之由ニ而、旧臘委細被仰下、致承知候。三田尻中船頭吉武多熊儀、早速萩呼出、於御蔵元、写調申付候処、此内出来、読合迄相済候付、全部二十冊箱入ニメ、

此度差登申候。表紙之儀者於其元、御好も可有之事ニ付、書調之侭差登候間、猶又御見合、綴調等之儀、御沙汰可被成候由、端書ニ、*題紙之儀は於爰元調申候ニ付、差登申候由申来候事。

一、右之通申来候付、九月廿日之返を以、致承知、平家物語無別条相違、於爰元綴調申付、箱入ニ〆、此内公儀人*を以被進、御挨拶をも被仰越候。多態儀出精、見事ニ出来、可然儀ニ存候之段申遣候事。

＊端書ニ…　以下の件は尚々書に記されていたということ。＊題紙　題簽のこと。＊公儀人　毛利家中では留主居役を指す。

国許と江戸藩邸との文書のやりとりなどを、後に整理して収録した記録書である。こちらは冊子体の記録で、翻字に際し行移りは無視した。箇条書全四条のうち、前半の二箇条は①の往復書簡に相当し、その内容が繰り返される。後半の二箇条は原書簡が見つかっていないようで、この記録により新たな事実が知られる。即ち翌寛政六（一七九四）年七月に至り、三田尻の中船頭、吉武多態による書写作業が終了し、写本は江戸に送られ、箱入りにして九月までに松平越中守の許に無事届けられた。その際に、題簽は国許で用意したものの、製本は江戸で調えられたという。国許では表紙の用紙を調達することが難しかったためであろう。

さて、当該の本はその後どうなったか。定信の松平家は、定信隠居後、在世中の文政六（一八二三）年に、定信嗣子の定永が陸奥白河より伊勢桑名に転封となる。当該本は藩校の立教館に下賜されたことまではわかっている。桑名市博物館の杉本竜館長の御教示によれば、立教館の旧蔵書は現在、桑名市博物館の外、桑名市立中央図書館、鎮国守国神社、天理図書館に比較的多く蔵されているという。しかしながら、その何れにも所蔵はなく、今のところ所在は不明である。

なお、右に引いた資料群の中で、長門本の冊数について、十二冊とする混乱が見られたが、最終的に写本を送付した際の文書にある通り、正しくは二十冊である。それは勿論、赤間神宮に現存する阿弥陀寺本古写本が二十冊であることから動かないが、山口県文書館にある『長州赤間関／阿弥陀寺什物帳』という写本の中にも、

一、平家物語　二十冊　但書本
　　但水色ふくさ二ツ箱入上笈在之

とあり、江戸期の保存状況がわかる。この什物帳写本は、表紙の右に「聖衆山三十四増盈」（聖衆山は阿弥陀寺の山号）、奥書に「右当寺什物前書之通御座候以上／元文四己未歳正月日　阿弥陀寺（墨印）／井上武兵衛殿」とあり、元文四（一七三九）年に阿弥陀寺で作成された記録である。

三　赤間神宮等所蔵、『平家物語』諸本の略書誌

下関、赤間神宮所蔵の『平家物語』諸本のうちに、伝楽翁（松平定信）旧蔵と伝える本がある。万が一、前節で記した写本がそれである可能性を期待して実見したが、やはりそうではなかった。著名な旧国宝本、現重要文化財本の古写本以外の諸本について、早卒の間ながら簡単な書誌調査を行うことができた

ので、そのメモを以下に開陳しておきたい。

①漆山文庫及び岡田真旧蔵本（長門本）二十冊

▼写本。大本。二十七・五×十九・八糎。原装丁子色表紙、渋横刷毛目、布目（型押）。第一冊のみ表紙中央に後補書題簽「平家物語長門本／全廿冊」。表紙左下に墨書一～二十。料紙は薄様の上料紙。

▼旧蔵印、朱方印「漆山文庫」（三・六×三・五糎、天童漆山又四郎）、朱長方印「岡田真」（三・七×一・〇糎、昭和の名高い蔵書家）。

▼近世後期写。能筆上写本。半丁十行。書き入れなし。

▼巻六の末尾は「…時に取てはあさましき事共也」。

▼巻十の中に空白箇所あり。「よらさりけるによてなりたとへは文覚／（二行分空白）／住したるこれこそ一家の…」。

▼巻十八中に墨書紙片を挿入。全文「この写本は巻十八「剱」の条に五、六行「白旗となつて……」前後が書写間違いで洩れている。／（宮崎大学白石一美君の指示による）44年8月」。

②津田縫殿及び森川勘一郎旧蔵本（長門本）二十冊

▼写本。特大本。三十・三×二十一・一糎。原装白表紙、黄色横刷毛目。

▼旧蔵印、朱長方印「津田縫殿蔵書之印」（三・八×二・四糎、尾張藩の重臣津田縫殿家。寛政年間より天保年間

にかけての当主は津田信任）、朱長方印「森川家図書記」（二・六×一・六糎、昭和時代、名古屋の茶人森川勘一郎）。

▼近世後期写。書写数筆あり。半丁九行。朱書句点、異本注記あり。

▼巻六の末尾は「…ときにとりてあさましかりし事どもなり」。

▼巻一、二の巻頭に同文の識語「長門国安徳天皇像ニ奉納／信濃前司行長以自筆本／書写畢」。

▼平成十五年十一月、八木書店古書部の領収書を添付。

③三田葆光書写本（長門本）二十冊

▼写本。特大本。三十三・三×二十三・二糎。原装丹表紙。料紙雁皮紙、全丁間紙入り。

▼明治新写本。能筆上写本（透写本）。半丁八行、巻二のみ九行。所々に校合書き入れあり。

▼巻六の末尾は「…ときにとりてあさましかりし事ともなり」。

▼巻一、二の巻頭に同文の識語「長門国安徳天皇像ニ奉納／信濃前司行長以自筆／本書写畢」。

▼奥書等。

・（巻二十末）「右長門本平家物語二十巻以黒川真頼大人所蔵古写本摹写訖／明治三十四年辛丑九月／三田葆光時年七十七（花押）」。

・（右の奥、濁点句読点を補う）「三田のをぢは、ものまなびにまめやかなるをぢなり。をぢは、ものまなびにまめやかなるのみならず、ものかくことにも、またまめやかなり。ものかくことにまめやかなるのみならず、ものかくに筆とりて、うむことなし。さるは、ひと日おのれ真頼がもとにとひ来て、つくゑのうへにつみおける平家物語の長門本といふをとり見て、こゝろにかまくることやありけむ、いへらく、こはうち見るに、およそ二百年あまりもむかしの写本と見ゆるのみならず、長門国安徳天皇像に奉納、信濃前司行長自筆本書をもて写し畢るとあるは、いとめづらしければ、願はくは文字の躰をはじめ、すこしもたがへず、すきうつしにせまほしとて、いとまのひまごとに筆とられしが、つひに成ぬるぞ、このふみなる。をぢがものまなびに、ものかくことに、かくもまめやかなるを、世人もしりねかしと、このふみのなりぬる、すなはち筆とりて黒川真頼がそのかたはしにかきつく。時は明治三十四年五月こゝぬかのひなり」。

▼巻十五の巻頭に朱書識語「原本此冊表記ナシ」（内題が無いことを指す）。

▼主な書き入れの一部。

・（巻一、「門居親王」に朱書頭書）「門居ハかどゐトヨミテ葛井ヲイヘルナルベシ桓武天皇ノ御子葛井親王ノ御母ハ田村丸ノ女也本文嵯峩天王第二ノ皇子云云トアルハ誤ナルヘシ」。

・（巻一、「仰あはせられけるに」に朱書頭書）「仰あはせられけるにの下脱文あるへし但しイ本も同し」。

・（巻一、「中宮の亮なと迄ハ」に朱書頭書）「なと迄ハの下落字あるへし但しイ本も同し」。

・（巻十五、「武蔵権守平将門」に朱書頭書）「異本書入に云昔武蔵権守已下不審脱簡あらんか」。

・（巻十五、「千人を兵士を…」に朱書頭書）「此処原文脱文あるへしイ本も同し」。

・（巻十五、「比布」に朱書頭書）「比布イ本注に一二《ヒフ》といふシナ玉ノ事也とあり」。

・（巻十七、「時雨にそむる」に朱書頭書）「時雨にそむる云云今様なり」。

▼古い桐箱入り。蓋の裏に貼紙あり、各巻の紙数を注記する（原本と未照合）。但し巻一なし。注記の末に「平家物語枚数合計千六百五十六枚巻数十九」。或いは別本の箱を流用したか。

▼別冊附録一冊（半紙本）を添付。

・冒頭部分の附記（濁点句読点を補う）。

長門本平家物語附録

松浦伯蔵本長門本平家［物］語巻首に云、

慶応二年丙寅の初冬、津の旅館にて岡氏の蔵本に異本もて一校畢。佐々木弘綱と朱を以てしるす。

又巻頭に云、

平家物語之事

平家物語全部二十巻は信濃前司行長の作なり。行長是を著し自筆の書を以て長門国安徳天皇の御廟に奉納す。其後希に此書を得る人有といへども、皆深き秘書なりき。中古より板本の平家物語といふもの十二巻あり。是は為家といへる人、行長の正本によりて琵琶法師唱歌のために作れる也。うたひ物になすためのゆゑにや、ことたらざるのみにして故実も少く、しかもあやまり多し。故に倭学故実の家に引用る平家物語といへる物は、皆この行長の正本にて板本の書にはあらず。後になり、板本正本紛らはしきを以て長門本の平家と云。その本長門国より出るを以てなり。倭学故実の家より賞美していへる也。板本の平家物語は中々用るにたらず。然れども此書、世に希にしてしる人なし。悲哉。

（以下各巻の目録あり、省略）

・巻末の附記。

佐々木弘綱奥書

平家物語長門本は世にまれなるものとて、川北氏のひめもたれけるを、岡安賢ぬしのこひかりて、一噌素友ぬしに写させられたり。さるを元本によみときがたき所、こゝかしこに二三字五六字、行をあまして書さしおかれたり。其所々をおのれに補ひかきいれてよとこはるゝに、是はたはやすきわざならぬうへに、学のわざゝへさしつどひて、ひと日もいとまなき身ながら、安賢ぬしはとしごろ実のはらからにもまさりて、何くれとへだてなうなづさひめぐまるゝが、いと〳〵うれしくて、此むくいに何をかとおもひわたれば、せめてはとて見もてゆくに、よきうつしの本に見くらべずして、わたくしに考へ補ふべくもあらねば、いかにせましとおもひわづらひて、そこらもとめけるに、からうじて昨年の秋、山田正住氏よりいでつる本を書あきびとよりえたり。かの本は二本もて校合し、かきいれもあまたあれば、いとかひあるこゝちして、やがて朱筆とりて長月の末よりいとまのひま〳〵にしるしそめ、本文のかたへにさながらかつ書いれかつ削り、かなづかひのたがへるをも正し、かきさしおかれたるところ〴〵もこと〴〵く考へ補ひたり。されど猶よみとりがたきところあまたあるをば、そのまゝにしるしておのがさかしらをまじへざれば、よき古本を得たらん人、改めたゞしてよ。かたへにしるしつるも残らず朱のかたをよろしとは見るべからず。よむ人、取捨は心にまかすべくこそ。慶応三とせといふとしの八月六日のゆふまぐれ、かれこれひとゝせして校合しをへつる事のいとうれしくて、友人佐々木弘綱識。

○又其奥表紙の裏に

右以川北氏之本謄写之筆者一嚐素友老于時弘化第二星次乙巳春岡安賢蔵

○黒川本の古写本大サ竪九寸四分横六寸弐分余世に灰汁打《アクウチ》トいへる紙にて表紙は茶褐色の紋唐紙といへる物の類にて菊唐草の摺出し模様あり。凡三百年餘の古写本なり。

＊岡安賢は伊勢津の素封家で文化人。通称嘉平治。津魚町の魚問屋で藩の銀札用達を勤め、津町年寄に任ぜられる。嘉永年間、家政を次弟の岡安定に譲り、中之番町に隠棲し、通称を伝左衛門と改め、社会事業に尽力する。塩村はたまたま、この人に宛てた佐々木弘綱、足代弘訓、西来寺真阿、平松楽斎、川村竹坡、中島棕隠等の諸家の書簡集を所持しており、文化活動の多彩さが知られる。明治三年十一月没六十歳。墓所は津の真宗高田派、彰見寺の一族墓域内にある。

＊幕末明治の国学者歌人、三田葆光《さんだかねみつ》が明治三十四年に、師である黒川真頼所蔵の古写本を写した本。別冊附録に言及する松浦伯蔵本とは、弘化二（一八四五）年に岡安賢が川喜田遠里（久太夫）蔵本を書写させた本に、岡の友人で伊勢石薬師の国学者歌人、佐々木弘綱が校合を書き入れた本で、松浦伯爵家を経て宮内庁書陵部に現蔵されるという（未見）。なお、川喜田遠里蔵本については⑦参照。

④昭和五年箱書本（流布本）十二冊

▼写本。列帖装。半紙本。二十三・四×十六・八糎。原装縹色絹装表紙、唐花唐草文。見返は金紙、布目（型押）。表紙の芯紙に反古あり。料紙鳥の子紙、両面書。蔵書印、奥書等なし。

▼近世前期写（寛文延宝頃写）。能筆上写本。半丁十行。

▼巻三の見返裏に書写紙数の覚書あり。「惣紙数八十四枚有／内四枚ハあまり／又十二枚ハそこもとニて書／残り六十八枚此方ニて書」。他の巻にも同様の覚書がある可能性あり。
▼新しい箱入り。蓋表に墨書「平家物語〈古写／流布本〉十二巻／赤間宮蔵」。蓋の底に「昭和五年十二月新調／宮司中島正国識／本書ニ関スル管見ハ国学院雑誌昭和六年一月号拙稿／長門本平家物語ノ原本ニ就テ／ノ一文中ニ之ヲ述フ識者ノ是正ヲ乞フ」。

⑤伝楽翁旧蔵本（流布本）十二冊

▼写本。列帖装。半紙本。二十三・六×十七・五糎。原装青緑色絹装表紙、瓢箪文。見返は金紙、桜花文・布目（型押）。料紙鳥の子紙、両面書。蔵書印、奥書等なし。
▼近世前期写（元禄頃写）。能筆上写本。半丁十行。
▼古い漆塗桐箱入り。地の側面に墨書貼紙あり、「楽翁公御手元品／平家物語〈拾／弐／冊／入〉」「（上部剥落）利三郎什物」。
＊箱の貼紙以外に松平定信旧蔵を示す徴証は無い。

併せて山口県文書館に蔵される長門本についても一見したので、書誌メモを左に示す。

⑥山口県文書館蔵本（長門本）十九冊（巻四欠）

▼配架番号、一般郷土史料貴重14

▼写本。大本。二十八・六×二十一・二糎。改装褐色表紙（紙背に反古あり）。厚手の上料紙。蔵書印、奥書等なし。少し虫損あり。

▼近世後期写。能筆上写本。半丁十行。所々に朱・墨による訂正書入あり。

▼巻六の末尾は「…なり前右大将の／〈此所是まてあり本のまゝ〉」。

▼巻十の本文五丁目裏最終行に「■現」（■は、左に日の下に原の如き字体、右に頁）とあり、■を見せ消ち、「影」を右傍記する。

▼巻十の末尾は「千ひろまてふかくもたのめいはし水／たゝせきあけんくものうへまて」までで、奥に遊紙十二丁あり。

▼巻四欠。巻三の後表紙と巻五の前表紙は、虫損の跡が一致しない。比較的近年まで巻四は存在したか。

▼巻十二は別筆か。巻十二のみ扉があり、或いは元の原表紙か。左上に同筆の書外題あり。

▼巻十八中に次の頭書あり（□は製本時の截断による欠字）。「是ヨリ先所々／□字有ハ本書／□字消失不分／□重而正本ヲ／以テ可書入」。以下、本文の所々に空白箇所あり。

更に③の別冊附録に言及する岡安賢令書写本の親本である石水博物館蔵本を見ることができたので、書誌メモを左に示す。

⑦石水博物館蔵本（長門本）十九冊（巻十三と十四が合冊）

▼整理番号59—09。

▼写本。大本。二十六・九×十九・二糎。原装薄縹色表紙。表紙左肩に打付書外題「平家物語　一（～二拾終）」一（川喜田遠里筆）。

▼旧蔵印、朱方印「孶々斎文庫記」（二・四×二・四糎、川喜田石水）。巻七～十には前記印に添えて朱方印「川喜田久太夫蔵書印」（二・五×二・六糎、川喜田半泥子か）。

▼近世後期写。上写本。半丁十行。

▼巻六の末尾は「…あさましかりし事共也。以下より追加前の右大将のかたさまの者共は大将殿の御方に成なんすとよろこひあひけり」。

▼書中の所々に紅色の不審紙を貼付。

▼第一冊巻頭に序文あり、全文（濁点句読点を補う）。

平家物語之事

平家物語全部二十巻は信濃前司行長之作なり。行長是を著し自筆の書を以て長門国安徳天皇の御廟に奉納す。其後希に此書を得る人有といへども、皆深き秘書なりき。中古より板本の平家物語と言物十二巻あり。是は為家といへる人、行長の正本によりて琵琶法師唱歌のために作れる也。うたひ物になすためのゆへにや、ことたらざるのみにして故実も少く、しかもあやまり多し。故に倭学故実の家に証拠として引用る平家ものがたりといへる物は、皆この行長の正本なり。板本の書にはあらず。後になり、板本正本と紛らはしきを以て正本を長門本の平家と云。其本長門国より出るをもつてなり。倭学故実の家より賞美していへる也。板本の平家物語は中々用るにたらず。然ども此書、世に希にしてしる人なし。悲哉。

▼主な書き入れの一部。

・（巻一「忠盛朝臣備前守より…」の上に。印で挿入）「。一本清盛栄花に至る前表の事」。
・（巻一「九は九条院の雑仕ときわか腹の女也」に頭書）「盛衰記に是を八女として九女と云はなし」。
・（巻三章題の「柱松因縁事」に頭書）「此以下盛衰記に不載」。
・（巻四「昔被籠厳崛…」に頭書）「一本作昔篭厳崛徒送三春愁歎今被放畦田畔空同胡敵一足縦身留朽胡国還仕漢君三十六字」（製本時の截断により欠字あり）。
・（巻十一末尾近く「焼亡すへしや」の後に〇の中に△の記号あり、巻末に細字の附記あり）「焼亡すへしや一本（〇の中に△の記号）口惜次第也とてかなしみあひ給ける衆徒のかうやとも大路を渡して獄門に掛らるへきにてありけるか東大興福の焼にけるあさましさに渡に及はすすやかしこの溝や堀にそ投入られにける穀倉院の南の堀をは奈良法師のかうへにてうつみてけりとそさたしける聖武天皇のかき置せ給ける東大寺の碑文云吾等興福せは天下も興福せん吾等衰微せは天下も衰微せんとなり今灰焼（燼）となりぬるうへは国土の滅亡うたかひなしとそかなしひあひける左少弁行隆先年八幡に参りて通夜せられたりける夜の示現に東大寺奉行の時は是をもつへしとて笏を給はると見て打驚て見るにまことにありけりふしきに覚えて此笏を取て下向したりけれとも当時何事にかは東大寺造営せらるゝ事あるへきと心中におもひ給て年月を送り玉ふ程に此焼失の後大仏殿造営替への沙汰ありける時弁官の内に此行隆ゑらまれて奉行すへきよし仰せ下さる其時行隆のたまひけるは不蒙勅勘して次第に進みのほらまほしかは今迄弁官にてはあらさま（らカ）まし云々と下文に続く数字脱漏を今追加す」。

・（巻十六「いて〳〵重忠…」に傍記）「イニ初のならてはよもわたさし」。

・（巻十六「さる程に児玉党…」の前に追記）「其弟千野七郎もかけ出て敵四騎打取て打死して失にけりイ」。

・（巻十七「平家物語巻十七末」の内題に傍記）「一本ナシ」。（その後の本文冒頭に）「△前よりつゝく」。

＊この本については、天保十二年閏正月十一日付、梅屋（十三代川喜田久太夫政安、別号遠里）宛、小津桂窓書簡の中に「長門平家、貴家之御本ハ中位と承り候。少子所蔵二通り御座候。一通りハ他へ遣候而もよろしく候。もし貴家様之よりよろしく候ハヾ、御譲申上候而もよろしく奉存候」とある（『石水博物館所蔵　小津桂窓書簡集』二〇二一年刊）。

［付記］資料の探索と閲覧に際し、山口県文書館及び石水博物館にはたいへんお世話になりました。石水博物館の桐田貴史学芸員には、同館蔵の長門本の所在、同本の外題の筆者、蔵書印の使用者、更に長門本に言及する小津桂窓書簡についても御教示を得ました。それから、赤間神宮の水野直房名誉宮司には、貴重書の閲覧に際して甚大な御高配を賜りました。心よりの感謝を申し上げます。

赤間神宮所蔵伝楽翁旧蔵本・箱の貼紙

編者付記

平成十七（二〇〇五）年に『海王宮―壇之浦と平家物語』（三弥井書店）を出した際、「赤間神宮収蔵古典籍解題」中に「6　瓢箪唐草表紙流布本平家物語」と題して伝楽翁旧蔵本の書誌情報を掲載したが、箱の貼紙の図示（三十一頁）が間違っている。本書209頁所載の塩村耕氏による翻刻が正しい。また〈寸法〉項（三〇頁）に「横一二・四糎」とあるが、同じく塩村氏の計測「一七・五糎」が正確である。監修者として、赤間神宮並びに読者に対し、慎んでお詫びを申し上げる。

なお同解題の「3　津田縫殿本（長門本）」の〈蔵書印〉項①（一五頁）に「森川家図書印」とあるが、「森川家図書記」が正しく、また通常、蔵書印は丁の下部に捺されたものの方が先である。本書所載の塩村耕氏による解題（203頁以下）を参照されたい。

（松尾葦江）

長門本『平家物語』伝本関係の一推論

大谷貞徳

一　はじめに

長門本『平家物語』は、近世を通じて書写され、現在のところ七十九もの伝本の存在が知られている。その中には、奥書や識語などから書写に至った経緯がわかるものもある。宮書弘化二年本はその一例である。(1)

平家物語長門本は世にまれなるものとて川北氏のひめ/もたれけるを岡安賢ぬしのこひかりて一噌素友ぬしに/写させられたりさるを元本によみときかたき所こゝか/しこに二三字五六字行をあまして書さしおかれたり其/所々をおのれに補ひかきいれてよとこはるゝに是は/たはやすきわさならぬうへに学のわさ、へさし/つとひてひと日もいとまなき身なから安賢ぬしは/としころ実のはらからにもまさりて何くれとへたて／なうなつさひめくまるゝかいと〳〵うれしくて此むくいに／何をかとおもひわたれハせめてはとて見もてゆくに」よきうつしの本に見くらへすしてわたくしに考へ補／ふへくもあらねハいかにせましと思ひわつらひてそこら／もとめけるにからうして昨年の秋山田正住氏／よりいてつる本を書あきひとよりえたりかの本ハ／二本もて校合しかきいれもあまたあれハいとかひ／あるこゝちしてやかて朱筆とりて長月の末より／いとまのひま〳〵にしるしそめ本文のかたへにさな／からかつ書いれかつ削りかなつかひのたかへるをも／正しかきさしおかれたるところ〳〵もこと〳〵く考へ／補ひたりされと猶よみとりかたきところあまた」あるをはそのまゝにしるしておのかさかしらをましへ／されはよき古本を得たらん人改めたゝしてよ／かたへにしるしつるも残らす朱のかたをよろしとハ／見るへからすよむ人取捨ハ心にまかすへくこそ／慶應三とせといふとしの八月六日のゆふまくれ／かれこれひとゝせにして校合しをへつる事の／いとうれしくて友人佐々木弘綱識／「竹柏／園」（朱方印）「弘／綱」（朱方印）

岡安賢は一噌素友に川北氏が所蔵していた本を写させたが、解釈できないところはそのまま空白になっているため、その箇所を佐々木弘綱に補ってもらいたいと依頼をした。弘綱は校合のためによい写しの別の長門本を探し求めていたところ、山田正住《しょうじゅう》の所持していた本を入手することができ、校合を行った。

宮書弘化二年本の識語には右に挙げたように、弘綱が校合を行うに至った経緯が書かれており、長門本の享受の一面がうかがえる。本稿は、宮書弘化二年本の識語を手がかりに、一部推測を交えながら長門本伝本が拡まった経緯の一端について明らかにすることを目的とする。

二　川喜田遠里と正住弘美

宮書弘化二年本の識語に書かれている川北氏とは川喜田遠里（一七九六〜一八五一）のことと考えられる。遠里は伊勢国津の豪商で、本居春庭（一七六三〜一八二八）の門人であった人物である。また、蔵書家として知られる伊勢松坂の小津桂窓（一八〇四〜一八五八）とも交流があったようで、長門本についてのやりとりをしていることがわかっている。(2)

川喜田氏が所蔵していた長門本は現在石水博物館に所蔵されており、それは岡安賢が借りて写させた親本のようである。(3)岡安賢（一八一一〜一八七〇）は、代々津の魚問屋だった家に生まれ、津町年寄になるなど藩のために尽力した人物である。また、佐々木弘綱に師事し、歌会にも参加していたことがわかっている。(4)安賢は弘綱に校合を依頼できる関係であったことがわかるだろう。(5)山田正住（一八〇八〜一八六八）は伊勢山田の人で、岡村鳳水の長男、正住平九郎弘能の養子であったようだ。四条派の画をよくし茶道にも心をよせていたことで知られる。(6)正住が長門本を書写し所蔵するに至った経緯については、青山英正氏によって紹介されている。青山氏の論稿に従ってその経緯について摘記する。(7)

福井末彰（正住とともに足代弘訓の門人）を通じて、川喜田遠里所蔵の長門本の借覧を依頼し、その後、直接文通することになり、書簡では返却のことや継続して借覧したい旨を伝えている。さらに正住は豊宮崎文庫へ奉納する分[8]と自らの所蔵分を作っており、津の書肆山形屋伝右衛門の手代が来たので、山形屋にも貸し出してもらいたいと遠里に伝えている。

正住も川喜田氏本を借覧し書写しており、しかも奉納するために筆耕を雇い、もう一揃い作っていたことがわかる。ここで思い出されるのが、宮書弘化二年本にある「かの本（大谷注：正住本）ハ二本もて校合しかきいれもあまたあれハ」という内容である。青山氏が紹介している書簡に「別ニ一本他借之本御座候ニ付、校合仕居候」とあり、その内容と識語の内容が合致する。青山氏の指摘の通り、弘綱が手に入れた正住本とは、正住が遠里から借覧した本を自身の所蔵のために書写した本であったのだろう。[9]佐々木弘綱が、正住本が川喜田氏蔵本の写しであるということを知っていたかどうかわからないが、親本を同じくする伝本同士を校合したということになる。

伊勢の地では門人同士や文化的に繋がりのある者同士などのネットワークがあり、それを利用して長門本が書写されていたことがうかがえよう。

三　立教館蔵長門本『平家物語』

伊勢の地にはもう一つ注目すべき伝本として神宮本が挙げられる。神宮本には次のような序文が書かれている。[10]

世の所謂長門本平家物語ハ長州阿弥／陀寺の所蔵にて伝来久敷猥に世上に／流布するものにあらす

此書ハ寛政四年春／守国院様以御直書御頼被仰進長州／侯にて写し出来被遣候書にて無紛／真本也
其後立教館へ被為下候を竊／に写し置者也／天保十五甲辰十二月／桃軒居士

「守国院様」とは松平定信のことで、「長州侯」とは当時の長州藩藩主のことを指すのであろう。[11] 神宮本は、定信が「御直書」で「長州侯」に書写を依頼し写させ、それが立教館に「被御下」、その長門本を密かに書写したものだというのだ。ちなみに序文を書いた「桃軒居士」という人物であるが、立教館学頭に成合繁三郎（?～一八四九）という人物がおり、「桃軒」と号したことがわかっている。[12] 立教館の関係者であるならば、「被御下」た長門本を写すことは可能であったのではないかと思われる。

立教館は、寛政三年（一七九一）に白河藩主であった松平定信により設立された藩校である。その後、文政六年（一八二三）に当時の白河藩主であった松平定永（一七九一～一八三八）が桑名藩へ移封となったのに伴い、白河にあった立教館は修道館と改められた。桑名藩では、立教館の名を継承し新たな藩校を設立した。この時に白河立教館の蔵書も桑名移封に伴い桑名へ移ったようだ。

そこで、立教館が長門本『平家物語』を所蔵していたかを、『白河文庫全書目録』によって確認をした[13]（図1）。

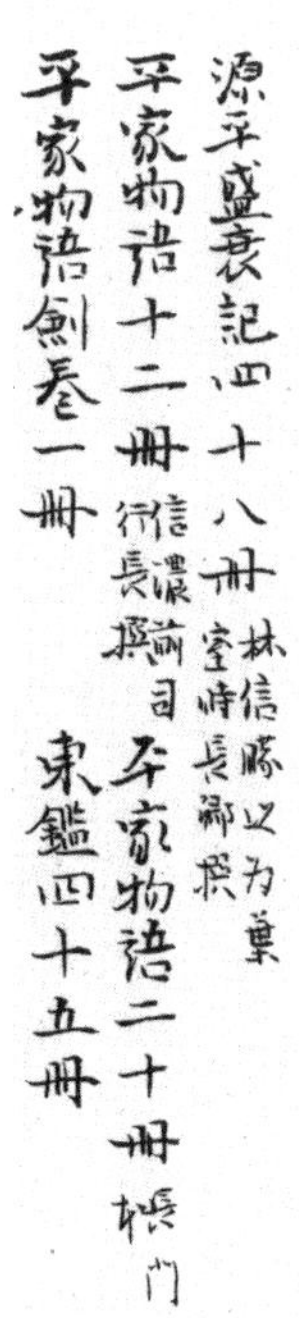
源平盛衰記四十八冊 林信勝以為草
平家物語十二冊 信濃前司行長撰 平家物語二十冊 長門
平家物語剣巻一冊 東鑑四十五冊

図1

この目録は文政三年（一八二〇）時点の立教館が所蔵していた本を分類した蔵書目録であるが、[14]桑名移封前の立教館の蔵書の全容が確認できる貴重な資料である。『平家物語』に関する箇所を図1に掲げたが、長門本『平家物語』の書名が確認できる。さらに、関西大学図書館にも『立教館御蔵書目録』があり、そこにも長門本『平家物語』の記載が確認できる。[15]立教館が長門本を所蔵していたことは間違いないと思われる。

ところで、長門本の書写を依頼した定信であるが、彼の私文庫である浴恩園文庫の蔵書目録、『浴恩園文庫書籍目録』には次のようにある[16]（図2）。

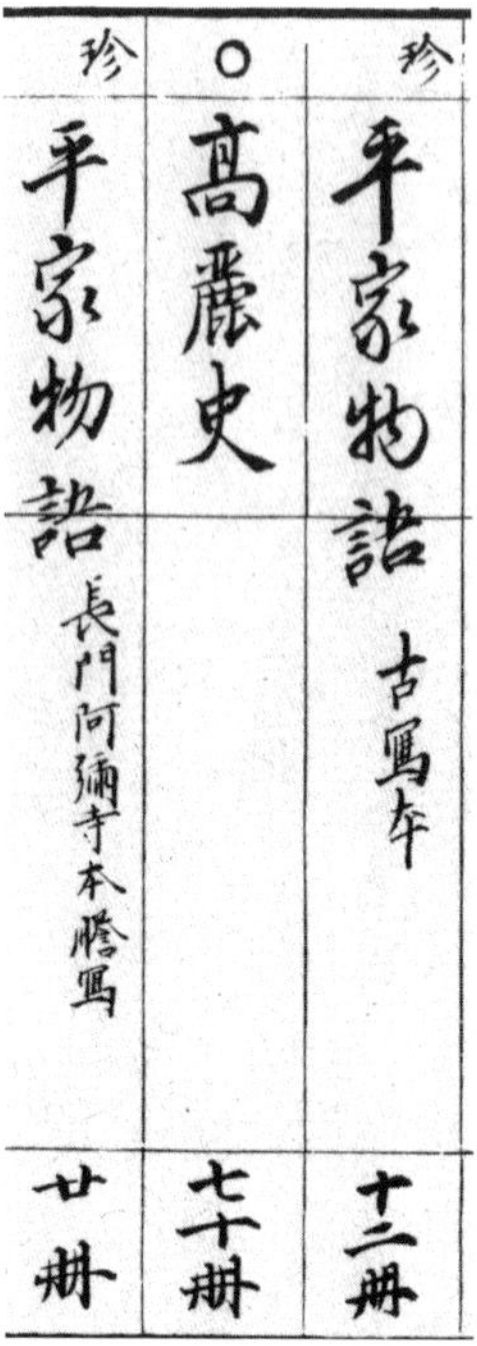
珍 平家物語 古写本 十二冊
○ 高麗史 七十冊
珍 平家物語 長門阿彌陀寺本謄写 廿冊

図2

定信も長門本を所蔵していたことが目録からわかる。[17]立教館にも『平家物語』と長門本『平家物語』が同様に所蔵されていたことをふまえると、定信が複本を作り立教館に収めた可能性もあるだろう。なお、定信が写させた長門本（神宮本の親本）は現在、所在は不明である。[18]

以上、定信が自身の立場を利用して、長門本を書写させ、自身の所蔵するところとし、それが（複本であったとしても）伊勢の地に渡った。この事実は長門本の伝本の拡がりについて考える上では重要なことだろう。桑名の立教館に移ったことで、その関係者が長門本を写すことができる環境が生まれたのだ。阿弥陀寺に蔵されていたものを定信の命により写されたという由来も確かな長門本への関心は、好学者の好奇心をかき立てたに違いない。人々はつてを頼りに、長門本を手に入れようとしたことが想像される。

さて、神宮本には朱の書き入れがあり、中でも朱のイ本注記には注目される。朱と本文を書写した人物が同一であるかどうか判断が難しいところではあるが、別の伝本と校合している点が重要であろう。よりよい本文を求めていた所蔵者の態度が現れていると思われる。イ本注記の多くは「一本」や「イ」と書かれているものがほとんどであるが、イ本注記の中で特に目を引くのが、「河北本（川北本）」、「塙本」とある箇所である。塙本はおそらく塙保己一が所蔵していた本を指すと思われ、河北本は先に紹介した川喜田氏が所蔵していた本を指すのだと思われる。この二本の書き入れは、他の朱のイ本注記とは別筆のようで、後の書き入れのような印象を受ける。神宮本のイ本注記に河北本とあることと、前節で紹介したことをふまえると、伊勢において河北本はある程度広まっていた伝本の一つだということがわかる。(19)

四　おわりに

小津桂窓と川喜田遠里が長門本についてやり取りをしたのが天保十二年（一八四二）で、桃軒居士が書写したのが天保十五年、正住が写したのも天保十五年から弘化二年（一八四五）にかけてである。(20)岡安賢が写させたのも弘化二年であった。こうして書写に関する年紀をみてみると、天保の末年の頃から伊勢の地では長門本が盛んに書写されていたことがわかる。天保十二年の時点で小津桂窓は、遠里への書状にあるように二種の長門本を所持していたことがわかっている。(21)

長門『平家』貴家之御本ハ中位と承り候。少子所蔵二通り御座候。一通りハ他へ遣候而もよろしく候。もし貴家様之よりよろしく候ハヾ、御譲申上候而もよろしく奉存候。

遠里の所持していた長門本を「中位」と評し、「御譲申上候而もよろしく奉存候」といっているからには遠里が所持していた本よりも善本であったといえそうだ。本文の異なる長門本が複数存在していたことがうかがえる。

定信が長州侯に命じて写させた長門本が桑名立教館に渡ったのならば、それは民間で流布していた長門本とは一線を画するものであったろう。想像をたくましくすれば、小津桂窓は立教館本につながる伝本を所持していたのかもしれない。

長門本は公的写本と私的写本に大別できるが、公的写本が手に入りやすい環境になった時、すでに拡がりを見せていた私的写本との校合を行ったであろうことは想像に難くない。こうして二大別される長門本の伝本は校合を繰り返していく中で公的、私的両方の特徴を持ったような伝本も誕生したのではないだろうか。今回推測を交えながら長門本伝本の拡がりについてみてきたが、書写者や伝来についてわかっている伝本から一つ一つ来歴を繙いていき、現存する伝本同士がつながっていくことで、長門本の伝本がどのように拡がりを見せていったのか、その全体像が見えてくると思われる。

注

（1）伝本の呼称は松尾葦江『平家物語論究』（明治書院　一九八五年）に依った。宮書弘化二年本の識語は、宮内庁書陵部蔵『平家物語』に依り私に翻刻し、行替は「╱」、丁替えは「」」で示した。

（2）小津桂窓と川喜田遠里のやりとりに関する書簡は、『石水博物館所蔵　小津桂窓書簡集』（和泉書院　二〇二一年）にまとめられており、天保十二年閏正月十一日に長門本に関する記載がある。

（3）川喜田氏蔵長門本については本書掲載「長門本平家物語伝本一覧」の塩村耕氏の解題（114頁）を参照されたい。

（4）『津市史　第三巻』（津市　一九六一年）。

（5）宮書弘化二年本の識語に書かれている一噌素友については、詳細はわかっていない。能楽三役の内、笛方に一噌流があるが、関係があるかは不明。また、『岡安定日記』文久二年五月条に「一噌市郎右衛門」の名が見えるが、経歴等はわからない（『津市史　第三巻』津市　一九六一年）。

（6）『国書人名辞典』（岩波書店　一九九九年）に「正住弘美」で立項されている。

（7）青山英正「伊勢の文化的ネットワークと『春雨物語』の流通―桜山文庫本の旧蔵者正住弘美をめぐって」（『雅俗』十八号　二〇一九年七月）。

（8）青山氏は注（7）の論稿の中で、文庫とは豊宮崎文庫のことであろうと指摘されている。

（9）前掲注（7）。

（10）神宮文庫蔵『平家物語』（神宮皇學館旧蔵）に依り私に翻刻し、改行は「╱」で示した。

（11）寛政四年時の長州藩藩主は第九代毛利斉房である。

（12）『桑名市史　本編』（桑名市教育委員会　一九五九年）。

（13）『松平定信蔵書目録』（ゆまに書房　二〇〇五年）によった。

（14）編者は片山正器（一七九二～一八四九）で、白河藩に仕え、桑名へ移封したのに伴い桑名藩士となった人物である。文政九年（一八二六）から嘉永二年（一八四九）まで立教館教授を務めた。

(15) 関西大学図書館が所蔵している『立教館御蔵書目録』は、秋山白賁堂（一七九八〜一八七四）が文化十二年（一八一五）に書写したもののようで、関西大学図書館に問い合わせたところ目録には、『平家物語』と長門本『平家物語』の記載があると回答を得た。

(16) 前掲注(13)に依った。

(17) 本目録の成立については、注(13)掲載の髙倉一紀氏の解説によると、書名に「浴恩園文庫」とあるから定信が退隠した文化九年四月以降の成立だろうと推定されている。

(18) 立教館が所蔵していた本は、一部は鎮國守國神社に入ったようだが、蔵書目録に長門本は載っていなかった（『桑名松平伝来資料史料調査報告書　鎮國守國神社所蔵資料目録』桑名市教育委員会　二〇〇四年）。

(19) 宮内庁書陵部蔵『和学講談所蔵書目録』には二揃いの長門本が記載されている。

(20) 注(7)掲載論考で青山氏が推定されている。なお、天保から弘化に改元されたのは、天保十五年十二月のことであり、和暦が新年を迎える前に西暦が新年を迎えている期間であるため弘化元年を西暦と対応させようとするとずれが生じる。『日本史総合年表』を初めとする年表の多くは天保十五年を立てずに弘化元年（一八四四）としている。ここでもそれらに従い、弘化二年の西暦は一八四五年としておく。

(21) 天保十二年閏正月十一日小津桂窓から川喜田遠里宛て書簡（『石水博物館所蔵　小津桂窓書簡集』和泉書院　二〇二一年）。本書211頁塩村耕氏論文参照。

＊伝本調査にあたり閲覧および掲載に際して快く許可を下さった関係機関の方々に言い尽くせぬご厚意を受けました。ここに感謝の意を表します。

[付記] 脱稿後、70津市図本と78川喜田本とを調査する機会を得た。両本は半丁の行数・字配り、巻第十五巻末を別紙で補訂するなど、一致する点が多いことがわかった。両本については稿を改めたい。

長門本『平家物語』関連の記事対照表

伊藤悦子

長門本が含まれる平家物語諸本の記事対照表として使いやすいものに、左記の四点がある。長門本と他の諸本の異同を確認する上で有益なので、その内容や、使用する上での注意点などを簡単にまとめて提示することにした。資料名の後に、次の項目を掲げる。

①長門本の底本　②対照出来る諸本　③表の特徴、使用上の注意点

1　渥美かをる著『平家物語の基礎的研究』「平家物語諸本記事対照表」（三省堂、一九六二年）

①不詳

②源平闘諍録・四部合戦状本・南都本・延慶本・長門本・南都異本（巻十のみの残闕本）・源平盛衰記・屋代本・平松家本・竹柏園本・鎌倉本・百二十句本・覚一本・文禄本（一部東寺執行本）・中院本・加藤

家本・如白本・内閣文庫本・葉子十行本・康豊本・下村刊本・流布本（元和九年本）

③増補系（読み本系）と語り本系の記事の対照を概観する。計二十二本もの諸本が対象となっており、両系統とも渥美氏の判断による成立年代順で配置されている。項目立ては、大きな纏まりの記事単位となる（例外として、特記すべき詞句は項目立てされている）。諸本間における記事配列の異同に対しては、狭範囲であれば矢印を付すなど、適宜対応している。特定の諸本を基準としないので、全ての諸本の記事を総体的に対照出来るという利点がある。但し、同一記事内での内容の差異や分量、日付・人名・地名・漢字表記など細部の異同については対応されていない。なお、本表を利用する際には、各諸本の本文を確認した方がよい。

2 麻原美子・犬井善寿編『長門本平家物語の総合研究　第三巻　論究篇』伊東由紀子「付録　長門本『平家物語』の説話類型による分類（諸本対照表つき）」（勉誠出版、二〇〇〇年）

①麻原美子・名波弘彰編『長門本平家物語の総合研究　校注篇上』勉誠社、一九九八年／麻原美子編『長門本平家物語の総合研究　校注篇下』勉誠出版、一九九九年（国会図書館貴重書本の翻刻）

②長門本・延慶本・源平盛衰記・四部合戦状本・屋代本・百二十句本・覚一本

③本表は、長門本の説話の類型による分類を目的とするが、諸本の記事対照表としても活用出来る。「底本の目次」「底本の小見出し」「長門本内容細目」「他諸本との内容量比較」「説話分類」「外国説話」の六段で構成され、比較的細かい記事単位の項目立てとなっている。人名・地名（建物の名称含む）な

どの異同にも詳しい。たとえば、長門本が列挙する地名を一つ一つ項目立てして、他諸本での有・無を示し、文字表記に差異があれば、それも記載する。長門本の独自記事を網掛けにするなど、ひと目で分かる工夫もなされている。「外国説話」の段では、外国を舞台とする説話であればその国名を記載する。記事配列の異同については、各諸本の底本の巻・頁が付記されており、それぞれの底本を参照する必要がある。なお、本表は長門本を基準とするため、長門本に記されていない記事は対象外である。

3 麻原美子・小川栄一・大倉浩・佐藤智広・小井土守敏編『平家物語長門本・延慶本対照本文（上・中・下）』（勉誠出版、二〇一一年）

①麻原美子・小井土守敏・佐藤智広『長門本平家物語一〜四』勉誠出版、二〇〇四〜二〇〇六年（国会図書館貴重書本の翻刻）
②長門本・延慶本
③長門本と延慶本の本文を上下段に配置する。両本の異同が一目で分かるよう、原則として一文ごとに改行し、対応する本文を上下段の同列に位置付けている。対応する記事が一方に無い場合や、配列順が異なる場合は、一方の本文欄は空白になる。対応する記事の位置が遠く離れている場合には、別表で異同先の対照本文ページを一覧表示している。本文欄には、句読点、仮名に濁点、会話文に「」、反読部分には返り点などが施されている。返り点については底本を確認する必要がある。

4　中世の文学『源平盛衰記（一～八）』「源平盛衰記と諸本の記事対照表」（三弥井書店、一九九一年～刊行中）

①国書刊行会編『平家物語　長門本』名著刊行会、一九七四年／麻原美子・小井土守敏・佐藤智広『長門本平家物語一～四』勉誠出版、二〇〇四～二〇〇六年（国会図書館貴重書本の翻刻）

②源平盛衰記・延慶本・長門本・覚一本

③源平盛衰記を基準として、他諸本との記事内容の異同を概観する。源平盛衰記に対応する各諸本の記事の有無、内容の相違の有無と詳細さを判断し、記号で示す（但し、源平盛衰記に記述がある内容に限られる）。記事の配列は、ある程度纏まった記事単位となるが、とりわけ日付の異同が分かりやすい。記事の配列順が異なる場合は、矢印を用いてその場所を示してあるので、配列の相違が一目瞭然である。

長門本平家物語研究の回想から歩き出す
――あとがきに代えて――

松尾葦江

以下はブログ「中世文学漫歩」に二〇二一年七月から同二年二月まで、十七回に亘って連載した「回想的長門本平家物語研究史」に基づき、本書刊行の前提を述べたものである。客観的な研究史は本書に浜畑圭吾氏が書かれているが、半世紀も前に事実上中断した調査・研究が、何故いま進展することになったかを、反省も含めて、新たな研究に取り組もうとする人たちに知っておいて欲しいと考えたので、あとがきに代えて掲げることにした。

昭和四十一年（一九六六）、私は学部の卒論に平家物語を選んだ（その経緯については、アエラムック『平家物語がわかる。』に記した）。平家物語研究では富倉徳次郎、高橋貞一、佐々木八郎、渥美かをるの諸氏が大家で、歴史社会学派の石母田正、永積安明、むしゃこうじみのる氏らが新鮮な論陣を張っていた時代である。説話文学と軍記物語は、中世のイメージを一新し、文芸の誕生と民衆との関係を能動的に想像させるジャンルとして注目されていた。

卒論の具体的なテーマを決める際に参照したのは、渥美かをる氏の『平家物語の基礎的研究』（三省堂一九六二）だった。この本は当時は古書としても入手出来なかった（その後復刊された）。一誠堂のショーウィンドウにあるのを遙かに見上げたものである。平家物語のすべてに触れた観のある本書は、成立と作者、諸本と詞章展開、文芸的造型の三部構成だが、中でも諸本系統論、諸本の性格、そして巻末の諸本記事対照表にはお世話になった（研究書としては平曲の発生事情、灌頂巻成立論も重要である）。

この書では、長門本は延慶本から、ある時期に岐れて、異なる唱導の場で取り上げられて傾向を変えて行ったとされ、平易な文体で庶民を対象としたであろうことが、指摘されている。当時、活字で全巻を読める長門本は、国書刊行会が明治三十九年（一九〇六）に黒川真道・堀田璋左右・古内三千代校で出した翻刻のみで、例言によれば底本は「本会所蔵本」、それを黒川氏所蔵本・早稲田大学所蔵本で校訂し、原本（現在の旧国宝本）、畠山健氏所蔵本、川田剛氏所蔵本等を参照したとあるだけ、しかし誤植や傍書など本文への疑問点は少なくなく、そこからのスタートだった（大谷貞徳氏の調査によれば、国書刊行会の事業の記録は早稲田大学図書館に所蔵されているそうだが、長門本平家物語刊行についての具体的な資料はその中にない由である）。

提出した卒論の核心は独自説話に注目し、管理者考を目指したもの。覚一本・延慶本・源平盛衰記と比較した内容対照表や説話一覧を付した。

成立や管理者について具体的な仮説を立てて長門本を論じたのは渥美かをる氏が最初で、私の一九六六年の夏は、国会図書館で渥美氏の雑誌論文を手書きで写し（当時はコピー代が安くなかったので書写するのが普通、終日籠もって雑誌論文一本半がやっとだった）、それを吟味し反論すること、長門本の特異な説話群の意図を考察すること、また国書刊行会本の本文を教育大学図書館蔵の伝本と比較して評価する日々であった。作者名を実在の関係者に直接結びつけることへの疑問は、すでにこの時から芽生えたものである。卒業後民間企業に就職し、研究者になる所存はなかったので、長門本平家物語研究は私の中では一旦終わったのだが、指名されて雑誌「国文」（一九六七）に要点を書き、それが後年（一九九〇）、武久堅編『日本文学研究史大成　平家物語』に採録された（私自身は、もっと先鋭的な平家物語論も書いているのに、といささか不本意だった）。

その後私は大学院へ入り、文学研究を自らの武器として鍛える決心をした。早速、軍記物談話会（現軍記・語り物研究会）で長門本の特異な説話群とその管理者について発表したが、山田昭全氏から、当時の仏教は宗派がきっかり分かれているわけではない、管理者を特定の宗派や宗教集団に求めることは難しい、と言われて一遍に目が覚めた。それ以後も砂川博さんを初め管理者考の論文がつぎつぎに出たが、私は、管理者考では明確な結論を出せない、と見切ることにした。

昭和四十五年（一九七〇）夏、突然金井清光氏から「鳥取大学教育学部研究報告」の抜刷が送られてきた。私は当時、大学院の修士課程三年目（入学直後に東大紛争が始まり、授業も図書館もずっと異常な状態で、もう後のない三年目だった）で修論の構想に苦しんでいる最中。金井氏は先輩とはいえ、それまでは特におつきあいもなかったが、同封されていたのは、金井氏と砂川博さんの共著「長門本平家物語の一考察」の抜刷で、これは砂川さんの卒論の要約だが、制度上、学生単独では紀要への掲載が認められないので連名にしたのだという添え書きがあった。

その後も砂川さんは精力的に論文を発表し、昭和五十七年（一九八二）には『平家物語新考』（東京美術）を出し、さらに次々と単著を出した。恩師の金井氏が芸能史、特に時衆の活動を専門としていたのを承け継いで、やや社会学寄りの視点からの管理者考が中心であった。金井氏からは時々手紙を頂いた。マイペースの人だったが、先輩たちの間では、シベリア抑留からの生還者だということでひそかに一目置かれていた。最近の砂川さんは、戦国時代の史料と軍記を読み解いていく仕事に没頭している。

＊　＊　＊

卒論で平家物語に取り組む決心をした頃（一九六六）、平家物語諸本論に関する出発点は、山田孝雄『平家物語考』（国定教科書共同販売所　一九一一）、渥美かをる『平家物語の基礎的研究』、そして高橋貞一『平家物語諸本の研究』（富山房　一九四三）の三冊だった。高橋氏は一九一二年の生まれ、『平家物語諸本の研究』は三十代早々に書かれたことになる。本書は付録として保元物語・平治物語諸本の研究も付していて、永積安明氏以前の貴重な諸本分類であり、未刊国文資料として一九五九年に半井本保元物語、一九六〇年に九条家本平治物語が出され、新古典大系が出るまでは古態本文（但し高橋氏は金刀比羅本を古態とする）として使われた。同叢書からは中院本平家物語も出ていて、私たちの共同研究が『校訂中院本平家物語』（三弥井書店　二〇一二）を出すまでは唯一、八坂系一類本文全巻の翻刻であった。

高橋氏の八坂系諸本の分類は、現在の分類法と大きくは違っていない。現在の諸本研究があまり高橋氏の研究を引用しない理由は、何が古態かという判断が今の通説とは逆になっているためで、それは氏の基準が、構想の整ったものが基で後出本文は次第に崩れていくという考えに依っているからである。それゆえ語り本系が先、いわゆる読み本系は「増補せられたる諸本」となり、語り本系の中でも覚一本が古態、となってしまう。長門本については四部合戦状本との関係に注目しているが、現在の研究者には殆ど共有されていない（読み本系諸本は相互に関係が見出せるので、二点間計測には注意が必要である。つまり二本だけを比較対照すると、何らかの関係が見いだせることになってしまう）。

＊　＊　＊

学部を卒業して就職し、一年も経たずに進路変更した頃のことは、『文学研究の窓を開ける』（笠間書院　二〇一八）に書いたが、大学院入学後未だ西も東も分からない六月に、いわゆる東大闘争が始まり、授業も受けられず、図書館も全く利用できなくなった。一方、学部時代に近世文学を習った堤精二先生から『国書総目録』編集補助のアルバイトを紹介された。慶応三年以前の、すべての日本人著作物の所在目録作成という、大がかりな編纂事業で、岩波書店の下部機関のような、国書研究室という組織で行われており、東大国文科卒の若手研究者が助勢し、院生がアルバイトで雇われていたのである。私に割り当てられた仕事は、東京国立博物館・静嘉堂文庫・東洋文庫に出向き、編集員たちが質問カードに書いた事項を調査して来ることだった。バイト料はカード一枚につき五十円。この事業は戦前戦中を通じて継続されてきたので、カードと言ってもあり合わせの紙（チラシや反故を同じ大きさに切ったもの）に万年筆書きされていた。何しろ書誌調査の実体験は殆ど無く、質問は専門外のあらゆる分野に亘っている。当時は苦しいアルバイトだったが、ずっと後になって、無差別に数多くの写本・版本を触った経験は目に見えぬ力になった。

長門本平家物語は果たして一種類だけか――その当時、そういう事実さえ確実ではなかった。赤間神宮所蔵の「旧国宝本」については中島正国氏の解説（「国学院雑誌」一九三一）があり、翻刻は前述の国書刊行会本（明治三十九＝一九〇六）があったが、底本のありかも校訂の方針も不明で、疑問が多かった。そこで、全国にある長門本を一点ずつ確認する作業を始めることにした。『国書総目録』に掲載される予定の、冊数の多い「平家物語」を抽出して、一九六八年の夏からしらみつぶしに見て歩き始めた。その中には四十年後に調査することになる奈良絵本や、平曲譜本も含まれていた。

『国書総目録』では、諸本分類には踏み込まないというのが原則だったが、平家物語の場合、それでは所在情報として役に立たない、と私は主張し、指導役の栃木孝惟さんも同意見を具申したので、平家物語に関しては判る範囲で諸本を（　）つきで注記することになった。芸能の台本に関しても同様の例外措置が執られたことを後で聞いた。都内に在る平家物語はできるだけ実見することになり、栃木さんに同伴して二年がかりで見て歩いた。読み本系の本文は見ただけでだいたい判定できるが、語り本系はどう分類すればいいいか（殊に端本の場合は同定に困ることもある）悩み、山下宏明さんに相談した。彼は当時、日本中の平家物語を見ている人、という評判だったのである。膨大な所在情報の塊から、まず「平曲譜本」を切り離し、語り本系諸本は灌頂巻の有無によって「一方系」「八坂系」に分ければいい、と助言された。「流」ではなく「系」という語を使えば、形態上の分類であって平曲の流派によるのではないことが判る、ということだった。

その後も国書刊行会本とノートを詰めたボストンバッグを提げて個人で全国の長門本を見て回り、そのついでに平家物語の写本・版本も見ることにした。福岡から函館まで。しかし学園紛争は燎原の火のように全国に広がり、行く先々で学園封鎖になっていく。赤間神宮の調査を終えて明日、関門トンネルを通るという晩、九大から電報が来て引き返したこともあった。書誌学の経験もろくになく、全国に七十部以上存在する、一揃二十乃至二十一冊という写本の大群といきなり取り組んだことは、いま思えば殆ど暴挙だった。当時は写真撮影も簡単ではなく、ひたすら基本的な書誌情報をメモしただけ。その書誌一覧を付録につけて修士論文を昭和四十六年（一九七一）一月に提出した。自分でもこれで研究と認められて進学できるのか不安だったが、最後の一週間はほぼ床には入らず、書き上げた。

昭和五十年代に入ると、影印本が続々出されるようになり、主要な平家物語諸本が次々に影印化された。渥美かをる氏も源平盛衰記二種と、内閣文庫蔵長門本平家物語（寛保二年源台近識語）とを影印出版している。長門本とは別の話であるが、源平盛衰記慶長古活字版と蓬左文庫蔵写本の影印化は先見の明であった。

長門本の場合、渥美氏は寛保二年の識語と赤間神宮文書五十二号とを結びつけ、阿弥陀寺本を直接借り受けて、忠実に写した本であると判断したのだが、実は文字遣いなどの細部は旧国宝本と一致せず、五十二号文書との関係も後に村上光徳氏によって否定された。

実際に伝本を見て歩くと、奥書・識語のあるものは比較的書写が新しく、厳密な副本を作ろうとするよりも自分の必要があって写したと思われることが多い。藩などが公的に作成した写本と、当時の知識人が何らかの興味、必要があって写した本とでは、装幀、書体、料紙など初見の印象がすでに異なることが多いのである。

阿弥陀寺本（旧国宝本）により近い伝本を、という探求はさらに、石田拓也氏によって伊藤家本の影印、森岡常夫氏解題による岡山大学蔵池田文庫本翻刻（巻一〜八は旧国宝本の臨模）の出版となった。旧国宝本が長門本最初の原本でないことは既知のことだが、それ以前に遡れる伝本は見つかっていない。伊藤家本は用字法などが異なるので、厳密な意味で旧国宝本の副本とは言えない。

昭和四十年代の半ばから、水原一氏がそれまでの四部合戦状本古態説を批判し、延慶本古態説を主張し始めた。従来、和文体より漢文体、年代記的で素朴な記述の方が古い本文だとの先入観から、源平闘諍録や四部合戦状本、屋代本が古態本と位置づけられていたが、四部合戦状本は延慶本のような広本を略述したもので、所々意味不明の箇所があるのはそのためだと論証してみせた。軍記物談話会で四部合戦状本本文批判の発表を聴いた時、未だ私は大学院在籍中だったが、深く納得した。四部本には室町物語的要素が見いだされ、漢文と言っても変体漢文で、鎌倉初期の正統的漢文文学とは性格が違う、と密かに思っていたのである。世は忽ち延慶本研究一色になり、水原氏の論調も次第に声高になり、戦線拡大していった（延慶本古態説を検証する際は、その変遷に留意することが必要である）。この間私は、相変わらず長門本の伝本を訪ね歩き、書誌情報を蓄積し続けていた。水原氏からは、延慶本こそが平家物語研究の鍵だ、長門本なんかに賭けて何になる、と言われたこともあったが、そういう心算で長門本を選んだわけではなかった（渥美氏が、長門本の庶民的性格と、その研究の遅れを指摘されていたのが、研究対象に選んだ理由である）ので、黙っていた。

長門本平家物語の所在をとにかくこの目で確かめよう、校訂経緯不明の国書刊行会本で読んでいてもいいのか、という思いで調査を続け、概ね現存長門本の本文には大きな相違がないこと、しかし旧国宝本段階ですでに脱落や様式の不統一があり、それ以前に遡れる伝本は見つからないことが判ってきた。片仮名書きの伝本も複数あり、一部抜き書き的な書写をしている本（本居文庫本）もあった。ろくに書誌学の素養がないまま我武者羅に記録してきたので、そのまま学界に提出できる成果だとは思わなかったが、伝本全体を実際に見渡した報告は待っていても出て来ないので、拙著『平家物語論究』（明治書院一九八五）に、所在情報と項目化した書誌情報を載せることにした。誰かが追跡調査をするにしても、基となるデータが必要だと思ったからである（しかしその後四十年、誰も全面的な追跡、修訂作業をする人はいなかった）。その後もぽつぽつと書誌の蓄積は増え続けた。

ほぼ悉皆調査に近くなった頃、指導教授が代わって紹介状を貰うことが困難になり、就職して勤務も忙しくなって伝本調査は休止状態になった。そこへ、村上光徳氏から、長門本の校本を作れないかとの話があって、底本と参照本文とを選定するため、私が善本だと思っていた本を中心に、村上氏と共に再訪した。こうして選定した本文を、二人で手分けして、原稿用紙に並記していく作業を始めたのだが、なかなか進まない。そのうちにある晩遅く、麻原美子さんから電話がかかってきた。いきなり、長門本はどの本がいいの、と訊かれ、就寝前で酒の入っていた私はいろいろ喋り、そのまま忘れたが、やがて麻原さんのチームが校本長門本を出すことを知った。

村上氏は丹念に聞き込みを重ね、その成果は生前単著にまとめられることはなかったが、「駒沢短大国文」6（一九七五）、「軍記と語り物」13（一九七六。本書再録）、『長門本平家物語の総合研究』3（勉誠出版 二〇〇〇）、『海王宮』（三弥井書店 二〇〇五）などに載っている。村上氏は名古屋のあたりに長門本が転写されたヒントがある、との見込みを語ったまま、亡くなられた。半世紀近く経って昨年、その見込みを裏付ける資料が見つかり、本書刊行を推進する契機の一つになった。

麻原美子さんはその後、多数の同志と共に長門本の校本作成に果敢に取り組み、『長門本平家物語の総合研究 校注篇上下』（勉誠出版 一九九九）、そのテキスト版『長門本平家物語』全四冊（同 二〇〇六）を、また国語学の小川栄一さんと共に『長門本平家物語自立語索引』（同 二〇〇九）、兄弟本と言われてきた延慶本本文と上下二段で対照できる『平家物語長門本延慶本対照本文 上中下』（同 二〇一一）を出版、『長門本平家物語の総合研究 論究篇』（同 二〇〇〇）は、初めて長門本に特化した論文集だった。永らく国書刊行会の翻刻しかなかった長門本も、ようやく現代の翻刻水準のテキストを得たことになる。四冊本のテキストの凡例には、底本は国会図書館貴重書本で、宮内庁書陵部大型本、明治大学本、内閣文庫明和六年本と校合したとある。かつての突然の電話取材をもとに、善本を選定したのであろうが、じつは善本の判定は簡単ではない。本書の冒頭に書いたように、一見善本に見えても書写時の校訂が入っている可能性もある。村上光徳氏はまた別の評価をしていたようであったが、詳しく書き残されないままになった。明治大学本が毛利藩の正本だったか、現存の彰考館本が『参考源平盛衰記』作成時に用いられた正本かどうかは、証明されているわけではない。あくまで麻原美子チームが現代の水準で作った校訂本として、利用すべきであろう。

＊　＊　＊

二〇〇五年、赤間神宮創建百三十周年記念事業として、所蔵する古典籍の解題を作りたいとの相談を受け、それなら記念論集にして出版しましょう、ということになった。旧国宝本以外にも長門本を蒐集したいとのことで、市場に出た写本を二点、地元の協力を得て購入し、以前からの宝物と併せて複数の平家物語が所蔵されていたのである。院生を連れて何度か調査に行き、古典籍類の解題を作成、琵琶のコレクションの調査は鷹田治子さんに、戦災で焼失した「懐古詩歌帖」の翻刻（東大史料編纂所蔵影写本による）は、堀川貴司さんに依頼した。論集は『海王宮―壇之浦と平家物語』という書名で三弥井書店から刊行された。収載論文中、大高洋司さんの「曲亭馬琴と平家物語」は、従来の長門本研究にはなかった視点で、近世の知識人たちが長門本に関心を持っていた事実を示している。

平家物語の異本としてはやく明治二十五年に巻四までが「百万塔」に掲載され、三十九年に国書刊行会から全巻の翻刻が出たのが長門本であった。それゆえ辞書の用例には平家物語（流布本、覚一本）のほかに、源平盛衰記と長門本平家物語がよく挙げられていた。島津忠夫氏が長門本について、室町語の実態を反映しており、その成立は南北朝から室町初期ではないかと指摘された（『平家物語試論』汲古書院一九九七　初出一九九二）のは、辞書の編纂作業を通じての見識によるものだった。長門本には室町の雰囲気がたっぷり吸収されている、長門本の「庶民性」と言われる性格は、じつはその反映ではないのか。かつて水原一氏は私に、長門本は女性的だと言ったことがあったが、それもまた「室町的」文芸性の印象によるのではないか。鎌倉期までは、物語を目指せばモデルは源氏物語とその末流作品であったが、室町期に物語らしくなろうとすれば、自ずから中世小説的な造型、挿話、表現で装うことになる。そう考えて書いたのが「人物造型から見る長門本平家物語」（『長門本平家物語の総合的研究　第3巻　論究篇』勉誠出版　二〇〇〇）である。

二〇〇六年、「國學院雜誌」に巻頭論文を書くよう求められた際、院生時代に全国を歩いて採り溜めた所在情報・書誌情報を、このまま埋もれさせてしまうわけにはいかない、また長門本の研究といえば依然として翻刻本文による管理者考か説話研究ばかりという状況も放っては置けない、と思った。そこで、紐で括ってしまってあった長門本調査ノートを引っ張り出し、どうすれば七十数点にも上る伝本を分類できるかを考えた。

書誌学は半年にも満たない講義（学部三年次に伊地知鉄男氏が講師で見え、国立大学では初めて設けられた講座だということだった）を受けただけ、蔵書印や大名本の知識も殆どないままの調査メモである。しかし巻によっての脱文や識語のある本同士は、大まかにも関係を想定することができ、『平家物語論究』（明治

書院　一九八五）にはそこまでは分類してみた。写真撮影は容易ではない時代だったので、二十巻の中、ある四巻を決めて冒頭の半丁を字配りそのままに写しておいた。それを見比べると、ある程度のグループ分けが可能なようだった。詳細は「長門本現象をどうとらえるか」（『軍記物語原論』笠間書院　二〇〇八　初出二〇〇六）に書いたが、その後も所在情報は増え、今日までの新しい調査結果を公表しておくことも本書の目的の一つである。

全国に散在する伝本を実地調査し、「長門本」と認定できるものを選り分け、それらが国書刊行会の翻刻と大差がなく、旧国宝本以前に遡る本文は発見できないと判った時点で、私は途方に暮れ、立ち尽くした。伝本調査は、伝本同士の先後関係をたどれるようになって初めて完成だと単純に考えていたからである。それは恐らく、一生かかってもできないと悲観し、とりあえず判るところまで整理する作業をして、永らくそのまま放置していた。その間にも伝本の所在情報を知らせて下さる方々があったので、できるだけ見に行き、データを蓄積し続けたが、私の中ではずっと、未完の作業のままだった。しかし長門本を、いや平家物語諸本を研究する人は、多かれ少なかれ一度はそういう作業に着手するだろうから、その時にどこから取りかかればよいか、分かりやすい形にして一区切りにしよう、と近年になって考えるようになった。

あれから半世紀以上経ち、所在が変わった本もあるはずだし、当時は未整理で閲覧できなかった資料の中に長門本が含まれていることもあろう。今思えば、素人が急いで写したような（つまり善本ではないと見える）本にも、書き込みがあったり、伝来に関する手がかりがあったり、重要な情報はあったはずで、研究上の評価も変わり得る。所在情報の補訂と公開が必要だ、と考えたのが本書企画の発端である。

機が熟す、という言葉があるが、それは当事者が知らない間にもあることらしい。本書を企画し準備し始めたら、まるで啓蟄の大地のように、あちこちから長門本の履歴を繙く手がかりが顕れてきた。一つには専門や年代の異なる研究者の知恵を私が借りられるようになったことがあり、もう一つには各方面で資料の整理が進みデータベースが作られて、検索が容易になったことがあるだろう。調査に際しても部分撮影が容易になり、デジタル化され公開されている資料との比較が可能になったことがある。そこへ半世紀の間、役に立つかどうかも分からず蓄積してきた私のノートをつき合わせることによって推理の端緒を掴むことができ、突然出てきた資料からも新たな道筋が見えてきたりした。そういう次第で、本書は当初の企画を越えて、今後の研究へ向かってどんどん開いていった。私以前の先輩たちが遠望しつつ学問的な仮説には至らぬままになっていた課題の幾つかも、今後検討可能な方向を見いだすことができ、盛り込むことができたと考えている。本書はそれらも含めて、多くの方々の力添えを得て成った。本書が今後さらに多くの人たちの志を刺激し、平家物語の研究が新たに前進することを希う、いや信じている。

壇ノ浦で幼帝と平家一族が入水し、宝剣が喪われたことの衝撃の大きさは永く尾を引いたであろう。清盛にその責を負わせた物語ができ、史書として読まれるだけでなく音曲として語られ、津々浦々に知られるようになり、長門国赤間関はいわば聖地になった。その地に建てられた阿弥陀寺に、いつ、誰が一部の平家物語を納めたのか――それは京洛で生まれて西国へ流浪してきた物語だったのかもしれない。東国に行き着いて真名本となった平家物語もあり、紀伊の寺院内に永く留まった平家物語もあり、平家物語諸本には空間的にも異なる経歴がそれぞれにあるのである。平家一門鎮魂の地に落ち着くまでの長門本の旅路をあきらかにすることが、これからの課題となる。

令和六年晩夏

村上 光徳（むらかみ みつのり）駒澤大学名誉教授
著書・論文：『平家吟譜—宮﨑文庫記念館蔵 平家物語—』（共編、瑞木書房、2007年）、「国立国会図書館蔵『長門本平家物語』（貴重書）について—長州藩宝蔵本か—」（麻原美子・犬井善壽編『長門本平家物語の総合研究』第三巻、勉誠出版、2000年）、「赤間神宮蔵五十二号書簡をめぐって—長門本平家物語研究の問題点を探る—」（松尾葦江編『海王宮—壇之浦と平家物語—』三弥井書店、2005年）など。2011年没。享年80。

塩村 耕（しおむら こう）名古屋大学名誉教授
著書・論文：『江戸人の教養』（水曜社、2020年）、『近世前期文学研究　伝記・書誌・出版』（若草書房、2004年）、『古版大阪案内記集成』（編著、和泉書院、1999年）など。

伊藤 悦子（いとう えつこ）
著書・論文：『木曾義仲に出会う旅』（新典社、2012年）、「『湊川合戦図屏風』について—粉本の視点から読み解く—」（『古典遺産』六十九号、2020年5月）、「『耳川合戦図屏風』と『平治物語絵巻』「六波羅合戦巻」—粉本の視点から—」（『日本文學論究』第七十九冊、2020年3月）など。

執筆者紹介（収録順）

水野 直房（みずの なおふさ）赤間神宮名誉宮司
1957年、國學院大學文学部卒業。同年、宮内庁入庁、書陵部編修課勤務。
1986年、赤間神宮宮司拝命。
皇太子殿下（上皇陛下）御成婚の儀奉仕。赤間神宮戦災復興に従事。

佐々木 孝浩（ささき たかひろ）慶應義塾大学附属研究所斯道文庫教授
著書・論文：『日本古典書誌学論』（笠間書院、2016年）、「延慶本平家物語の書誌学的検討」（大橋直義編『根来寺と延慶本『平家物語』』勉誠出版、2017年）、「「大島本源氏物語」の「若紫」末尾四行の筆者について―「大島本」書写環境の再検討」（『斯道文庫論集』56、2022年2月）など。

小井土 守敏（こいど もりとし）大妻女子大学教授
著書・論文：『長門本平家物語　1～4』（共編、勉誠出版、2004年～2006年）、『流布本 保元物語 平治物語』（共編、武蔵野書院、2019年）、『曽我物語 流布本』（編著、武蔵野書院、2022年）など。

浜畑 圭吾（はまはた けいご）佛教大学准教授
著書・論文：『平家物語生成考』（思文閣出版、2014年）、「長門本平家物語巻一の清盛関係記事について―唐皮小烏由来譚と流泉啄木由来譚の位置―」（関西軍記物語研究会編『軍記物語の窓』第六集、和泉書院、2022年）、「長門本平家物語の成立と伝来環境」（松尾葦江編 軍記物語講座第二巻『無常の鐘声―平家物語』花鳥社、2020年）など。

平藤 幸（ひらふじ さち）文部科学省教科書調査官
著書・論文：『平家物語 覚一本 全』（共著、武蔵野書院、2013年）、「『平家物語』長門切」（『書物学』25、2024年3月）、「『平家物語』伝貞敦親王筆切」（佐々木孝浩・佐藤道生・高田信敬・中川博夫編『古典文学研究の対象と方法』花鳥社、2024年）など。

大谷 貞徳（おおや さだのり）福井工業高等専門学校講師
著書・論文：「生徒の実態を踏まえた指導実践：『平家物語』「能登殿最期」を例に」（『軍記と語り物』58号、2022年3月）、「新出『平家物語』(長門本)の紹介」（『国語 教育と研究』58号、2019年）、「延慶本『平家物語』北国合戦記事の形成に関する一考察」（『國學院雑誌』117巻3号、2016年3月）など。

【編者紹介】

松尾 葦江（まつお あしえ）

1943（昭和18）年生。博士（文学）。専門は日本中世文学。
主な著書・論文：『平家物語論究』（明治書院、1985年）、『軍記物語原論』（笠間書院、2008年）、『文化現象としての源平盛衰記』（編著、笠間書院、2015年）、『武者の世が始まる』『無常の鐘声―平家物語―』『平和の世は来るか―太平記―』『乱世を語りつぐ』（軍記物語講座全4巻、編著、花鳥社、2019～2020年）、「長門切からわかること―平家物語成立論・諸本論の新展開―」（『國學院雑誌』2017年5月）、「源平盛衰記の伝本を見直す」（『国語と国文学』2021年6月）など。